U0875760

君心
不负相思意

刘月轩 著

北京联合出版公司
Beijing United Publishing Co.,Ltd.

图书在版编目（CIP）数据

君心不负相思意 / 刘月轩著 . -- 北京 : 北京联合出版公司，2015.9

ISBN 978-7-5502-6132-7

Ⅰ . ①君… Ⅱ . ①刘… Ⅲ . ①言情小说—中国—当代 Ⅳ . ① I247.5

中国版本图书馆 CIP 数据核字（2015）第 214203 号

君心不负相思意

作　　者：刘月轩
选题策划：北京宏泰恒信文化传播有限公司
责任编辑：李　征
策划编辑：李　艳
封面设计：仙境设计
版式设计：王玉双
责任校对：赵建华

北京联合出版公司出版
（北京市西城区德外大街 83 号楼 9 层　100088）
北京天宇万达印刷有限公司印刷　新华书店经销
字数 200 千字　880 毫米 ×1230 毫米　1/32　9 印张
2015 年 10 月第 1 版　2015 年 10 月第 1 次印刷
ISBN 978-7-5502-6132-7
定价：29.80 元

未经许可，不得以任何方式复制或抄袭本书部分或全部内容
版权所有，侵权必究
本书若有质量问题，请与本公司图书销售中心联系调换。电话：010-58572848

你哪都不能去，我的宝贝，
有我在，我便是你的全世界……

——宋屹池

我哪都不去，就在你身边，
有你在，我的眼里再没有全世界……

——沈沁羽

目录 CONTENTS

君心

不负

相思意

楔　子

那一天，沁羽以为是一生之中最幸福的一天，如果天黑得再晚一些，一切都将不会发生。

她和乔晋的事儿，爸妈已经同意，答应大学毕业就为他们举办婚礼。沁羽高兴得不得了，急着出门把这好消息告诉乔晋。

乔晋就等在沈家别墅外面，这里有一排参天槐树，绿意葱葱。他站在树下，一只手撑住树干，另一只手插在裤兜里。阳光透过树叶投射在他的身上，映衬着他清晰硬朗的轮廓。

沁羽还想多看他几眼，他太完美，几乎看不见任何瑕疵，哪怕轻蹙眉头，都带着令人窒息的诱惑。

他们从大一开始恋爱，如今大四，整整三年。他们是通过舞会相识，一见钟情。乔晋是很多女生梦寐的白马王子，他多才多艺，学绘画，懂音乐，会写诗，能打球，还参加了校外心理师的资格培训。他浑身上下都闪着光芒，耀得人眼迷离。沁羽第一眼见他就已经着了魔。

乔晋看见沁羽，嘴角的笑意明朗起来，他一步一步靠过来，沁羽的心跳越发地失了节奏。直到他拉起她的双手，她才从恍恍惚惚中清醒过来。然后，才记得有重要的事情告诉他。

“爸妈答应，等大学毕业，我就可以嫁给你了！”沁羽笑得有些忘形。

嫁给乔晋，是她最大的梦想，如今这梦想的期限就远在不久的将来，这是她等了三年最想遇见的结果。

乔晋伸出手指压在沁羽的唇上。他的笑容就像春日里的阳光和煦温暖，连眼神都变得蒙眬起来，让沁羽再次失去了神志，只能痴痴地瞪着他。

“什么都不要说，我带你去一个地方，到了那里，我说给你听。”

沁羽几乎失去了自主能力，被乔晋拦住腰，就像抱在怀里一样。

他们上了山，别墅群被抛在身后，那些现代文明建筑被隐蔽在一团团绿树之中。

半山腰有一块突出的空地，用栏杆围着，那是一个观景台，下边是陡峭的绝壁。栏杆的颜色触目惊心，提醒游人危险勿近。

当初刚搬来的时候，沁羽就听说这儿曾经摔下过一个人。物业为了业主的安全才修了这道栏杆。不过，沁羽总觉得这栏杆多余，破坏了大自然的美。

沁羽喜欢一切美好的东西，像乔晋这样的人，她觉得就是老天的巧夺天工。老天把他赐给了她，她只能加倍珍惜。

两人很快就到了山顶，一幢依山崖而立的别墅突然出现在沁羽的眼前，她几乎被这建筑惊呆了。

建筑外墙爬满了植被，只有几扇窗透露出原本的形态，让人不忍心靠近，怕破坏了它遗世独立的孤冷。

沁羽从未来过这山顶，她一直错过了这儿的风景。如今，乔晋带她来到这里，给她意想不到的惊喜。

“以后，你就住在这里，做这儿的女主人。”

乔晋的声音有种魔力，让沁羽有些喘不过气来。她扶住他的肩，不让自己摔倒。

“你哪来这么多钱，可以买下它啊！别把我宠坏了。”沁羽连埋怨的语气都是幸福的。

“我被海大聘用，唯一的条件就是要住在这里，这是我给你的初级梦想。”乔晋拉着沁羽的手，靠近他们的城堡。

沁羽没看错人，大学毕业就能进海大，这是很多人求也求不来的。

门敞开着，沁羽迈步而入。南国红木雕刻的栏杆、猩红色的大地毯、垂悬在大堂中央的水晶吊灯、薄如蝉翼的落地窗纱……一一映入眼帘。

这儿的一切太华丽，像梦幻中的场景。沁羽如痴如醉，被这样的梦层层包裹。就连乔晋悄悄地离开，她都感知不到了。

仿佛过了一个世纪之久，沁羽才看到乔晋从楼上下来，带着和煦的微笑。

沁羽迎上去，乔晋不说话，拉着她上楼。

她害羞着想甩开乔晋的手，可他的手坚定有力，她只能跟在他的后面。

沁羽被带入一间房，乔晋一转身，便将她揽入怀里。沁羽慌促紧张，心跳得厉害，呼吸困难。她眼睁睁地看着他的唇压下来，她无处躲避，与他纠缠在一起。

似乎过了很久，他的余味仍回绕在她的唇际，她怔愣地看着他。他微笑，笑容甜蜜温暖。

他捧着一只礼盒，在她面前打开。一枚闪着璀璨光芒的钻石戒指，闪闪烁烁，明明亮亮。他取出，为她戴上。他引着她来到镜子前，她不敢看，怕那光芒刺痛她的眼睛。

他单膝跪地，虔诚地将她的手捧在他的唇边，轻柔地印上唇印。

他向她求婚。

一切如梦如幻，沁羽沉浸其中不愿醒来。

他们彼此相拥，长久依偎，直到天际的第一颗星辰出现。

室内一下子暗沉下来，乔晋去开灯，可惜停电了。沁羽怕黑，赶紧偎在乔晋的身边，需要他的保护。

乔晋搂着沁羽，笑着说："连老天爷都在给我们制造气氛，你不觉得黑暗中才能更好地坦诚相对吗？"

沁羽羞红了脸，紧紧地抓着乔晋的手："有没有蜡烛？"

乔晋摇摇头："不过有盏油灯，挺古老的，这种环境，点一盏油灯别有一番意味。"

很快，乔晋找来那盏油灯，像好几千年以前的玩意儿，透着古老的韵味。

油灯点燃，室内一下子昏黄一片，像披着一层落日余晖，一切朦朦胧胧。

乔晋捧起沁羽的脸，她的脸朦胧着看不清的美，怕一碰就消失不见。乔晋俯下头，寻找她的唇。沁羽迎合着靠向他，一股温润细滑的滋味令她全身战栗，她再也支撑不住，瘫软在他的怀里。

外面的风大了些，有窸窸窣窣的声响。沁羽想推开他，无奈他的吻霸道得不留情面，依旧死死地箍紧她整个身子。

时间就那么一瞬，沁羽再睁开眼时，她看到窗外有火光燃起，映红了她和乔晋的脸。

乔晋似乎感觉到不对，猛然停了下来。此时有股烧焦的味道充塞而来，两人都看见了一股股的浓烟正从门缝里涌进来。

乔晋赶紧开门，楼下已是一片火海，疯狂的火舌吞噬着楼梯，把他们困在楼上。

乔晋返身拉住沁羽，他们必须逃出去，否则必会葬身火海。

沁羽惊慌得腿脚无力，浓烈的烟雾熏得她快要窒息。乔晋拉着她往外跑，沁羽碰翻了油灯，火苗点燃了窗帘。一眨眼的工夫，大火烧了起来。

二楼的楼梯已经烧塌，他们进退无路，眼瞅着就要被大火吞噬。

乔晋一眼就看见楼梯口旁的一扇小窗，情急之下，乔晋一脚踹过去，玻璃碎裂，一股风迅速涌进来，火借着风势，燃烧得更加凶猛。

乔晋推沁羽到窗口，让她跳下去。

“快跳，晚了就来不及了！”

沁羽紧紧地抓着乔晋：“我不跳，我要跟你在一起。”

乔晋给了沁羽一个镇定的微笑：“你先跳，在下面接应我，放心，我们不会有事的。”

沁羽不肯，依旧紧紧地拽着乔晋。

这时，楼下传来轰鸣的爆炸声，沁羽吓得捂住耳朵。乔晋知道再拖沓一秒，他们俩谁都逃不出去。乔晋不多想，用力一提，将沁羽抱上窗台。就在电光火石的瞬间，一团火汹涌地袭来。沁羽惊叫着提醒乔晋，可已经晚了，沁羽看着大火吞噬了乔晋。与此同时，沁羽被一股力量推了出去，坠落的瞬间，她看到大火从窗口喷出，那熊烈的火焰照亮了她的脸庞，最后在她的眼里形成刺眼的白光，耀得整个世界如同白昼。

那天晚上，山下别墅群的人们都看见了山顶的火光映红了半边天。

那幢别墅被烧塌架，残瓦断垣，狼藉一片。

后来，沁羽在医院住了一个月，脑部受创留下了后遗症，最可悲的是她失忆了。不记得乔晋，不记得那段刻骨一生的求婚，不记得那场突降的火灾。她只认得父母，施航和施施。

再后来，沁羽每晚噩梦连连。梦里，她总是能看见南国红木雕刻的栏杆、猩红色的大地毯、垂悬在大堂中央的水晶吊灯、薄如蝉翼的落地窗纱……而这些，都会在她的身子像断了线的风筝急速下坠的一刻惊醒。

什么都荡然无存，只有每晚的噩梦，无休无止，纠缠她三年。

第一章　一念执着，一念生死

“爸爸，娶沁羽是我一生的执念，别让我遗憾终生。”施航红着眼睛，他没让眼泪弱化他的坚定。他一念执着，一念生死。

婚礼

沁羽和施航的婚礼简单宁静。在蔚蓝色的海岸线上，在柔软轻黄的沙滩上，有洁白的浪花起舞，有翩然而绕的海鸥吟唱。海风阵阵，波浪层叠。这是沁羽一直期待的婚礼场景。

如今，她身披轻盈雪白的婚纱，偎靠在施航的怀里，两人望着海天一线的地方，沉浸在宁静的幸福之中，沁羽知足了。

自从病了以后，沁羽再没有来过海边，她像一只被保护起来的海鸥，渴望重回海面，迎击海浪。父母怕她突然头痛，不愿她再有闪失。这份爱，在沁羽看来，竟好比桎梏，她想挣脱。

施航最懂沁羽，还是孩子的时候，他和沁羽曾躺在岩石上一起数天上的星星，到后来，两人在岩石上睡着了，什么时候被父母抱回家中，两个小家伙全然不知。那个时候，沁羽活泼灵动，会在潮水消退后拾各种贝壳，施航会把拾来的贝壳串成一条大大的项链挂在沁羽的脖子上。沁羽兴高采烈地转着圈，串起的贝壳在空中舞动着优美的弧线，这是施航永远忘记不了的画面，陪他走过童年、少年和此间。

后来，沁羽念了大学，住了校。他一面打工一面在另一所大学里完成学业。他们很少再见面，即使暑假，他都要在快餐店、地铁站、酒吧、汽车修理行的兼职中消磨想念沁羽的时光。有一天，沁羽带着一个高高帅帅的男生回家，正式向父母宣布她恋爱了。他就站在那个男生的面前，看着他们脸上洋溢的某种默契的幸福感，他的心被狠狠地戳痛，他把眼泪留给转身后的自己，把对沁羽的爱深深地藏进心底。只要沁羽是幸福的，他可以远远地守望，哪怕这个过程是一种折磨，为了沁羽都能忍受。

再后来，两人传出婚讯。然而，一场火灾改变了一切，那场大火终结了沁羽的爱情，同时，也夺去了一个年轻的生命。事后，沁羽失忆，她不记得谁是乔晋，不记得和乔晋那一场轰轰烈烈的爱情。她只记得父母，还记得他，记得和他的点点滴滴。

有时候，能成为一个人永远不忘的记忆，那才叫至死不渝。沁羽的记忆里只有施航，这是对他那些年念念不忘最好的回报。他感动、感恩，他发誓要一生陪在沁羽身边，成为沁羽永生挚爱。

此刻，她成了他的新娘，他成了她一生的守护者，此情此意，终生不悔。

那天，他们很晚才回到家，他们一起看了落日夕阳，看了星辰漫天，更意外地邂逅了一场流星雨。沁羽双手合十许下心愿，施航好奇，追问。沁羽咬着施航的耳朵碎声道："愿我们今生来世，生生世世不分离，在一起！"

这是最动听的情话，最感人的承诺，沁羽执念至此，施航也深信至此。

那一夜，他们缠绵缱绻，完成了人生最为神圣的一步跨越，从此你中有我，我中有你，从此相守一生，执手天涯。

沁羽伏在施航白皙腻滑的背上，他从小就白，皮肤好得连她都嫉妒。这些年他虽然吃过不少苦，可肤色和手感一如当初年少时，和他斯斯文文的样子极其融合。

沁羽的手指在他背上划过，轻轻柔柔。施航怕痒，扭身抓住她的手，将她带入怀里。沁羽在他怀里撒娇，像只温柔的小猫蹭来蹭去。

"为什么今天才要我？"沁羽绯红了脸颊。

施航俯下头吻她的额头："我要把最好的留给今晚，让你做世界上最幸福的女人，之前对你有任何企图都是亵渎你的纯洁和美丽，我不能够，也不可以。"

沁羽软软地贴着他的胸膛，他的话让她心软，她没力气寻找他的目光，她只想听他的心跳声，每一声都让她觉得踏实。

“睡吧，你累了，你需要好好地睡一觉，明天醒来将是全新的开始。”施航轻拍沁羽，像哄孩子。

沁羽宁静地偎着他，暖暖的，像冬日壁炉里燃起的火焰，烘着她，给她一身温暖。

施航一夜没睡，一夜都保持着怀抱沁羽的姿势。她枕在他的臂弯里，怕一动就会惊扰她，她很久没有睡得这样安稳宁静了，他真不想让她继续被噩梦纠缠。

窗外第一缕晨光透进来时，施航试着轻轻抽回自己的手臂。也许昨天累得不轻，沁羽依旧沉沉地睡着。

施航轻声下地，走出卧室。岳父岳母都还没有起床，他直接去了厨房准备沁羽的早餐。

沁羽一向吃得少，她的体重一直没超过九十斤，看起来弱不禁风，楚楚可怜。施航不止一次劝她多吃点，大概她的胃口的确不佳，吃什么都显得食不知味。

忙碌中，乐佩已经站在厨房的门边，笑盈盈地看着女婿为女儿准备早餐。她很欣慰，除了他没有一个完整的家之外，其他条件是无可挑剔的。

“沁羽没事儿吧，昨天累了一天，真担心她吃不消啊！”乐佩进来帮忙，一边轻声细语。

“很好，睡得很平静，我会试着让沁羽改变现状，我们要走的路还很长。”施航明白岳母的担心，但毕竟他和沁羽携手走下去的路还长，他一定要让沁羽健康起来，他们还要生儿育女，还要白头偕老。

乐佩不再说话，她和加俊总有离开沁羽的一天，只有施航才是陪伴沁羽一生的人。她和加俊打算好了，再过一段时候他们就去法国，把生意和女儿都交给施航。他们相信，这些年对施航的培养和教育足够他撑起沈家生意。他们也该放手，让年轻人自己闯荡。

沈加俊也起床了，在客厅向他们打招呼。他雷打不动，坚持每天爬山。自从女儿出事后，他总是要到山顶上去看看，他总觉得女儿把记忆落在了那个地方，他想帮她找回，让女儿生活得安宁些。

乐佩不喜欢他再去那个地方，现在的女儿不幸福吗？何苦要找回过去？更何况，过去是那般的血泪斑斑，不提也罢。

加俊一身运动服，依旧飒爽英姿。乐佩看着他推门而出，便感谢上苍能让他们健康百年。

突然，一声尖叫从楼上传来，顿时，加俊、乐佩和施航被定格在时空里，一时缓不过神来。

当施航意识到这声凄厉的喊叫是从他和沁羽的卧室传来，他已经飞奔至楼梯。此时，他看到沁羽身穿睡袍，披头散发地直冲下来。

施航想抱住沁羽，可沁羽的力量大得出奇，一下子将他推了出去。沁羽疯魔一般地冲出别墅，差点将加俊撞倒。

沁羽站到院子里，左顾右盼，眼神呆滞却隐含凶光，像一个敏感而多疑的人，时刻警惕周遭有人潜伏害她。

一家人跟着冲出来，见沁羽魔怔似的样子，个个都心痛不已。

沁羽念念叨叨：“你不要走，你杀了我的娃娃，你不要走！”

施航再也不忍看沁羽的模样，他立刻抱住沁羽，让她在自己怀里平静下来。

沁羽乖乖地躲进施航的怀里，她的眼神怕极了，像随时有人要过来害她。她紧紧地抓着施航的手臂，指甲深深地陷入他的皮肤。

“别怕，别怕，没有坏人。”施航任由沁羽将指甲镶入皮肤里。只要能让沁羽平静下来，就算用刀抵在他的胸口他都不会眨一下眼睛。

“他亲手杀了我的娃娃，我看到的，那把刀真的插进了娃娃的心脏……”

施航把沁羽交给岳父岳母，一个人冲上楼。

就在他们的床上，一只玩偶娃娃真的躺在那儿。

施航慢慢靠近，伸手翻过娃娃，一把明晃晃的匕首果真插入娃娃的心脏。

娃娃突然发出一阵哭声，施航一惊，娃娃落地。那把匕首弹脱娃娃的身体，静静地躺在地毯上。

施航认得这把匕首，那年，他受了高年级同学的欺负，沁羽买了把匕首给他，让他自己保护自己。后来被沈伯伯发现，没收了匕首，从此，他再也没有见过这把匕首。如今，时隔多年，它再次出现，居然插在娃娃的身上，这一切太不可思议。

施航拾起娃娃，这还是个全新的玩偶娃娃。他扫了一眼堆放在茶几上那些亲戚朋友送给他们的新婚小礼物。一只盒子翻开着，漂亮的包装纸就散落在一旁。

这样子怪异的娃娃是谁送的呢？为什么一把匕首会无缘无故地插进它的心脏呢？这不是幻觉，而是他亲眼所见。

施航拿着娃娃到楼下，沁羽已经平静了下来。她一向精神恍惚，这一闹更让父母担心不已。

一只娃娃，竟能够让沁羽如此激动异常，沈家父母都向施航投去无可奈何的眼神。

施航不愿他们担心为难，隐瞒了那只插入娃娃心脏的匕首，只是告诉他们，大概是因为脑部受创留下后遗症产生的幻觉，他会尽量减轻这种症状带给沁羽身心的伤害。

尽管如此，沈家父母仍旧忧心忡忡。这种病症何时才能改善，沁羽何时才能生活得如正常人一般，这或许需要很长时间和精力。

沁羽见到娃娃，没有了先前激动的情绪，似乎这不是那只插着匕首的娃娃，而是一只再平常不过的玩偶。她从施航手中接过娃娃，小心翼翼地抱在怀里。娃娃很漂亮，有一头金色的卷发和一双晶莹剔透的眼睛，连睫毛都浓密得像墨笔勾画。沁羽喜欢娃娃，从小到大，一如当初。小时候，为了救一只落水的娃娃，她险些溺死在水池里，而这一切，她是在施航的口中得知，对过去，她总是懵懵懂懂。若有若无的记忆让她觉得自己丢失了很多，找也找不回来。

沁羽安静得没有一丝动静，在施航的怀抱下，像一只受了惊吓的小鸟，唯有他的臂弯才能让她感到安全，感到踏实。

他保护着她，永生永世。

施航想替沁羽收好娃娃，沁羽却执意不肯，她小心仔细地将娃娃放回包装盒里，像母亲疼爱自己的孩子。

看着沁羽轻柔的动作，施航心软得一碰就疼。这些年，她一直小心翼翼地生活，却仍要被噩梦纠缠，无休无止。如果可以，他宁愿替她承受这一切，可是，他能做的就只是在她噩梦醒来后，给她最温暖的怀抱。

沁羽

沁羽一夜未眠。

那只娃娃扰得她精神崩溃，情绪失控，若不是施航的怀抱够温暖，够踏实，她指不定会发疯到做出更意想不到的事来。好在，当她把娃娃仔细地收起来时，她再没看到那些让她精神错乱的幻影。一切如初，平静而安详。

天刚蒙蒙亮，沁羽便再也躺不安稳了。她下了床，裹紧披肩走出卧室。带上房门时，她看到施航翻了个身，鼾声隐隐。

楼下，母亲乐佩已经开始准备早餐。看着母亲娇小毓秀的身影在厨房与餐厅间奔走，沁羽的心倏地踏实了很多。

只有看到母亲，沁羽才觉得周遭一切是现实的，不然，她会一直被那个无休无止的梦境纠缠，无法挣脱。

乐佩转身，看见一脸憔悴的沁羽。她眉心轻蹙，眼神里是无尽的疼惜。

沁羽熟悉母亲眉眼间那抹担忧，每次她失眠到天亮，被折磨的不仅是她还有深爱着她的父母。

乐佩向沁羽伸出手，脸上荡溢出暖暖的微笑："我做了你爱吃的南瓜饼，去洗下脸，待会儿你爸回来，咱们就开饭。"

沁羽乖巧地点下头，她知道父亲又去晨练了，这栋别墅依山傍水，后院有一条小径可直通山顶。她曾在晨曦清新的山风里悠闲漫步，嗅着浓密的花草树木的芳香，听着晨雾里轻啼鸣叫的鸟声，看着太阳透过浓厚的云层露出明朗的光芒，这一切，沁羽都觉得是那么的可爱与珍惜。直到有一天，她被一个突然从树林里蹿出的人吓晕后，父母便不再允许她一个人独自上山。事后，父母才知道，那个人只是看守这片山林的工人而已。尽管如此，为了沁羽的安全，乐佩也不愿再有任何闪失。

沁羽走出别墅，院子里的梧桐遮蔽了天空的青蓝，浓厚的枝叶婆娑着洒下一片阴郁的墨绿。沁羽拉紧披肩，初秋的早晨，风凉得有些不适。

沁羽转过后院，镂空铁艺的大门只开了旁边一扇小门。沁羽偷笑，父亲又忘记了母亲的叮嘱——随手锁上门锁。

围栏外已是一番新气象，沁羽已经好久没有见过这里的风景。

这是一片绿茵茵的草地，几只洁白的羊儿自顾自地垂头啃食着青嫩的鲜草。当初父亲提议养几只小羊，圣诞节时可以开个烧烤 Party。母亲起初不同意，没人侍弄，岂不弄污了草坪的清新？父亲执意，并承诺会亲力亲为。果真，父亲把几只小羊养得肥肥壮壮。许久不见，沁羽发现小羊大了很多。

沁羽拾起一片树叶递到羊儿的嘴边，羊儿凑过来，嗅了嗅，便张开嘴巴衔住。沁羽愉悦地抚摸着羊儿洁白厚密的毛发，像一位母亲轻抚她的孩子。

离开羊群，前面便是树林，那条小径便一直深入山林，不见尽头。

树林里有各种奇异的声响，像变幻的乐章时而磅礴，时而舒缓。沁羽站在小径上犹豫要不要上山同爸爸会和，可她又想起母亲乐佩对她的叮嘱："你是不可以一个人上山的，我怕那些虫啊鸟啊的吓到你。"

母亲的叮嘱成了对沁羽的警醒。每次透过窗子望向缠绵于山间若隐若现的那条小径，沁羽的心里就会生出万千疑问，山里究竟有什么？母亲担心的真是那些虫啊鸟啊吗？抑或其他？

沁羽怔怔地发着呆，小径平缓绵长地在脚下延伸，可她却走不到尽头。

忽地，她看见一只受伤的小鸟，颤抖着翅膀，瞪着惊恐的眼睛，好像在祈求得到她的帮助。

沁羽俯下身子想要捧起小鸟，小鸟受到惊吓，努力扑哧着翅膀逃开。沁羽亦步亦趋地跟着小鸟，小鸟拼了命想要逃脱被人禁锢的危险。一前一后，一起一伏，沁羽在不知不觉中已经深入山林。

当小鸟钻进浓密的草丛，当沁羽额头挂满细微的汗珠，她才茫然四顾，竟发现自己走出好远。

树林里突然安静了下来，尽管有风吹过树梢，可沁羽只能看见摇摆的树枝却听不见风吹过的声响。她像进入了某种梦境，恐怖随之而来。

沁羽慌不择路，只想尽快离开树林，她不想身处这无声的世界。

突然，有个声音在她背后响起："别往前去，危险！"

沁羽还没弄清楚状况，已然觉得自己的身子被人抱起，在空中划过三百六十度后稳稳地落地。

沁羽心跳得厉害，自己该不会遇到抢劫杀人犯了吧！出于本能，沁羽惊叫起来，并向箍住她身体的人拳脚相向。

沁羽感知到自己每一拳，每一脚的力度都那么结结实实地落在那个人的身上，可那个人依旧将她紧紧地箍在自己的怀里。

“你最好不要乱动，不然我们会摔得粉身碎骨。”浑厚的声音在沁羽耳边响起，带着不容置疑的坚定。

沁羽终于顺从地停止了挣扎，她慢慢地睁开眼睛，想要看清眼前的事物。突然，她被脚下的悬崖绝壁惊呆了，她和箍着她的男人此刻正站在悬崖边上，稍不留神必会跌落下去。

沁羽吓得瑟瑟发抖，她慢慢扭过头，鼻尖轻擦了对方的鼻尖，他们的距离近得几乎贴在了一块。沁羽顿觉羞臊，这还是她第一次与陌生男子如此暧昧地紧拥而立。

“把你的手给我，”男子沉着稳定地开口：“对，抓紧，我数到三，你必须跟我一起向前扑，有多大力就使多大力，听到没？”

沁羽不敢动，只能坚定地望着男子深黑色的眼眸，把希望，把生死全部交由他操控。

“一，二，三……”

男子腾空而起，一只手紧紧地拉着沁羽。当他们扑倒在草地上，脚下那块石头已经翻滚跌入山崖。沁羽双手掩面，不敢想象，如果跌入山崖的是自己那该是多么惨烈和无望啊！

“别怕，我们逃过了一劫。”男子轻轻拉开沁羽的手，此时，沁羽已是泪流满面。

男子被沁羽的眼泪击痛了心扉，他紧抿双唇，无比疼惜地看着眼前泪水涟漪的娇弱女子。

“放开她！不许你伤害她！”一个暴怒的声音掠空而来，打破了沁羽和男子之间淡淡的伤感。

沁羽已经看到施航，她想爬起，无奈，男子依旧紧紧地抱着她。

男子有些尴尬，将沁羽拉了起来，并回头看向施航。

施航三步并作两步地冲到男子面前，用力将其推开，确保和沁羽的距离是安全的。

“施航，你别这样，是这位先生救了我。”沁羽赶紧解释，她担心施航在不了解情况之下动手打人。

“救人？有必要抱得那么紧吗？我看他心存不轨！”施航双眼冒火，他的女人别人别想动一根手指。

沁羽面颊红润，刚才和男子贴面而拥的那一瞬间，让她若有恍惚。他的拥抱似曾相识。

“是真的，你看！”沁羽拉着施航来到悬崖边：“若不是这位先生，我现在早就摔下去粉身碎骨了！”

悬崖深不见底，施航居高临下有一秒的眩晕感。

“为了救一只受伤的小鸟，不知怎么就追到了这儿来，我记得以前这里是有栏杆的啊！怎么……”沁羽努力地回想，可头痛愈加的厉害，整个身子已经开始痉挛。

见沁羽头疼得厉害，施航不忍心再追究什么，他将沁羽揽入怀里，给她最坚实的保护。

忽然，沁羽听到父亲爽朗的笑声。抬头望去，父亲正和陌生男子握手交谈。

片刻，父亲沈加俊才发现状态异样的沁羽。他急忙上前，将沁羽拉入自己的怀抱：“头又痛了是吗？”

沁羽努力地想给父亲一个安然的微笑，可刚才接连发生的惊险让她浑身没有半点力气，她只能用泛着泪花的眼睛看着父亲。

施航解释给岳父听，并责怪自己没有照顾好沁羽，下次不会让沁羽再有任何闪失。

沈加俊理解地拍了拍施航的肩膀，这些年，施航为沁羽所做的一切，他这个做父亲的都看在眼底。施航对沁羽是真爱，只有真爱，才能让沁羽幸福，才能让沁羽重获快乐。

沈加俊向男子表达了感谢之意，就在刚才，在山顶，他们已有一面之缘，如今，他救了自己的女儿，这缘分可遇不可求。

施航走过去向男子伸出手：“谢谢你救了沁羽，我为刚才的鲁莽表示歉意。”

男子淡淡一笑，握住施航的手：“为了心爱的人，值得拼命。”

沁羽冲他微微一笑，算是感谢他对自己的出手相助。男子同样还以淡淡的一笑，可这笑容却让沁羽有种似曾相识的感觉。沁羽不免多看了一眼。这一眼，只是云淡风轻的一瞥，在沁羽的意识里，他本就是陌生人。

他们在前面的岔路口分手，沈加俊提醒陌生男子：“宋先生，记得来家里坐坐，你新搬来的，缺啥少啥，只管开口！”

宋先生恰到好处的微笑挂在嘴边，既不亲密又不疏离。他点点头，朝另一条路走去。

沁羽不喜欢这样的笑容，觉得父亲的好意在宋先生那里竟成为了一种戒备。

宋屹池

浴室内。

花洒喷泻而出的水柱击打在坚实、宽厚的脊背上，那背上一条丑陋的伤疤被水浸透得发亮，触目惊心。

宋屹池转过身，仰头，与万道水柱迎击。他张大嘴巴，让冰凉透彻心骨。

无论春夏秋冬，他注定与冷水相融。他的医生叮嘱他，不可以让皮肤接触温水，否则红斑尽显，奇痒无比。多少年，除了汗水，他竟不知温水的滋味。

浴室的镜子映射着他魁伟的上半身，结识的胸膛上一条深褐色的疤痕突兀得令人胆战心惊。他抬手轻轻地抚摸那道伤疤，疼痛似乎记忆犹新，那是无法掩去的痛。

他不想回忆，想根除一切与疤痕有关的事情，可伤疤历历在目，无所遁形。

宋屹池甩掉发丝上的水珠，让记忆像破灭蒸发的水珠不留痕迹。他披上浴巾走出浴室，在衣帽间变幻成一个光鲜亮丽，挺拔硬朗的倜傥青年。

收拾完毕的宋屹池缓缓靠近明净的落地窗子，站在这个位置，能清楚地看到不远处另一栋别墅的全貌。二楼的一扇窗子敞开着，紫色窗帘随风轻摆，洒下一串紫色的梦。宋屹池深沉地一声叹息，忽地，他看到一个纤瘦的身影出现在窗子前。距离太远，他看不清她的容貌，他急切地再靠近窗子，却发现，那个身影已经隐没。

他的眼前立刻闪现出刚才悬崖边上惊心动魄的一幕，那个泪水挂满脸颊的女子已经被他牢牢记挂在心里。她的泪，他都能嗅到苦涩的味道。

宋屹池静静地凭窗而立，目光的尽头落在黑洞一般寂静的窗子里。

门铃声顿起，他听到保姆桂嫂匆忙奔去开门的脚步声。片刻，一阵清脆的高跟鞋踩踏地板的声音由远及近，停在他的身后，隐去了声音。

"老板，您要的资料我送来了，现在赶去机场还来得及，要不要现在出发？"一张精致灵气的脸庞出现在宋屹池的身后。她的短发修剪得整洁明朗，长短不对称的头发衬托着她的脸庞更为灵动秀巧。

宋屹池背对着她，只是扬了扬手，无语。

她顺着老板的视线看过去，那里是一栋别墅，红色与白色相间的墙体被一片绿色包裹，像深刻的剪影，轮廓清晰。

她款款向前移步，含笑的声音清亮悦耳："那是我嫂子的娘家，沈伯伯的名字您应该听说过，沈加俊，加乐公司的老总……”

她的声音骤然停止，因为宋屹池猛然转身吓了她一跳。他凌冽的眼神紧迫地逼视着她，她不知道自己的哪句话说得不对。

宋屹池一步一步逼近她，她脸上的笑容一点一点消失，最后凝结成一脸的惊慌。

她第一次近距离看清她的老板，他的脸严肃刻板，眉心眼角察觉不到任何情绪，连嘴角的温度看起来都是冰冷的。她深呼吸，被他的冷峻困惑到窒息。

“替我安排一场酒会，地点就在这儿，你沈伯伯一家也在邀请范围内。”

她终于呼吸顺畅，血液也瞬间流经全身，她的眼睛又泛起明亮，笑容重新绽放在嘴边：“就定在下周吧，您从韩国回来，庆祝您载誉而归！”

宋屹池眨了一下眼睛：“借你吉言。”

“这次的大赛，您付出了很多，您已经预知了结果，不是吗？”她澄净乌黑的眼眸闪动着光亮，俏皮的一笑让人如沐春光。

宋屹池不置可否，但也不动声色。这次的韩国之行除了参加全球绘画大师金奖颁奖礼，最重要的是能见到家人，他的家人？他的父亲和那个他此生最不愿辜负却又不得不辜负的“妹妹”。

父亲是个中国人，在韩国努力奋斗了数十载，拥有规模最大的集团公司，他不得不佩服父亲的筹谋远略和在商场之上艰苦打拼的毅力。父亲想把他留在身边，继承家族生意。可他却对绘画情有独钟，他曾对某个人许诺，要画出世界上最伟大的作品。为了这份承诺，他拒绝留在韩国。他选在海城，却靠山而居。他喜欢这栋别墅，喜欢山林里那条绵长的小径。

“老板，您只有三十分钟，必须马上出发，否则只能改签航班了！”

宋屹池冲她点点头，大步走出房门。她收拾了文件，紧紧地跟在他身后，嚷道："我来开车，我知道一条去机场的捷径，我们必须争分夺秒。"

宋屹池缩回开车门的手，示意她来开车。她把文件交给他："上车吧！马上出发。"

车子驶向别墅群的机动车道，宋屹池面无表情地坐在后排，他心里有数，三十分钟不管走哪条路都能顺利到达机场，他的时间决不允许半点浪费。

突然，车子急刹车，宋屹池的身子前倾的同时看到施航正拦在车头前。

施航看到自己的妹妹，紧张的面部瞬间纾解："我的车子抛锚了，沁羽在车里，我要送她去医院……"

宋屹池没等施航说完已经率先下车，并吩咐施施："送他们去医院。"

"你不去机场了？"

"救人要紧。"

此时，施航已经把昏迷的沁羽抱下车，乐佩小心翼翼地跟在身边，不时轻抚着沁羽的额头。

宋屹池赶紧帮施航将沁羽抬上车，他看到沁羽紧蹙的眉头间那抹深深的痛苦。

沁羽躺在施航的怀里。宋屹池慢慢抽回自己的手。他必须下车，不能再耽误送医院的时间。

"开车。"

"老板，你怎么办？"施施为难地问。

"别管我，开车。"宋屹池阴郁着脸发号施令。

施施无奈，只好发动车子。

望着远去的车子，宋屹池怔怔地发呆。生命比任何事都重要，尤其经历过生死的人，更懂得活着是多么值得庆幸和珍惜。

施航

医院。

沁羽的抢救正在进行。

乐佩坐在抢救室外面的椅子上，轻轻拭着眼泪。女儿每次进医院对她都是一种折磨，她多希望自己能代替女儿承受这样的痛苦，女儿是她的心肝，她愿意减少寿命换回女儿的健康快乐。

施航踱来踱去一刻不能停下，他希望时间快点过去，沁羽快点醒来。

施施心疼哥哥，她不明白哥哥为什么要死心塌地地守在沁羽身边。这么多年，哥哥全不顾自己的尊严住进沈家，虽然沈伯伯和沈伯母待哥哥视如己出，可在外人眼里，哥哥就是个倒插门的女婿，更难听点，就是吃软饭，贪图沈家的家业和财富。

这一切，施航不计较。他爱沁羽，这就够了。

施施轻拉一下哥哥的衣角，低声问道："好好的，怎么又犯病了？"

"早上在树林里受到了惊吓。"施航懊恼地叹息一声："要不是昨晚熬夜弄资料，今早就不会让沁羽一个人上山了，我没照顾好她。"

施施轻撇嘴角："这不怪你，别把责任都往自己身上揽，你做得已经够多了。"

施航看了妹妹一眼。施施的可爱永远不会在沁羽面前表露半分，哪怕他爱沁羽爱到骨髓，妹妹都觉得沁羽就是他的负累，永远都是。

"你该回去了，宋先生……"

"天哪！该死……"施施大叫着打断哥哥的话："不知道老板有没有上飞机，我得打电话过去问问。"

施施一阵风地消失在医院走廊的尽头，施航松了口气，这个妹妹被他宠坏了。自从父母离世，他和妹妹相依为命，供她上学，供她像其他女孩一样穿衣打扮，他想替父母弥补没有在施施身上及时给予的关爱。现在施施长成妙龄少女，健康、独立、活泼，他可以对泉下的父母有所交代。

唯有一点，令施航感到忧心，施施不喜欢沁羽。从小到大，施施就是和沁羽玩不到一起，尽管沈家父母对他们的疼爱不比对沁羽少，但施施懂得沈家不是她的家，沈家父母不是她的父母。

父母是在一次空难中双双离世，那一年他十岁，施施只有八岁。他不懂死亡意味着什么，却知道父母永远也不会回到他和妹妹身边。

沈伯伯是父亲的挚友，父母死后，沈伯伯成为了他和妹妹的监护人。他和妹妹住进了沈家。在沈家，他和妹妹享有沁羽所享有的一切，吃最好的，穿最好的，用最好的，玩最好的。他和沁羽亲如兄妹，可沈伯伯却坚持他们叫他伯伯。十八岁那年，沈伯伯交给他一份遗产继承书，父母留给他和妹妹的竟是一百万元的欠账。

施航知道，一百万就是个天文数字，他努力打拼很多年也未必偿还得清。沈伯伯和他说："这一百万不仅是对你的一种激励，也是对你的一次考验，你已成年，是个男子汉，在今后的生活和工作中，你要学会坚强、勇敢，要做个有责任，有担当的男人。"

以后的日子，施航一边读书，一边打工，用自己努力打工赚来的钱供自己和妹妹上大学。这期间，沈家父母没有资助过他一分钱。他明白沈伯伯的良苦用心，他已然成为沈伯伯所期待的那样，有责任，有担当。

如今，施航成了沈家的女婿，依旧住在沈家。他改口叫沈家父母为爸妈，他们已是一家人。但施施却对沈家父母心存芥蒂。她曾跟哥哥提起过父母的遗产问题，她怀疑父母留给他们的遗产被沈伯伯私吞了。为此，施航第一次动手打了施施，他警告施施，可以不尊重他，却不可以不尊重沈伯伯沈伯母，没有他们的收留和教育，他们现在没准会沦落成乞丐，他们的恩情永远不能忘！

施施认了错，却越来越疏离沈家人。至今，她仍搞不懂哥哥为什么要喜欢一个失了记忆的病人。

沁羽失忆了，却记得父母，施航和施施。她把最快乐和最痛苦的那段记忆从脑海里连根拔除。施航期待自己能填补沁羽记忆里那道空白。他努力做着并且做得很好。他不在意沁羽因脑部受过重创而时常发病；他更不介意沁羽每晚噩梦缠身，精神恍惚。只要沁羽愿意靠在他的怀里，只要沁羽需要他像需要父母的眷顾一样，他都觉得至死不渝。

抢救结束，沁羽被推出来时是清醒的。施航和乐佩围上去，看见沁羽意识清醒，还冲他们勾了勾嘴角，悬着的心终于安稳落地。乐佩在心里感谢了观世音菩萨一千遍。

医生告诉他们，病人的休克是因为脑部受重创留下的后遗症，只要别让病人情绪激动，这种症状会随着时间慢慢消失。

施航心疼地抓紧沁羽的手，他仍记得那一天，在火灾现场救出沁羽的那一刻，她的后脑裂开一条口子，血液浸湿了她的上衣，她像一个血人被推进手术室。从此，她失去记忆，从此，她开始噩梦连连。

一晃，三年过去了，后遗症留下的阴影时刻笼罩着疼爱沁羽的每一个人。自从和沁羽住在一起，施航就成了沁羽噩梦的守护神，只要她惊叫着吓醒，他就要陪着她失眠到天亮。这已经是一种习惯，施航不愿意改变。

沁羽的手在施航的手里变得越来越温暖，她安心地对施航微笑。每次抢救醒来，她第一眼看到的必是施航，她觉得这一生欠施航的太多，无法回报。

乐佩动容于施航对女儿的一往情深，没有哪个仪表堂堂的青年才俊会甘愿娶一位体弱多病的女人为妻，可施航愿意，而且义无反顾要爱沁羽一辈子。她和加俊曾质疑过施航的动机，难道他娶沁羽是为了报他们的教养之恩吗？如果是这样，他们不愿施航有这种心理负担，这是一辈子的事情，他们同样希望施航的未来是幸福的。可冥冥中也许是天意，很多事，只有天意才能解释得通。

施航全心全意地爱沁羽，从小就对沁羽有着非比寻常的感情。这一点，乐佩和加俊清清楚楚，而今，再有任何猜测和质疑，都是对施航一往情深的亵渎。哪怕沁羽之前曾和别人爱得轰轰烈烈，现在看都不及施航一点一滴慢慢浸透而至的深情可贵。

整个下午，施航就陪在沁羽身边，直至输液完毕，医生检查一番，确认可以回家休养，施航才起身离开打电话叫公司派车送他们回家。

一路上，沁羽缩在施航的怀里，沿途的风景再迷人，都不及施航的温暖胸怀令人踏实。

车子驶进院子，院落被暗沉的暮色笼着。沁羽下车，施航搂紧她的肩膀不许晚风惊扰她纤瘦的身体。

沈加俊出门相迎，一脸疼惜。四个人相拥着朝屋里走去，一室柔和的光亮洒落在他们身上，沁羽松了口气，家是她最为依恋的地方。这里是安全的。

噩梦

沁羽什么都不想吃，尽管父亲亲自下厨做了一桌美味可口的饭菜，沁羽还是觉得难以下咽的。

沁羽想睡一会儿，施航抱着她进了卧室，替她盖好被子，抚着她额头，贴近耳边轻声细语：“安心地睡一觉，我就在你身边。”

沁羽笑得很宁静，握紧他的手，阖上双眼。

乐佩不放心，进来瞧瞧。沁羽睡得安稳，一切安然无事，施航跟着乐佩下楼去吃饭。

卧室里只亮着一盏壁灯，柔柔的像洒了一层细软的薄纱。风从半开的窗子飘进，带响了窗棂上挂着的紫色风铃“叮叮咚咚”，像一串优美的旋律。

沁羽微动眼睑，倏地睁开。风铃下，一个男人的背影兀自而立。

沁羽看得分明，那背影宽厚结实，穿一件黑色风衣，一手插在裤兜里，玉树临风。

“你是谁？”沁羽听到自己的声音微弱颤抖。

背影像一尊雕塑，冰冷无声息。

沁羽心急，隐隐觉得这背影似曾相识。

突然，有人敲门，急促得使她有些惧怕。

沁羽忐忑不安地开门。一阵冷风吹进，门外空荡荡，走廊尽头指示灯发出阴森凄迷的光。她迅速合上门，身子靠在门板，用手按住胸口，那种加速的心跳使她惊恐万分。

许久，沁羽平静心绪，再看那背影，已是无迹可寻，只有风铃独自轻摆。

沁羽有些崩溃，她扑到窗前。窗外，浓重的夜色裹着层层叠叠的树影，像泼了墨的宣纸，密密实实。她尽量张望，想寻到那个背影，可除了一眼的浓黑，再也看不清别的色彩。

远处，有火光燎起，渐渐映红了天际。沁羽害怕火光，觉得火是吞噬一切的巨兽之口。她想呼叫，她看着大火借着风势汹涌地席卷而来，她被浓重的烟雾呛得快要窒息。她听到远处有人在呼救，一声声直戳她的心脏。她看到火海里一个挣扎的身影向她伸出求救的双手，然而，一眨眼的工夫，那人已经化为灰烬。沁羽忍不住大声叫喊，拼尽全力，歇斯底里……

有人叫她，有人抱住她。她在他怀里挣扎，用力，用很大的力。

终于，她醒了，一身冷汗，一身疲惫。

施航擦去她额头上的汗水，吻她的耳后。沁羽看清楚是施航的脸，冷静地缩在他的怀里。

突然，沁羽挣脱怀抱，光着脚冲到窗前，站在窗口，对面不远处的别墅亮着零星光影，除此之外，一切都像静止在时空里。

施航看沁羽，眼里的同情一点一点占据了他的理智，一滴泪，滑过他的脸颊。

这么多年，沁羽不停地被各种梦境折磨，她失去的不仅仅是记忆，她的心，也许在那场灾难中一同丢失。他努力想帮她找回，可每次都是徒劳的抓空，像握了一手空气。

沁羽累了，她乖乖地顺从着躺回床上，施航紧紧地护着她，不离开半步。

“我看到一个人葬身火海，太可怕了！”沁羽瞪着眼睛，还被刚才的梦境纷纷扰扰。

施航一愣，随即伸手按在沁羽的唇间“嘘”了一声，说：“别多想，只是梦而已。”

沁羽摇头，坚定地说：“不是梦，太真实了，就发生在眼前。”

施航握紧沁羽的手，力度让沁羽不适。她扭脸看他，隐隐的疼痛让她清醒。

“要不要喝果汁？”

沁羽抵挡不过施航温柔的目光，她静静地点头，眼睛一眨不眨地仰视他。

“好好躺着，别胡思乱想，我马上回来。”施航吻沁羽的额头，起身去给沁羽榨新鲜的果汁。

施航来到楼下，沈加俊和乐佩还坐在客厅。见到施航，加俊招招手，让他坐下，有话要说。

施航每时每刻都是恭恭敬敬的，他尊重沈家父母，从小到大是一样的。

加俊燃起一根烟，花白的头发在烟雾后面竟显得略有苍老。施航从来到沈家，就看惯了沈加俊的白发，他比父亲年长一岁而已。记忆里，父亲一头浓密的黑发，自己遗传了父亲的发质。

乐佩动作轻柔，为施航斟满茶水，施航端起茶杯，立刻一股茶香沁入心脾。乐佩泡得一手好茶，还是个姑娘的时候，娘家在意大利的小镇上有一大片茶园，她的父亲爱茶，耳濡目染，乐佩的茶艺不在父亲之下。

沈加俊按灭烟蒂，轻呷一口茶，脸上先前的凝重慢慢消散，他开口说："虽然你和沁羽已经结了婚，但你仍有选择的权利，我们尊重你的选择，但是，婚姻是一个人一生的大事，尽管沁羽是我们唯一心爱的女儿，可她和常人不一样，不一定会成为一个好妻子，也许会让你受累一生，也许……"

沈加俊的话哽在喉咙，女儿病了三年，将来能不能康复还是个未知数，他和乐佩心心念念希望女儿一生幸福，如今终于有人肯代替他们继续疼爱沁羽，可他们却觉得这样对施航不公平。他们一样视施航为亲人，他们不想看到挚爱的亲人在今后的生活里备受煎熬，于谁都是不幸的。

"爸爸，你别说了。"施航的身体向沈加俊倾靠一些，接着说："十八岁那年，我就告诉自己，我要照顾沁羽一辈子，即使后来出现乔晋，我依然坚持最初的信念。也许一切都是天意，乔晋不幸离世，我才知道，老天安排了这段插曲，其实是在考验我对沁羽的心意，我千难万险终于可以娶沁羽为妻，哪怕沁羽一辈子不会康复，我都不会放弃，请您相信我！"

乐佩坐在一边早已感动得热泪盈眶，施航无疑是最佳人选，相处这么多年，她深知施航的脾气品性，如果他真能一心一意照顾他们的女儿，这未尝不是最好的结局。

“我们从未逼迫你，沁羽的病你比我们还要清楚，如果你想放弃，我们不会有半句怨言，如果你坚持，我们会为你祝福。”沈加俊的眼眶热而酸胀，如果当年沁羽不那么执意地和乔晋爱得轰轰烈烈，他何尝不想施航痛痛快快地叫他一声爸爸？沁羽的选择他不能违背，可他的心意却永远搁在心里。

“爸爸，娶沁羽是我一生的执念，别让我遗憾终生。”施航红着眼睛，他没让眼泪弱化他的坚定。他一念执着，一念生死。

乐佩再也忍不下去，哭红的眼里蓄满了对施航的谢意，能有一个人如此深爱自己的女儿，即使明天死去，她都无怨无悔。

“好了好了，别再为难施航了，他在医院忙了一天，快点让他回房休息吧！”乐佩起身去拉施航的手。

施航没忘给沁羽打果汁，一个人朝厨房走去。

楼梯上，沁羽听到了他们的谈话，谁是乔晋？她和乔晋有过轰轰烈烈的爱情？她觉得脑袋开始隐隐作痛。每每认真想要回忆，却总是被疼痛阻隔在记忆的这端，永远不能到达另一端，看看她的过去，看看她曾有过的爱恨情怨。

沁羽扶着墙壁回到卧室，半开的窗子早已被施航关闭，紫色风铃静静地挂着，想听一听它的声音都那么奢望。

沁羽推开窗子，夜风带着从山林而来的味道吹过她的皮肤，这会儿，一点凉意也感觉不到。

对面别墅的一扇窗子突然亮起灯来，一个人影立在窗子前，依稀的轮廓，在灯光下落寞无力，风一吹恐怕就会散开。

沁羽移开目光，那一定是宋先生的家，一个星期前，那栋别墅在夜里还像一头巨兽蹲守在那里，如今点点光亮竟也显出一线生气。

宋先生？他救了她一命，他的笑容和怀抱里的温度竟让她有些恍惚。他分明是个陌生人，却好似相识已久，没有陌生的距离感。

沁羽幽幽地叹出一口气，抬手拉拢窗帘。在窗帘合拢的瞬间，她瞥向那扇窗子，黑漆漆的什么都看不见了。

第二章　千回百转，一梦难醒

沁羽知道，每次梦到这里，自己就会跌出梦境，看不到门里的任何景象。而今，她只要再前进几步，就可以推开那扇门，门里的一切就会一目了然。

酒会

沁羽本不打算参加宋先生的酒会，她一向喜欢独处，见到生人总觉得不自在，不如一个人发呆更觉时光易过。可宋先生邀请了全家，父母又欣然接受，而且明天一早父母便乘飞机飞往法国巴黎，她实在舍不得与父母在一起的最后时光，她想多陪陪母亲。

施航懂沁羽，亲自为沁羽挑了礼服，这场酒会权当为岳父岳母践行吧。如此，沁羽也就心安，不觉拘谨。

沁羽不喜化妆，不施脂粉的脸仍白皙得晶莹剔透，吹弹可破。眉眼处不经意的一抹愁容更添几分娇柔，让人心生怜惜。不薄不厚的长发柔顺细滑地伏在肩上，一动，便似波浪荡漾。与她轻柔飘逸的白丝裙摆遥相呼应，像一朵荡漾在湖面上的莲花，温婉，高洁。

沁羽挽着乐佩，施航陪伴在侧，当他们出现在宋先生的酒会现场，立刻引来钦羡不已的目光。

施施满目灿烂迎上来，问了乐佩和加俊好，又夸赞一番沁羽如此美艳动人，最后埋怨起哥哥来得有些晚。

施航不与施施多解释，倒是妹妹有如此兴致周旋，竟让人觉得好似女主人一般。他这个妹妹对任何人都比对沈家人热情周到。

宋屹池远远地看着沈家客人，沁羽的出现的确令他眼前一亮。比起那天初见，再相见，更觉此物只应天上有。

施施引着沈家人进入酒会现场，沈加俊和相识的人打招呼，乐佩陪着女儿，就连施航也不停地和相识的朋友握手问好。

施施端了两杯饮料给沁羽和乐佩，告诉她们酒会场地是她亲手布置的，她最满意的就是悬浮在泳池上方那一串串彩色霓虹，映着泳池碧静的水面，微风一荡，数不清的流光，分不清虚实。

沁羽也喜欢这道风景，虚虚实实，明明晃晃，满眼色彩，满眼璀璨。

宋先生的宅邸比沈家阔气，泳池连着草坪，假山喷泉，绿树花圃；林荫小径，紫藤缠绵。恰似人在画中，宛若天上人间。

沁羽满目美景，心静神怡。她慢慢四顾环视，竟与一双眼睛不期而遇。仅一秒，她想闪躲回避，可已经来不及，那双眼睛带着和煦的温暖迎面而来。沁羽局促，拉紧母亲乐佩的衣袖。

宋屹池就立在面前，沁羽不能视而不见。她向母亲引荐："这位就是宋先生，那天就是他救了我。"

乐佩见过宋屹池，还是他把车让给了他们，才没耽误送沁羽去医院的时间。乐佩一直想找个机会当面道谢，此刻见面，乐佩自然要千谢万谢了。

"沈太太不必客气，邻里之间相互照应理所应当。"他的语气还是那么不疏不密。除了他的眼神，沁羽感觉不到任何亲近感。

宋屹池随手叫来服务生，递了两杯红酒在沁羽和乐佩面前。

乐佩接过红酒，笑容堆满嘴角。

沁羽伸手，却无意间与宋屹池的手相碰。沁羽一惊，慌乱中弄翻了酒杯。殷红的液体倾洒在沁羽的胸前，染红了一片。

宋屹池一脸尴尬，手足无措。乐佩赶紧掏出手帕轻拭酒渍，沁羽更是紧张得不得了，整个人都在发抖。好在施施及时过来，拉着沁羽去二楼盥洗间，不然沁羽真不知道该怎样收场。

施施拿了宋屹池的衬衫给沁羽，沁羽犹豫着要不要换上。

施施冷眼看着沁羽说：“除了他的衣服，这间房子里找不到任何女性的衣物，除非你不怕被人笑话，否则，只能穿它！”

沁羽怯怯地接过洗得一尘不染的白衬衫，衣服质地柔软，洗衣液的芳香扑鼻而来。她再看一眼施施，狠下心，拉开礼服的拉链。

换上衬衫的沁羽更显单薄，她裹紧松松垮垮的衬衫坐在沙发里，一截白皙的大腿裸在外面，像极了一个受到委屈的可人儿。

施施抱着沁羽换下的礼服走出房间，关门的瞬间，扭过脸告诉沁羽：“你最好待在这里哪儿都不要去，一会儿用人会把烘干的礼服送过来，到时候再出去见人。”

沁羽没得选择，穿成这样还能去哪儿呢？如果能够预知，她宁愿一个人待在家中。施施的冷漠让沁羽意冷心寒。从小到大，她一直视施施为好妹妹，可不管她如何尽心，施施总是不领情，拒她千里之外。就像此刻，施施告诫她不许乱走动，怕她丢了脸面。

偌大的房间，冷冷静静，凄凄凉凉。沁羽缩紧肩头，蜷在沙发里。身上棉质衬衫柔柔暖暖的。她竟然穿了陌生男子的衣服，虽然泛着洗衣液的味道，可这毕竟是男子的贴身衣物，如此亲近，犹如贴着他的身体。

除了施航，她没碰过别的男人。刚才的无意碰撞，竟让她慌张不已。那个宋先生的眼神似有魔力，让她心乱如麻。

靠着沙发，沁羽有些困意。恍惚中一只毛茸茸的东西摩擦着她的脚踝，她一惊，睁开眼，一只雪白的波斯猫正蜷缩在她的脚边，瞪着明净的眼珠望着她。

沁羽喜欢小动物，因为它们有灵性，又会用无辜的眼神瞧着你，让你不得不亲近，不得不怜爱。

沁羽露出温和的笑意，伸出手想要抱起它。

猫是种警惕性高的动物，它一下子跳下沙发，一溜烟地消失在另一扇半开的房门里。

沁羽有些不舍，起身去追，可猫的速度太快，已经寻不到猫的身影。

此时，沁羽置身于全新的房间，一个独立的小复式。她仍记得施施对她的警告，不要乱走动。是啊，到别人家做客，没有主人的允许，这样擅自乱闯的确不妥。沁羽想退出，可她却迈不出脚步。她看到的是南国红木雕刻的栏杆、猩红色的大地毯、垂悬在中央的水晶吊灯、薄如蝉翼的落地窗纱……一切的一切依稀熟悉，如梦似真。

有一股力量驱使着沁羽爬上楼梯，南国红木雕刻的栏杆在手里冰凉沁脾。每上一步，沁羽的脑海就会清晰地闪现出梦里的情境，一如眼前所见的真实。

沁羽一阵恍惚。梦中，她无数次来过这里，如今，她置身此地，究竟是梦着还是醒着？沁羽的脑袋隐隐作痛。

上了二楼，站在那个窗口，竟发现，窗口被一幅油画替代。油画的色彩狰狞繁杂，看不出具体形象，只是一片色彩斑斓。

所见之处，竟与梦境如此吻合。沁羽倒吸口凉气，胸闷悸动，手心和额头已是微汗涔涔。

沁羽慢慢转过身子，一道朱红色房门就在她的背后。房门紧闭，却有着一股强大的吸引力。沁羽知道，每次梦到这里，自己就会跌出梦境，看不到门里的任何景象。而今，她只要再前进几步，就可以推开那扇门，门里的一切就会一目了然。

沁羽紧张得无法呼吸，她握紧拳头，眼睛一眨不眨地盯着房门。裸露在外的大腿似有冷风吹袭，一阵冷森森。

一步，两步，三步……她伸出手，握住门锁，一转，锁开了。她屏住呼吸，用力一推……

突然，一团黑乎乎的影子迎面扑来，沁羽看不清，连叫声都没有来得及发出，整个人已经倒在了地上，晕过去。

那只雪白的波斯猫轻盈地落在地上，扭头盯着昏死过去的沁羽，发出凄厉的哀叫声。

梦游

迷迷糊糊中，沁羽爬了起来，那扇门依旧紧闭着，像一道坚固的防线无法穿越。

突如其来的惊吓让她没有了支持下去的勇气，她想尽快离开这里。

沁羽跌跌撞撞往回走，脚下无力，像踩着棉花。沁羽没站稳，险些摔倒，一只手扶住了窗台。窗台？这儿不是挂着一幅油画吗？她记得那幅油画的色彩灿烂得有些怪异，而此刻，窗外黑漆漆一片，什么颜色都看不见。

沁羽诧异，梦里，这儿的确是一扇窗，刚才看到的究竟是梦里还是现实？沁羽被分不清的虚实困扰，头越来越痛。

突然，一只玩偶娃娃破窗而入，碎裂的玻璃散落一地。沁羽一惊，捂住嘴巴，她看到娃娃的胸前插着把明晃晃的匕首，鲜血正不停地涌出。

沁羽大叫，歇斯底里。她拼命往楼下跑，脚下踏空，身子像断了线的风筝，急速下落。

“啊！救我！”

沁羽猛然睁开眼，又是梦！

沁羽发现自己躺在一张软软的大床上，她的身体陷入，像躲进泡沫里。

“你醒了？”一个声音在她身边响起。

沁羽慌忙撑起身子，看到宋屹池就坐在床边。

“你做噩梦了？”宋屹池拿着毛巾靠过来，想擦去沁羽额头上的汗水。

沁羽躲开，接过毛巾：“谢谢，我自己来。”

宋屹池由着沁羽，看她无力憔悴的样子。

“你怎么会晕倒？你看到了什么？”宋屹池小心翼翼地开口。她太虚弱，他不忍心问得生硬。

“一只猫，不，是一只娃娃，插着匕首的娃娃！”沁羽不确定看到的哪个是真哪个是假，可惊吓却是一样的，仍令她心有余悸。

宋屹池的眼里流泻出一抹怜惜，她一定经历了刻骨的惊吓，才会失去意识，才会虚弱得连呼吸都若隐若无。

当他发现晕倒在门边的沁羽，他以为她死了。他不停地叫着她的名字，把她抱回自己的卧室，守着她，直到她从梦境中惊醒。

“别怕，真的只是一只猫而已，它叫小白，很温驯，不会伤人。”宋屹池指了指椅子上那只雪白的波斯猫。小白看着它的主人，乖巧地叫了一声。

沁羽看了一眼小白，她确定扑向她的那团黑影就是它。沁羽本能地缩进被子里，害怕它再次扑向自己。

宋屹池扶沁羽躺下，拉好被子：“再睡一会儿，我会通知你的父母。”

沁羽陷入柔软的床里，浑身懒洋洋的，她真的很想再睡一会儿。

门外有脚步声，嘈杂、急促。

宋屹池漫不经心，依旧安静地坐在床边。

门被推开，率先进来的是施航。加俊、乐佩和施施跟在后面。

施航一眼就看见躺在床上的沁羽，她的面颊白得没有一丝血色。

当沁羽看清是施航，她已经迫不及待地从床上爬起，向他伸出双臂，她需要他的怀抱和保护。

施航推开仍稳稳坐在床边的宋屹池，他不想有人阻碍他们，即使宋先生一番好意，可沁羽需要的永远是他的关怀和疼惜。

“是我不好，不该扔下你不管，我该死，我该死。”施航搂住沁羽，贴着她的耳垂碎碎念。

沁羽不怪施航，他的自责让她擅闯别人房间的行为显得荒谬无道理。如果她听了施施的告诫，就不会让自己变得如此狼狈。她伏在施航的肩上，看了一眼一直冷眼在侧的施施。

施施眼里有抹幸灾乐祸。她为哥哥不值，沁羽除了容貌，其他条件都不可能成为一个理想的好妻子。尤其是她的病。

沁羽不敢再看施施，她的眼神那么直接，让沁羽有些惧怕。施施还是笑了笑说：“你每时每刻都需要人保护，我真担心哥哥心有余而力不足啊！”

施航轻咳一声，提醒施施不要话太多。

施施没有收敛，继续说：“自己的身体不好，就应该克制自己，这不是在自己家，你会让宋先生很尴尬的，懂不懂？”

施施的话令现场的气氛有些凝结，这种意外谁也不可预知，施施显然把事情弄得很复杂。

“是我养的那只猫讨厌，吓到了沈小姐，对不起！”宋屹池率先打破尴尬气氛。这的确是事实，怪不得沁羽。

“不是猫！是娃娃，插了匕首的娃娃！”沁羽有些激动。一想到滴着血的娃娃，沁羽整个身体开始颤抖。

施航一惊，怎么又是娃娃？就连沈家父母都觉得不可思议，那只娃娃为何阴魂不散总缠着沁羽。

沁羽隐约听到有人呼唤她的名字，一声声，就盘绕在她耳边。她捂紧耳朵，可声音依旧隐隐传来。

沁羽非常激动，像被那个遥远而清晰的声音控制。她猛然推开施航，光着脚冲出卧室。

大家都惊呆了，施航第一个冲出去，接着是宋屹池。

沁羽终于站在南国红木雕刻的栏杆前，她仰视着楼梯拐角那幅色彩斑斓的油画，此刻她才看明白，那幅画画的是火。

只有沁羽能看懂画里的内容，那是一片熊熊火焰，把天空都烧了起来。

沁羽不假思索，直接上楼梯，她的脚步那样坚定，一步一步铿锵有力。

沁羽什么都不想，直接将画取了下来。画的后面果真是一扇窗，窗外漆黑一片。沁羽的眼睛落到窗台上，一个娃娃正静静地躺在那，身上的包装纸还没有卸下，像裹着一身银光。

这个娃娃的胸口没有插着匕首，看上去可爱、乖巧。沁羽慢慢伸出手，想要拾起它。可就在沁羽的手要碰到娃娃的一刻，身后的施施抢先一步夺过娃娃，厉声道："这是我的，你不要乱动！"

沁羽茫然不知所措，这娃娃明明和家中的一模一样。

施施的举动令在场的人无不惊讶，这娃娃是她的？那插着匕首的娃娃难道是施施送的礼物？施航困惑了，想不到妹妹会送一份那样的礼物来诅咒沁羽，她对沁羽的怨恨到底有多深，又究竟为何呢？

"这娃娃本是一对的，一个送了沁羽做新婚礼物，这一个，是送给老板的。我知道老板每天要更换一幅画，所以把礼物藏在这儿，想给他一个惊喜而已。"

施施的解释听起来并无不妥，可沁羽意识里看到的又做何解释？

"你为什么送沁羽一个插着匕首的娃娃，如果是玩笑，这玩笑开得太重了！"施航抓起妹妹手中的娃娃就要扔出去。

施施一把抢回来："我不知道你在说什么，我没有送沁羽插着匕首的娃娃！"

"你还不肯承认，要不要跟我去看看？"施航逼近施施。她是他最亲的人，他不相信她有什么阴谋。

“我不去，没送就是没送，不要冤枉我！”施施急得差点掉眼泪。

施航又气又恨，妹妹的眼泪同样对他是一种威胁，他不能熟视无睹。

最后，施航拉起沁羽的手。不管这娃娃的出现是有意还是巧合，他都不愿继续留在这里。他知道沁羽也累了。

沁羽乖乖地跟在施航身后，今天所发生的一切仍像一场梦，分不清真假。沁羽瞥了一眼宋屹池，他沉静地站立在那儿，不言不语，好像是个局外人。

乐佩和加俊不得不跟出来，宋先生的酒会不欢而散，他们都想不到自己女儿的病症会越来越严重。乐佩在加俊身边说：“我看还是取消明天的航班吧！我实在放心不下沁羽啊！”

加俊握紧乐佩的手：“我们不能陪她一辈子，有施航，沁羽不会有事。”

沁羽早早睡下，她已没有精力再陪父母，即使明天以后，父母身处大洋彼岸，今晚，她也要好好睡一觉。她太累了。

施航陪加俊聊得很晚，除了交代一些生意上的事情，最多的还是不放心沁羽。乐佩在一旁不停地掉眼泪，她后悔做决定去法国，万一女儿有什么闪失，她良心不安啊。

事已至此，再不放心也要放手了。孩子早晚要离开父母，他们必须接受。

那一晚，施航没有睡，一个人在书房坐到天亮。看着窗外微现的晨色，他知道，属于他的终将到来。

当施航走出书房，推开卧室门的那一刹，他被沁羽吓到了。他清楚地看见，沁羽握着匕首正一下一下刺人玩偶娃娃的心脏。

雨中蔷薇

雨季一到，终日绵绵阴雨，纷纷扰扰。

沁羽喜欢下雨，隔着窗子，外面的世界湿润得像裹着一层雾气，朦朦胧胧。山间有薄雾环绕，若隐若现，庭院梧桐落下枯叶，被水一浸，剔透明净。开着窗，风里透着股清爽，凉凉得令人心怀舒畅。

这样的雨季，坐在窗前，发呆，沁羽可以坐一上午，什么都不想。眼里细雨纷飞，心无旁骛，宁静得只闻雨滴轻穿树叶时发出的莎莎声。一院子梧桐，声势浩大。

施航早出晚归，沁羽守着空宅，与寂寞为伴，却难得清闲。

近日，沁羽的梦越发频繁，昼夜昏昏沉沉，可总无睡意，睁着眼在床上折腾。沁羽乏了，干脆出去走走。

秋天的雨，有风就会冷冽，不如春雨温润恬静。沁羽披了件毛衫，撑着伞移步后院。出了铁门，草地湿漉漉，却也清新。羊儿躲在桑树下，彼此依靠，抵御秋天的凉意。

沁羽的裙角被雨水沾湿，凉凉地贴着她的皮肤。沁羽拎起裙摆，露出一截小腿，白皙得略显刺目。

到了分岔路，一边是通往山林，另一边是青石铺就的小径，尽头是宋先生的家，隐隐可见高耸的大门。

沁羽停下，青石小径两侧种植着蔷薇，一路上去，半残的蔷薇花在雨中微微颤抖，竟有些凄凄凉凉。

沁羽扔掉雨伞，随手拈下蔷薇花瓣，用毛衫的衣角兜住，湿漉漉的粉红欲滴。

沁羽一路走，一路采摘。不一会儿，衣角已经盛不住了。看着坠落在泥土里的花瓣，一阵心酸袭上心头，沁羽竟黯然泪下。

发呆中，头上似有东西遮住了雨丝，沁羽茫然抬头，看见宋屹池撑着伞为自己遮风避雨。

“这个季节淋雨可不是一件浪漫的事儿，你必须马上换一套干爽的衣服，小心着凉。”宋屹池俯着头，眼神专注而诚恳。

沁羽这才发现自己浑身已经湿透，被她扔掉的雨伞孤零零地躺在不远处的小径上，额前发丝上一滴雨水正慢慢滑落脸颊。她不禁打了个寒战，一股寒意侵袭而来。

宋屹池脱下外套，披在沁羽的肩上，顺势揽住她消瘦的肩膀：“你应该泡个热水澡。”

沁羽仰着头，接受着他的体贴，像多年挚友，无任何戒备。

宋屹池发现沁羽怀里兜着的蔷薇花瓣，会意的一笑：“蔷薇花瓣晒干后，可以泡茶，凝神静气。”

沁羽盯着花瓣，有些已经萎蔫：“落入泥土，可惜了，它应该有更好的去处。”

宋屹池发现沁羽眼角一闪而过的哀伤，不禁为她的怜悯之心动容。世间还有如此至情至性的人，竟近在眼前。

“世间万物都有其归宿，遵循自然，无须强求。”

沁羽抬眼，恰巧四目相对。仅一秒，沁羽便仓促收回目光，这眼神，令她没来由的一阵心跳。

宋屹池不再说话，引着沁羽朝自家走去。

宋屹池放好热水，又把沁羽采摘的蔷薇花瓣放入浴缸，拿了干爽的衣物、浴巾，调暗了灯光，然后，才带着沁羽来到浴室门前。

沁羽有些不好意思，在陌生人家里沐浴总觉得不妥，况且整栋房子似乎再无他人。孤男寡女，有违常理。

宋屹池不计较这些，再不换下湿衣服，寒气入体，非感冒不可。沁羽知道宋先生的好意，待他离开，沁羽才轻推房门走进浴室。浴缸里漂着蔷薇花瓣，雾气缭绕，清香怡人。他是个细心之人，沁羽在心里告诉自己。即使施航那么疼爱自己，有时也会忽略一些她本需要的东西。沁羽缓慢地褪下湿衣服，跨入浴缸，慢慢将身体浸入水里。

立刻，温暖袭遍全身，整个人也随之松散下来。

人一松散下来，就容易犯困。沁羽懒洋洋地躺在水里，周遭荡漾着蔷薇花瓣，香气缕缕，阵阵入脾。

头上的灯光散发着暖暖的光晕，像春日里的阳光，让她眯起了眼睛。只需一秒，便进入梦乡。

宋屹池一个人坐在客厅的沙发上，他本不吸烟，今天却异于往常，一支燃了半截的香烟拈在他的食指与中指之间，燃尽的半截烟灰笔直而整齐。

宋屹池的目光一直停留在二楼，一眨不眨，专注且深沉。他不明白为什么要带沁羽回家，仅仅是怕她感冒？当发现雨中孤单单的沁羽，他迫不及待地想要给她保护，哪怕只为她撑一把伞。

如今，她就在他的家中，可她已是别人的妻子，这种关系，让他的保护显得多余且不合时宜。

灭了烟蒂，宋屹池拿起茶几上那只会模拟人声的玩偶娃娃。喜怒哀乐，只需操控。

那天沁羽被施航带走后，他留下施施，问她为什么要送他这样一只娃娃。施施红着脸说把自己的声音拷贝在了娃娃的系统里，只要他操控，娃娃就会发出她的声音，她只想让自己的声音陪着他。

施施的用意再明白不过，可他却不以为意，他的心里永远不会有施施的位置。

其实，那是一只被施了催眠术的娃娃，他没有揭穿，是想给施施留一点余地。当初聘请施施进画廊，他也是怀着私心，她是唯一可以接近施航且不会被施航有所防范的人。

他苦等了这些年，终于有了机会，而这机会他必须把握住，这是他最后的希望。

施施喜欢他，可他的心却留在了过去，留在了那个他此生最爱的女人身上。

那天他郑重其事地告诫施施：不要把时间和心思花在他的身上，他不会和自己的员工有任何暧昧的关系。

施施憋红了脸，盯着他半天，直到眼眶水雾缭起，她才意识到，眼前这个男人永远不可能属于自己。他倔强、傲慢、冷漠，他的心又怎会轻易去喜欢一个人？爱上他和被他爱上都将是一件辛苦的事情。

施施什么话都不用说，在眼泪流下的一瞬间，转身离去，她不想让他看到自己被拒绝后的无助和羞惭。也许从一开始她对他的心思就不够清晰，她仰慕他，敬重他，视他神一般的存在，可这些在他眼中不过是老板和雇员间最平淡的感情。他云淡风轻，连一个微笑都吝啬地要掩藏，想要得到他的心，简直难于上青天。

施施第一次体会到强大的挫败感，多年的骄傲一扫而光，她觉得自己像个小丑，出尽洋相后急于找个躲避的地方，舔舐自己受伤的心。

可是，第二天一早，他还是接到施施的工作电话，她的声音和往常并无不同，听不出前一晚遭遇过的尴尬和伤痛。也许这是最好的，聪明的人才会知道如何掩饰好自己的伤口而做到淡定自若。

玩偶娃娃的目光澄净透彻，像黑色珍珠，凝聚所有的光亮。宋屹池有一刻的恍惚，这澄净的目光似曾相识，多年前，那个女孩拥有同样的目光，大而明净的眼眸，浓密纤长的睫毛，他这一生都无法忘怀那眼眸深处流转出来的光亮和澄净。他无数次亲吻她的眼睛，告诉她，即使全世界都失去了光华，有她在，依然会照亮他的人生。

而今，他的人生在没有失去光华的世界里，却暗淡得像蒙上了一层轻纱，模模糊糊，看不透，也看不清。他多希望重遇这样一双眼眸，即使只是一只玩偶娃娃，他都觉得这世界的光亮还是那么的清新和透彻。

阳光就在头顶，洒下一片暖洋洋的光。

沁羽站在山顶空旷的草地上，一座西式洋楼依山崖而建，遗世而独立。

沁羽拾阶而上，似曾来过此地，一切熟悉又遥远。

门敞开着，沁羽迈步而入。南国红木雕刻的栏杆、猩红色的人地毯、垂悬在大堂中央的水晶吊灯、薄如蝉翼的落地窗纱……一一映入眼帘。

有人从楼上下来，带着和煦的微笑。

沁羽迎上去，却不认得此人。

那人不说话，拉着她上楼。

她想甩开那人的手，可他的手坚定有力，她只能跟在他的后面。

沁羽被带入一间房，那人一转身，便将她揽入怀里。沁羽慌促紧张，她心跳得厉害，呼吸困难。她眼睁睁地看着他的唇压下来，她无处躲避，与他纠结在一起。

似乎过了很久，他的余味仍回绕在她的唇际，她怔愣地看着他。他微笑，笑容甜蜜温暖。

他捧着一只礼盒，在她面前打开。一条闪着璀璨光芒的钻石项链，闪闪烁烁，明明亮亮。他取出，为她戴上。他引着她来到镜子前，她不敢看，怕那光芒刺痛她的眼睛。

他单膝跪地，虔诚地将她的手捧在他的唇边，轻柔地印上唇印。他向她求婚。

“叮叮咚咚”一串悠扬的旋律由远及近，沁羽猛然睁开眼，发现自己仍躺在浴缸里。

没有项链，没有求婚男人，只有手机闪着蓝光独自吟唱。

沁羽拿起手机，来电显示是施航。

沁羽没接，也没挂断，随手将手机放回原位。

似被催眠

施航握着手机，表情凝重。窗外，雨下得有些急了，他的心也跟着焦急起来。

这个时间，他本应该在公司，若不是那只奇怪的娃娃一直盘绕心间，让他坐立不安，他是不会丢下公司的业务半途而返的。他很想弄清楚那只娃娃究竟隐藏着何等玄机。

施航一直没有机会找出那只娃娃，他知道一定是沁羽将它藏了起来。自从娃娃出现，沁羽的症状越来越严重。施航已经心力交瘁了。

施航找过施施，他怀疑施施在娃娃身上做了手脚，不然，沁羽是不会跟一个玩偶过意不去，一刀一刀那是何等仇怨难平？

施施一口咬定没有做任何手脚，沁羽一向喜欢娃娃，投其所好，这礼物并无不妥。

施航不相信妹妹，这么多年，施施一直不喜欢沁羽。如今沁羽成了她的嫂子，她心里一定耿耿于怀。

施施不否认自己讨厌沁羽，可哥哥执意至此，作为妹妹，她只能祝福自己的哥哥将来幸福。

施施义正词严，并无半点心虚。

施航无奈，任何猜测都只是一种假想。但施施的心结，施航不能不正视。这么多年，施施刻意疏远沈家人，在她的心里一直存在着一个疑问，沈加俊是否真的私吞了父母留给他们的遗产？

这是个严肃的问题，施航曾细致地研究过，但无凭无据，他不能怀疑一个对他有恩的人。

施施不一样，快人快语，心中藏不下事儿。每每面对沈加俊，施施的眼里总是带着一丝戒备和怨恨。施航担心如此下去，后果会不堪设想。

施施不回避这个话题，这是她一直坚信的。即使沈家对他们有恩，但恩和怨她不能不分清楚。

“你可以做沈家女婿，做沁羽的丈夫，但我也有查出真相的权利，你不能阻止我。”

施航默认了，有时，他缺乏的就是这种坚定。多年前，如果他能坚定地执着下去，或许真相早已浮出水面，但他犹豫了，彷徨了，甚至刻意躲避。他觉得，即使父母给他们留下了亿万家产，与现在的生活又有何异？

一阵风涌进来，夹着星星点点的雨。施航走到窗前，关好窗户。透过雨雾，还能清晰地看到大片草地和通往山间的小路。那扇铁门的侧门开着，被风吹得欲关欲合。施航意识到了什么，转身就走，急匆匆地，没有丝毫犹豫。

走得急，施航忘记带伞。出了铁门，身上的衣服已经淋湿。施航加快脚步。雨越下越大。

迎面，他看见了沁羽，也看见为沁羽撑伞的宋屹池。

三个人愣住。

雨急得让沁羽看不清施航的表情。

施航的脸沉郁得犹如这天气。他本能地握紧了拳头，直奔宋屹池而去。

沁羽终于看清施航，雨水挂满了他的脸，顺着下颌流进身体。他直视宋屹池，眼神怒而凛冽。

沁羽还没来得及开口，施航已经一把推开宋屹池。

急雨一下子倾泻下来，沁羽惊慌地缩紧肩头。施航没犹豫，脱下西装外套挡在沁羽的头上。

“施航，你别这样，宋先生是个好人。”沁羽有些急，她不想每次都令宋先生尴尬。

施航管不得这么多，只要对沁羽有企图的人，他都视为敌人。

“我还要感谢他送你回来，是不是？他搂着你，我可以当作没看见，是不是？”施航的情绪已经失控，他第一次如此大声地呵斥沁羽。

沁羽瞬间红了脸，眼泪逼近眼眶，差一点就要流出。

“我想你一定是误会了，这么大的雨，哪怕是对一个陌生人，我也会这么做，更何况，沈小姐是我的朋友。”宋屹池坦然地开口，语气更是淡定得不容一丝质疑。

施航怒视着他，宋屹池不躲不闪，还以更为坚定的眼神。

施航不屑地冷哼一声，揽着沁羽就走。

宋屹池撑着伞站在雨里，突然，他自嘲地笑笑，也许，他不应该带沁羽回家，也许，他搬来这儿本身就是一个错误。

回到家，沁羽把自己反锁在卧室里，任施航在门外如何道歉，沁羽充耳不闻。

施航一直守在门外，不离不弃。他担心沁羽，怕她噩梦醒来发现自己孤零零一个人；怕她神志不清时伤到自己。总之，施航一刻不敢离开，聆听着门里传来的任何动静。

半夜，施航倚在门边打盹。突然，门里传来窸窸窣窣的声音，他一惊，立刻凑到门边，竖起耳朵，听个真切。

声音细微且断断续续，施航的心紧紧地提着，生怕自己的呼吸淹没房里的声响。

一切又恢复平静，屋里一点动静也听不到。施航的神经紧绷起来，万一沁羽有意外，他如何向岳父岳母交代？想到这儿，施航再不能不行动了，他用身体猛然撞向房门。可房门并没上锁，他的力道大得出奇，这一撞，他整个身体顿失重心，趺趺撞撞冲了进去，险些摔倒。

卧室没开灯，借着从窗子飘进来的点点光亮，他没看到沁羽。他想去开床头灯，可脚下似有东西绊了一下，他俯下身，看个究竟，却发现沁羽就倒在脚下。

施航赶紧抱起沁羽，呼唤她的名字。沁羽就像死去一般，没有丝毫反应。

施航掐沁羽的人中，他已熟悉急救方法。沁羽每次昏厥，他都这么做。可这次，沁羽并没有醒。

施航将沁羽抱回床上，开了灯。沁羽就像熟睡的模样，呼吸均匀。

卧室一片狼藉，像被入室小偷洗劫后的情景。施航低头去看沁羽晕倒的地方，就在床边，地上还有沁羽的披肩。

施航走过去，拾起披肩，一个东西从披肩里滑落，掉在地上。

施航看得清楚，就是那只奇怪的娃娃，可那把匕首却不见踪影。

施航弯腰拾起娃娃，娃娃的身上已经千疮百孔，刀口处露出纤维，看上去，残破不堪。

施航翻来覆去研究着娃娃，究竟这娃娃有何秘密？

突然，施航触摸到娃娃背后一块硬硬的东西，翻过来一看，竟是一块类似扩音器的东西。原来，娃娃的声音是从这里发出来的。

施航找到按钮，轻轻一按，娃娃真的说起话来："杀了他！杀了他！……"

施航怔愣了一下，像进入某种梦境。

“铃……”一阵电话声响起。

施航像被人从梦中扔了出来，猛然清醒。他一下子将手里的娃娃扔了出去，难道这娃娃有某种魔力？

床头的座机电话依旧响个不停，施航赶紧过去接电话。

电话是乐佩打来的，法国那边应该是白天。

“沁羽是不是出事了？我心跳得厉害！”乐佩的声音传来。

“没有，她睡着了。”施航看了一眼昏睡中的沁羽。

“我就放心不下沁羽，你要好好照顾她啊！”

“知道了，你和爸放心好了。”

挂了电话，施航仍心不在焉。那只娃娃就在地上，他却再不敢去碰它。想着刚才那神奇的一瞬，就像进入另一个时空，那娃娃的身上究竟有何魔力？

难道？他被催眠了？

施航觉得背后一阵寒意，如果有人蓄意害沁羽，那么这个人到底是谁？

积怨

沁羽是在第二天中午醒过来的，她昏睡了近十小时。

醒后的沁羽根本记不清昨晚发生了什么，她看施航的眼神依旧如往日一般信赖。昨天的不快，就像在她的记忆里剥离出去，她甚至不记得自己把施航锁在门外。

施航不逼迫沁羽回想，只要她醒过来还能冲他笑，还能记得他，这比什么都重要。

施航见沁羽没什么大碍，精神似乎好很多，他放不下公司的事情，安慰一番沁羽，便急忙赶去公司。在离开的时候，他悄悄地将那只娃娃收进自己的公文包里。

施航驾车离开，在路上他与宋屹池的车擦身而过，两人透过车窗彼此看了一眼。宋屹池犀利的眼神令施航一阵心悸，那眼神带着琢磨不定的意味。

施航的车停在宋屹池画廊门前，海城最具艺术价值的绘画天才竟然是一个看似面无表情，冷酷淡漠的男人。施航实在不能理解。

一想到宋屹池，施航就莫名地感觉到一种潜在的紧迫感，这感觉来自宋屹池对沁羽的莫名关心。他绝对不允许任何一个男人接近沁羽。

施航在车里等了一会儿，就看见施施从画廊里走出来。施施来这里上班，他是最后一个知道的，他觉得施施学非所用，辜负了他对她的栽培。

施施打开车门上了车，刚一坐定就问："急着找我什么事啊！"

施航从公文包里取出娃娃，递到施施面前。

施施记得这娃娃，全球限量版，有个好听的名字"姐妹花"，本来打算送沁羽一对，但这娃娃太可爱，她又记得宋屹池喜欢收藏娃娃，于是把自己的声音录进娃娃的系统，打算给宋屹池一个惊喜。

如今，可爱的娃娃千疮百孔，令施施大感意外。原来沁羽会这么残忍地对待一个玩偶。

"已经坏了，还不扔掉？"施施接过娃娃，开窗想扔掉。

"别扔，这娃娃有玄机，被人施了催眠术。"施航立刻阻止。

施施愣了一下，收回手，细细打量眼前的娃娃。

"为什么要这样做？沁羽变成这样，你还不肯放过她？"施航心痛，每一字都说得艰难，

"你还是怀疑我？我说过，我没有！"施施有些气愤，被人冤枉，心里那口气始终不能纾解。

"爸妈死了，家也散了，你嫉妒沁羽比你幸福，你觉得沁羽拥有的

一切本应该属于你，所以你要报复？”施航的眼色突然暗淡了下来，他不确定施施这么做到底是对是错，他何尝不觉得老天是不公的啊！

施施冷哼一声：“我讨厌沁羽，但不代表我会害她，这样做，对我有什么好处？这样做真的能找出沈加俊私吞爸妈财产的证据吗？”

施航愣了一下，但马上又追问施施：“你学过催眠，这怎么解释？”

“你也学过射击，难道开枪打死抢劫银行的劫匪是你吗？”

施航被问得哑口无言。

施施心疼哥哥，她伸手按在施航的手背上：“哥，沁羽是个病人，她所做的一切根本不是我们常人所能理解的，如果，你心里还有爸妈，就应该找出真相，而不是像现在这样，为了沁羽，什么都不顾。”

施航抬起眼看着妹妹，他曾逼迫自己接受现实，过去的就让他过去，人要往前看，就算找出真相，他能做什么？逼沈加俊交出爸妈的财产？跟沈家恩断义绝？那沁羽怎么办？珍惜眼前人，他宁肯辜负爸妈，也不想为难沁羽。

“我不想再提这件事，也许爸妈也不想我们追究。”施航挪开自己的手，松了松领带。

“自欺欺人。”施施无奈地摇头，她一直记得自己姓施，是施振鸿的女儿：“你一直在怀疑，可为了沁羽，你接受他们的欺骗，你被眼前的利益蒙蔽了双眼，爸妈泉下也不得安心啊！”

“别说了，你不懂。”施航焦虑地躲开施施的注视：“你应该感激沈伯伯对我们的恩情，而不是质疑。”

施施拿哥哥没办法，他太爱沁羽，爱得分不清是非黑白。

“下车……”施航的声音很冷。

施施推开车门，刚迈出脚又缩回来，从包里取出一张名片递给施航：“他当年是爸爸的律师，关于遗产的事情，我想你应该找他谈谈。”

施航犹豫半天，不情不愿地收下名片，他没看一眼，随手丢进抽屉。

下班之前，宋屹池回到画廊，径直走进画室。

施施像往常一样，冲了杯南山咖啡，端了进去，放在他的左手边，又顺带整理了一下桌子上的调色板，没有说话，转身欲走。

“如果在这里工作让你感到尴尬的话……”他顿了顿，抬手端起杯子，凑到嘴边，没有喝，又放回原位：“我可以介绍你去朋友的公司，薪水不比这儿少。”

施施原地转身，盯着她，勾了勾嘴角，说：“如果你想辞退我，不需要任何理由。”

宋屹池抬眸，那双眼睛深黑得望不到尽头，他微微淡笑说：“不是我想辞退你，而是……”他望了一眼左手边的咖啡杯：“这杯咖啡的温度和浓度稍微淡了些。”

施施微怔，他一向不挑剔这些，而今，只因一杯咖啡便让他生出这般感慨，于她都是一个意外。

见施施表情木愣，宋屹池居然挑起一丝温婉的笑容：“我习惯之前你冲的每一杯咖啡，那是因为你心里充满了阳光和快乐。”

施施心里一紧，她的心理变化居然能反映在一杯咖啡里，让他看穿，着实是自己的疏忽。

“你是个好女孩，只是还没遇上一个合适你的人，请继续保持你的阳光和快乐，这是你无可替代的优点。”他的声线暖暖的，让她觉得心头一热。

她慢慢地露出笑意，一种释怀后的满足。

“出去工作吧！你很坚强。”他的尾音坚定而有力，带着一丝期盼。

施施眼里重燃了热情，如果没有今天的一番交谈，她不知道还能在这里坚持多久。而今，她释然了，放下了，正如他说的，她还没有遇上那个对的人，她不该放弃未来一整片森林。

心情好了，连脚步的节奏都是轻快的，当施施迎着落日余晖洒下的一片橙黄走出画廊，她嗅到了空气中久违的清新爽快。

电话声适时地响了起来，她看了眼来电显示，笑意盈盈地接了起来。

“嗯，下班了，好，二十分钟后见，拜……”

第三章　心似双网，中有千结

究竟自己是不是经历过那一场火灾？她曾在母亲的只言片语中得到过此信息。但只是只言片语，母亲便不愿再多说。她失去的记忆里一定是一段有关火的经历，只可惜，她无法记起。

火和血玫瑰

天气放晴，阳光静好，天空蓝得耀人眼，就连偶尔飘过的一缕白云都白得透亮。沁羽坐在院子里，梧桐渐黄，秋天的味道越来越重。一阵风涌来，沁羽感到一丝凉意，她拉紧披风，想着，再过几月，圣诞一到，爸妈就会回来了。

她想念爸妈，每次乐佩打来电话，沁羽就会情不自禁地掉下眼泪。乐佩问她是不是施航委屈了她，她说没有，只是听到妈妈的声音想哭而已。

沁羽叹口气，施航对她呵护疼爱，是难得的好老公。不知为何，每次和施航在一起的时候，她的思想总是不能集中，他的疼爱太细腻，有时会让她喘不过气来。她喜欢施航去上班的这段时间，可以给她胡思乱想的空间，或发呆，或跑去和羊儿细语，总之，这段时间她过得很舒服。

坐在院子里，可以看到远处半月形的湖水。湖面平静，宛似一轮银月。沁羽很久没到湖边走走了，那儿的湖水清澈见底，小鱼穿梭其中，若捧一手湖水，便有小鱼游在掌心。她曾和施航在湖边垂钓，每次施航钓上一只鱼儿，沁羽就会将其放生。她说，不该桎梏鱼儿的命运，让它们回归自然是对生命的尊重。

和施航的所有记忆她都记得，但隐隐之中，觉得自己还失去了一些很重要的东西，可她想不起究竟是什么。就像一张白纸，周围的五颜六色太炫丽，才凸显中心点那片空白的醒目。

沁羽出了大门，朝湖边走去。她不喜欢水泥路，觉得太坚硬。她喜欢通往山顶的那条青砖小径，每一块青砖都刻着一些人的记忆，是一段流年，也是一段过往。

湖岸有风，吹皱了一池碧水。有一段石阶一直延伸至湖边，湖边有大小不一的鹅卵石，密密麻麻绕着半月形的湖面。远处有一片小树林，一排漆着白色油漆的栅栏围在树林之外，一片一人高的水草繁茂地生长在湖水里，摇曳着，和荡漾的湖水相拥而舞。

沁羽喜欢柔美妖娆的水草，虽不知名，可它们常年青绿，给人生生不息的坚强。

沁羽踩着鹅卵石，小心翼翼地靠近湖水，蹲下身，撩起一串涟漪，一层一层扩散，直至归于平静。她脱掉鞋子，挽起裙角，踩进水里。水有些凉，沁羽张着嘴巴，让凉意尽快释放。待适应了水温，沁羽开心地踏着清水跟水里的鱼儿嬉戏玩耍。

天气好得连心情都格外舒畅，即使额头汗水微渗，脸颊一片绯红，沁羽还是尽情于欢乐之中。

过了许久，沁羽是真的累了，她赤着脚上岸，拎着鞋想找一块石头坐下休息。忽然，她发现岸边的栏杆旁立着一个人，那人正一边注视着她，一边挥笔在架起的画板上。有人在偷画她？沁羽有些慌神，难道那个人一直偷窥她？

沁羽有些生气，先前的好心情被这个鲁莽的绘画人搅得荡然无存。她试探地朝那人靠近，再近些，沁羽才看清那人的容貌，原来是邻居宋先生。

宋屹池冲她微笑，搁下笔，向她伸出手。

沁羽愣在那儿，不知道要不要把手伸给他。

“把手给我，小心被石子绊倒。”

沁羽闷在心口的那口气，一下子松懈下来。

沁羽始终没有伸出手，宋屹池只好搬了画夹来到她身边。

沁羽慌忙穿好鞋，整理了一下自己的裙角。抬起头时，不经意地瞥了一眼面前的画板。她看见画面上一位穿着长裙的女子伫立在水中，脚下围绕着一群五彩斑斓的鱼儿。

就一眼，沁羽就惊叹不已，这画面简直栩栩如生，就连无影无形的风，只需几笔的勾勒便能跃然于纸上，更别说那女子的身形样貌，宛如对镜而视，分毫不差。

"是我？"沁羽明明知道，还是问了一句。

宋屹池点点头。

"你一直都在？"

"是的。"

"你偷窥我？"沁羽脱口而出。

宋屹池温和地一笑，说："是你突然闯进了我的画面，而我只是用画笔记录下来，不经意的，才是最动人的，你和这风景浑然天成。"

他说得太美，沁羽没办法质疑他这么做的动机，只是一幅画而已。

沁羽接受了他把自己画进画里面，她仔细欣赏，每一笔，每一层色彩都精细入微。虽然她不懂绘画，却能感觉到，他画这幅画时所倾注的感情和专注，绝对不是随意的挥毫泼墨。

"不介意的话，我想把它收藏起来，我觉得这是我近几年画得最好的一幅画。"

沁羽不自觉地红了脸，他画她，还要收藏画，她一时难以回答。

"每幅画在画者的心里都是有生命力的，如果不能被人欣赏，这幅画的意义也就不存在了，我只是想把美好的东西与人分享，这是一个画者的使命。"宋屹池眼里的渴望灼烈，像祈求一份馈赠。

沁羽不懂作画者的心思，可他的诚意，沁羽却感受得分明。

"你喜欢，就随你吧！不过，我有个条件。"

"什么条件我都答应。"

"把你的那幅'火'送给我。"

沁羽跟着宋屹池到家里取画，她看着他在画室的墙壁上摘下那幅只有她看得懂的“火”。

他交给她，说：“既然你能看懂这幅画，说明你和这幅画有缘，这是天意。”

“画的真是火？当时只是一闪念，觉得像一片火，你不会笑我瞎猜的吧！”沁羽捧着画，一脸惭愧。自己不懂什么抽象画，能看得出是火，纯属歪打正着。

“你独具慧眼，这幅画没有一个人能看得懂，而你，完全可以说是我的知己。”宋屹池一边说，一边引领着沁羽退出画室。

画室比邻着那间独立的小复式，沁羽停下，目光落在南国红木雕刻的栏杆和楼梯口那幅新换上的画上面。画面是一株玫瑰，花瓣上露珠晶莹剔透，一颗露水跌碎荡溢出一层浅红色的涟漪，像一池流动的血，一圈一圈。

沁羽惊诧，这幅画美得有些惊心动魄。画者似乎在讲述一段悲伤的心事，有血，有泪。

沁羽侧脸看一眼宋屹池，他似乎猜到她的心思，淡然一笑，说：“这幅画叫‘血玫瑰’，为爱而生，为爱而死。”

沁羽心头一颤，爱到如此极致，究竟是喜是悲？

“走吧，去客厅，尝尝我的蓝山咖啡。”宋屹池率先朝另一扇门走去。

“等等，宋先生。”沁羽喊了一声。

宋屹池停下，转身。沁羽站在原地不动，她有些紧张。

“有件事，我一直弄不明白，我在梦里来过这间房，一样的栏杆，一样的地毯，就连这挂着的吊灯都是一模一样。”

“你想说什么？”宋屹池踱回到沁羽身边。

“不知道。”沁羽摇头，“为什么这间房会出现在我的梦里，而且三年来从未间断，难道只是巧合？”

宋屹池屹立在沁羽面前，他看她的眼神竟有些怜惜。

“这一带的别墅装修风格是一致的，也许很久之前，你来过这里。”

“就算装修得一模一样，为什么我偏要梦见它，而不是别的。”

宋屹池伸手拍了拍沁羽的肩膀：“别多想，很多事情都是无法解释的，一个梦而已，说明不了什么。”

沁羽看宋屹池，她不应该问他这样的问题，让他无从回答。

“对不起，我真的想解开这个疑团，被梦困扰了三年，我很累。”

宋屹池自然地挽住沁羽的肩头：“你应该找人聊聊，敞开心扉，会让自己变得轻松些。”

沁羽跟着宋屹池到了门边，沁羽回头，再看一眼“血玫瑰”，那是一种悲怆，一种无声的哀愁。

纠缠

施航回来得很晚，他喝了酒，有些醉意。

今晚，公司的许总荣退，施航要代表沈加俊为许总开欢送会。一向滴酒不沾的他，居然一连干了三杯。酒一下肚，他才后悔，被酒精折腾的滋味无法形容。他不得不躲在角落睡一会儿，直到饭局结束，他才打车回家。

施航摇摇晃晃上了二楼，停在卧室门前，撑着墙，按了按昏沉的脑袋。

许总是公司的财务总监，年轻时，跟着沈加俊打天下，退休的事儿，沈加俊已经批准，可惜没能参加荣退晚宴，许总的心情还是有些落寞。

荣退晚宴的前几天，许总把公司这些年的财务报表和公司成立至今所有的资料都交给了施航，应该让这位新老板看看公司这些年的支出情况和发展历程，他的工作也算有头有尾，没留下什么遗憾。

施航是个有心人，在厚厚的资料里发现了一条信息。沈加俊在 1996 年突然注资两千万扩展公司业务，成立了现在的电子公司。这笔庞大的资金从何而来？当初，沈加俊的资产不足千万，怎么可能一下子注资两千万，除非……施航突然记得，爸妈遇难那年正是 1996 年，难道这两千万是爸爸留给他和妹妹的遗产？

施航靠在墙上，头疼得厉害。他问过许总，许总只说当时有人投资，后来投资人撤资，公司才算真正属于沈加俊。

这个解释并不可疑，世间的巧合无所不有，单凭这一点，很难断定他和妹妹的猜测是对的。

施航努力地甩头，想用酒精麻醉心里的念头，希望酒醒后，一切烟消云散。可越是醉得深沉，念头越清晰地在心间翻腾。他已经默认了，只是不愿相信罢了。

施航推开卧室门，借着走廊的光亮，看见沁羽抱着一幅画，缩在沙发的一角。沁羽对他的突然闯入没有丝毫反应，仍旧一动不动，目光呆滞，表情木讷。

“我回来了，沁羽，我回来了！”施航跌跌撞撞，终于坐进沙发，胡乱地扯松领带，大口喘息。

沁羽不动不语，像施航根本不存在一般。施航无法忍受这种漠视，一把扯过沁羽怀里那幅画：“看什么这么入神？”

沁羽一惊，似恢复了意识。她急迫地想要抢回那幅画，无奈，施航不松手，沁羽最终放弃，颓然地抱着肩，缩紧了身体。

施航醉眼蒙眬，画面色彩繁杂，令他更加眩晕。他随手将画扔到地上，嘴里嘀咕着：“什么鬼东西，你倒看得很入神啊！”

沁羽猛地跳下沙发，拾起地上的画，紧紧搂在怀里。施航有些气愤，自己醉得如此狼狈，沁羽竟视而不见，疼惜那幅画比疼惜他还要多。

施航愤怒了，冲上去就抢。沁羽拼命地护着，死死地不肯松手。

“给我，我叫你松手啊！”施航大喊。

沁羽几乎崩溃，哭声和叫喊声混在一起，像一个发了疯的病人。

施航不妥协，非要把画抢过来不可。沁羽哀求着，终抵不过他的力气，眼睁睁地看着画被抢走。

施航再次打量那幅画，隐隐记得这幅画曾在宋屹池的家里见过。一股莫名的火气再次沸腾，他不假思索狠狠地将画摔了出去。

画摔在地上，裂开一条口子。

沁羽无力地瘫坐在地上，那条裂开的口子就像在她的心上划过一刀，疼，却不见血。

“你杀了他，你杀了他，是你，是你！！”沁羽瞪着惊恐的双眼，半痴半呆。

施航浑身一颤，酒劲醒了一大半。他想抱起沁羽，却被她一把推开。

“你杀了他，你杀了他，你杀了他！”沁羽捂着耳朵尖叫。

施航紧张得浑身发抖，他上前抱住沁羽：“你疯了，你胡说！”

沁羽在施航的怀里挣扎，拼命地挣扎。突然，沁羽整个身子瘫软下来，人已经昏倒在施航的怀里。

沁羽又一次进入昏睡状态。

施航的酒彻底醒了，他抱着头，懊悔自己对沁羽太残忍，明知沁羽不能受刺激，为何还要抢夺她心爱的东西？

施航走过去，拾起那幅画。他看不懂画里面的内容，只觉得色彩繁杂刺目。沁羽为何那么紧张这幅画？就像着了魔，情绪反常，胡言乱语。

施航把画放好，沁羽还在昏睡中。他来到窗前，拉开窗帘，对面别墅二楼的一扇窗口还亮着灯，隐约有人影立在窗前。只是一眨眼的工夫，人影隐没，窗帘合拢。

施航皱了一下眉，他一直觉得宋先生行为怪异，神神秘秘。如今，大半夜的不睡觉，站在窗口偷窥他们，他究竟想干什么？

沁羽醒来的时候，天已经大亮。她撑起身子，发现施航趴在床边睡得正沉。沁羽不敢动，怕吵醒他。他一定一晚没睡，就守在自己身旁。难道自己昨晚又发病了？怎么一点意识都没有。

沁羽静静地看着施航，他有长长的睫毛，鼻翼挺直，他五官俊秀，皮肤白皙润泽。沁羽忍不住伸手抚摸他的脸颊，滑滑的，暖暖的。她第一次仔细认真地欣赏施航睡觉的模样，像个孩子，嘟着嘴巴。沁羽被他的样子逗笑，笑声吵醒了施航。

施航睁开眼，看见沁羽正对着自已傻笑，他一伸手，便将沁羽拉进怀里，捧着她的脸问："你终于醒了，昨晚你把我吓到了，你说，要怎么补偿我？"

沁羽不记得昨晚发生了什么，看施航认真起来，不肯饶过她的样子，沁羽知道又连累他一晚没睡。

施航的嘴巴已经凑上来，沁羽躲不过，被施航狠狠地吻住。沁羽不挣扎，不反抗，他的吻才变得温润细滑。

"别闹了，小心上班迟到。"沁羽推开施航，脸上又红又烫。

施航终于肯放过沁羽："我去冲个凉，换件衣服，你再睡一会儿，中午想吃什么？我来接你。"

沁羽不回答，只是笑吟吟地看着他。

施航见沁羽又能笑了，他的心才算放下。昨晚发生的一幕真是惊心动魄，沁羽的话仍在他的耳边响起，"你杀了他，你杀了他……"

施航隐去了笑容，迅速走进浴室。也许，沁羽的病又加重了。

心结

施航在车里找不到施施给他的那张名片，回到办公室，翻遍了各个角落，那张名片就像根本不存在一样。

施航颓败地坐在椅子上，如果不是发现了那两千万，他想这辈子都不打算去见爸爸的律师。当年，他还小，爸妈的后事一结束，他就被沈加俊接进了沈家。就算他曾怀疑沈伯伯私吞了爸妈的遗产，也是年少轻狂时的冲动。如今，那两千万是个疑点，许总的解释未必是真，如果执意找出真相，爸爸的律师非见不可。

施航的车停在画廊门前，施施能有爸爸律师的名片，想必她见过那位律师，干脆让施施约律师出来当面谈谈。

施航准备下车，正好看见施施和一个男人从画廊里走出来。两人有说有笑，样子亲近熟络。

施施谈恋爱了？妹妹做什么从不跟他商量，他觉得和妹妹之间的关系越来越疏远。这大概和他娶沁羽有关。

施施和男人从车边经过，施航想看清男人的样子，可施施和男人头挨着头，肩靠着肩，遮挡了他的视线。但他还是隐约看到了一些，尽管不那么清晰，尽管只是匆匆一眼，可那个男人的背影和侧脸微笑时的轮廓，简直像极了一个人。

施航蹙紧眉头，心猛然跳动了几下。太像了！

他迅速推开车门，追上去，伸手扯住男人的肩头。男人转过身，愣了一下，不明所以地看着这个突然拽住他的男人。

“哥！”施施喊了一声。

施航一直盯着那个男人，他戴黑框眼镜，穿紫色西装，衬衫领口的扣子松开一颗，看上去随性不做作。

施航认错了人，只是相似而已。

施航有些尴尬，为了掩饰自己的莽撞，他冲男人歉意地一笑。男人礼貌地回以微笑。他有一口洁白整齐的牙齿，站在那，干净清爽，让人觉得舒服。

施施将男人拽到一边，耳语一番。男人会意，冲施航招招手，便大步离开。

施航看着男人离去的身影，他简直不敢相信，世间竟会有如此神似的人。施航有种错觉，以为见到了他。

施航跟着妹妹进了一间咖啡馆，施施自顾自地坐下，要了两杯摩卡咖啡。

施航倚在靠背上，看着施施："你谈恋爱了？"

"大学同学，怎么了？"施施瞥了一眼哥哥。

施航靠向桌边，双手放在桌上，一丝笑容勾在嘴角："我还担心你会和你老板走在一起，看来我多虑了。"

"开什么玩笑。"施施拨弄着耳边的头发，"我们老板是优秀，起初我以为会爱上他，其实，我只是崇拜他而已，这不是爱情。"

"没爱上最好，整天面对一个面无表情的人，我真怕连你也会变得冷漠无情。"施航笑容多了起来，连眼里的光芒都明亮不少。

"刚才那位怎么样？"施施凑向哥哥，眉飞色舞，"大学时就追我，这么多年，就算在国外，他也一直在努力，不过，我还在考虑。"

施航点头："人不错，斯斯文文，主要是你喜欢，知道吗？我希望我的妹妹是天底下最幸福的人！"

施施笑得很开心，但马上又沉下脸来，说："你希望最幸福的人是沁羽，不是吗？"

施航握住妹妹的手："别傻了，你是我唯一的妹妹，沁羽是我唯一的妻子，你们俩都是我的唯一，对我都很重要。"

施施看着哥哥，眼里充满了感激。这些年，哥哥对她的爱和父母一样，她能成长得这么优秀，她最感谢的就是哥哥。

"我最想得到的是爸妈的祝福，可惜，他们不在了，不过，我还有你，我最伟大的哥哥！"施施搂住哥哥的脖子，在他的脸颊亲了一下。

施航笑着，心里充满了幸福。

两杯摩卡端上来，施施兴奋地盛一勺冰激凌送入口中，香甜爽滑的滋味令施施满足地眯起眼睛。

“我想见见爸爸的律师，你帮我约一下吧！”

施施猛地咽下一大口冰激凌，像听错了一般：“你想通了？不管沈伯伯有没有私吞，这件事一定要弄明白。”

“你给我的名片弄丢了，我联系不到他。”

施施笑了，从包里又取出一张，递给他：“幸好有多余的一张，希望你有所收获。”

施航接过名片，突然觉得这张小小的卡片有千斤重，压得他差点松开了手。

施施有电话打进来，一看来电显示，立马起身，向哥哥摆摆手：“你慢慢喝，我有事，先走一步。”

看着妹妹风风火火地出了咖啡馆，施航的目光才落到那张名片上，金瑞律师行顾秉承。

乔安

施施打车直接到了海滨路，进了一座大厦，停在三楼一家心理咨询室的门前，敲门。

开门的是那位戴黑框眼镜的男人，此时，他已经换上白色大褂，胸前工作牌上写着：心理医生乔安。

施施擦着乔安的身体进到室内，乔安俯着头嗅到施施身上散发而来的香气。他情不自禁，伸手拉住施施，用力一带，便将施施抱在怀里，随手带上了房门。

乔安俯下头要亲施施，施施扭脸避开，说：“别闹了，哥哥知道你在追我，你的身份怕瞒不住了。”

乔安隐去了笑容，松开怀抱。镜片后面那双眼睛平静得看不出任何波澜。

“这是预料之中的事，早晚也得让你哥知道我是谁。”乔安牵着施施坐到沙发上。

“我不想哥哥为难，如果让我哥知道你是乔晋的弟弟，你觉得，你还有机会吗？”施施抱着肩，靠近沙发，由始至终都不敢看乔安一眼。

这些年，他一直在努力地追求她，可她却以为不过是多年的友情而非她想要的爱情。若不是宋屹池的友善提醒，她怕真的会错失一段美好的感情。

那天，她走出画廊，乔安打电话约她在海边见面，就是这次见面，乔安向她敞开了心扉，把对她囤积多年的爱意一股脑地倾诉出来，并给了她一个绵长深久的吻。

当他的唇舌带着温甜的滋味沁入她的嘴里，她就已经认定遇见了对的人，只可惜这吻，这热血沸腾的一刻来得太迟，足足迟了五年。这五年，她浪费了一些感情，迷失了一些方向，而他的坚守和执念却丝毫未改。这应该是他留给她最炽烈的一吻吧。总之，她失守了阵地，允许他全盘占据。

“这和我们在一起没关系，我是乔安，不是乔晋，事情过去这么久了，我哥始终没能得到沁羽，你哥哥赢了，他还有什么放不下的呢？”沉默了许久，乔安开口，语气尽显无奈。

施施终于看了眼乔安，当初，哥哥没有勇气向沁羽表白，他懊悔过，伤心过，哭过，醉过，恨过，可沁羽选择了乔晋，两人深爱并山盟海誓。哥哥选择默默退出，依旧关心沁羽。他以为乔晋会守护沁羽一辈子，他希望乔晋爱沁羽如同他那般的痴爱。然而，一场大火改变了所有美好的一切，乔晋生死不明，沁羽意外失忆，哥哥恨乔晋没能保护好沁羽，恨乔晋让沁羽变得不完整。哥哥曾告诉过她，如果没有发生那次意外，他决定和乔晋公平竞争，他坚信，沁羽始终会属于他。

乔安一直看着施施，伸手揽住她：“我也爱我的哥哥，这么多年，他是生是死，我真的想有人给我一个答案，除了沁羽，再没有人知道真相了。”

“沁羽失忆了，火灾现场一片狼藉，你觉得乔晋还有生还的机会吗？”施施抬起眼，眼里噙着泪光，始终不让它滴落。

“警方没有在现场找到尸体，没准哥哥还活着！”乔安抓住施施的手，眼里燃起希望的火光。

“警察说了，你哥哥有可能摔下山崖，你知道，那座别墅是建在悬崖边上的，生还机会太小了！”施施想唤醒乔安，这么多年，他一直纠结哥哥的生死，她怕乔安终有一天会崩溃。

“所以，沁羽是唯一知道真相的人，我必须唤醒她的潜意识，不管有多艰难，我都不会放弃。”

乔安有些激动。这些年，他承受着太多的压力做了很多努力，事到如今，离真相就差一步，是坚持下去，还是功亏一篑，他别无选择。

施施起身为乔安倒了杯水，乔安接过杯子，眼神笃定。

“我们三个师出同门，当初指导老师说他天赋异禀，将来一定有所作为。可天妒英才，师兄死于非命，这件事成了你我心中一直放不下的结。”施施来到书柜前，取下一本相册簿，交给乔安。

乔安翻看，里面多数是他们的合影。那时的时光多美好。而今，乔晋活不见人，死不见尸，他那么爱他的哥哥，决不允许哥哥就这样不明不白消失不见。沁羽是关键人物，这个机会一旦错过，将永远不会重来。

“现场只有沁羽，她又失忆了，那晚究竟发生了什么，只有沁羽知道，我看有必要给沁羽催眠，才能找出真相。”乔安执着地坚持。

“你不是在娃娃身上施了催眠术吗？她的反应却不是我们想要的。”施施记得沁羽被催眠后的状态，完全不像杀过人，她的无辜令人怜惜。

“也许，需要深度催眠，毕竟她的记忆受过损害，看来，我要见见沁羽了。”

施施深深地看了乔安一眼，如果真如他所料，乔晋是被沁羽害死的，想他这些年在国外潜心专研心理课程，一定会将三年前的真相还原。

施施还记得那天在玩偶店里一眼就看中了“姐妹花”，付款的时候，竟发现自己忘记带钱包，尴尬又惋惜，除了这娃娃，她想不出该送沁羽什么新婚礼物更合适，她的确不想在挑选礼物这件事上花太多心思。

就在店员用一双意味不明的笑眼看着她的时候，旁边一个男人的声音响了起来：“刷我的卡。”

施施迟疑着扭头看去，一秒……两秒……紧接着两个声音一同响起。

“乔安！”

“施施！”

分开三年的朋友，再相遇，感叹着时光易逝，岁月匆匆。

两人在街边的咖啡店里坐下，彼此询问了这三年的漫漫时光，聊得情深意切，聊得两眼泪花。

最后，乔安叹着气开口：“你哥哥还是娶了沁羽，而我的哥哥至今生死不明。”

施施瞥见他眼角闪过的悲伤，那是失去亲人后无奈的悲凉。

半天，施施伸手按在乔安的手背上，那手背冰凉却坚实得有股力量，她问：“你有什么打算？”

他抬眼看她，眼神细腻得像一缕阳光，他微笑，说：“我开了家心理咨询室，同时，我想找出哥哥遇害的真相，不管他是生是死，我有权知道那晚究竟发生了什么。”

施施的眼珠转动了一下，“你怀疑……”

“沁羽……”一段沉默后，他显然有些否定自己的怀疑：“也许沁羽是唯一知道真相的人，我必须从她那里找到突破口。”

“我能帮到你什么？”施施一直遗憾乔晋的意外，那是一个很多女生都想多看一眼的优秀男生。

乔安的嘴角一直挂着微笑，不浓不淡却恰到好处。他垂下眼睑扫视了一眼桌前的那对玩偶娃娃，半天才开口："我想给这娃娃添些设备，让它看起来更加逼真灵动些……"

施施默许了，如果沁羽真的杀了乔晋，那么哥哥还会执意地去爱一个杀人犯吗？没有了爱的唯一信念，哥哥才会全身心地调查爸爸遗产的去向，于公于私，她都愿意帮乔安。

她向他提出了一个要求，把自己的声音收录进另一只娃娃里，她要作为礼物送给一个人。

乔安淡淡地笑了，眼睛明亮得都能倒映出施施的身影："你恋爱了？"

施施红了脸，低下头不回答。

乔安伸手去抓施施："我等了你三年，别再让我空等一回吧！"

施施的心忽地软了下来，他的手坚定有力，一如当年挥别她时那坚定的一握。而今，他回来了，可她的心早已有了另一个人盘踞的身影。

沁羽没等到施航来接她吃饭，给他打电话，电话已转为语音留言。沁羽似有失落，挂断电话。

推开窗子，有风涌进，头顶那串紫色风铃"叮叮当当"响个不停。

对面的别墅在阳光下显出刺目的白，耀得她眼睛有些不舒服。她慢慢转过身，看见书柜上那幅"火"。

沁羽盯着那幅画，杂乱的色彩交错缠绵，任何一个人都不会看出这幅画的含义所在，像极了孩童笔下随心所欲的涂鸦。但沁羽却能看出其中的不平凡。她隐隐想起昨晚曾看到一个人葬身火海，她想救他，可火势凶猛，她也无能为力，她拼命地呼救，累得筋疲力尽，却眼睁睁地看着那人化为灰烬。

沁羽不确定是梦还是现实，但大火熊熊燃起的画面，总是不经意地在脑海里闪过，有时一秒，有时长达数分钟。

沁羽怀疑自己得了什么怪病，为什么自己的梦总是重复又重复？在

惊出一身冷汗后，那些梦就如同看过的影片，留在记忆里，不会磨灭。

沁羽下楼，屋子一片宁静。施航曾提议请个用人，一来，可以照顾她，二来，多一个人在家，便不会觉得寂寞。可沁羽喜欢一个人，多一个人总觉得不自在。施航怕沁羽太寂寞，所以买了大鱼缸，养了金鱼。沁羽无聊的时候，有这些金鱼打发时间，时光易过，也不觉得烦闷了。

此时，门铃声响起，寂静中显得刺耳。沁羽放下鱼食，想着，一定是施航回来了，这个只想着工作的人应该是忘记了带钥匙。

沁羽轻快地出了房间，下了石阶，奔向大门。

门打开，沁羽一愣，站在门外的不是施航，却是施施和乔安。

施航等了几小时，最终也没能见顾秉承一面。

也许是天意，本来约好顾秉承下了法庭后在楼下的咖啡厅见，但顾秉承的助理过来告诉他，顾大律师突然接到新的案子，必须赶去见当事人，如有需要，请另行预约。

施航恳求，只需耽误顾大律师十分钟。那助理却一脸讥讽，说："顾大律师的时间你能耽误得起吗？晚一分钟就有可能对我们的当事人不利，你还是走吧！"

"只要你跟顾大律师说，我是施振鸿的儿子，他一定会见我。"施航不放过任何机会。

助理还是一脸不屑："顾大律师的朋友遍布全国，要是每位朋友的儿女都来打扰顾大律师，我看顾大律师就不用再替人打官司了。"

施航被堵得无话可说。

此时，大厦门口一群人围着一位中年男子上了一辆商务车。助理不再理睬施航，急忙追上去。施航看到那个男子的背影，微微发福的身体依旧透着股子刚劲。施航想，他一定就是顾秉承。

施航追出去，商务车已经开走了。

催眠

沁羽不记得乔安了，以为是陌生人，当他们坐在客厅的沙发上，沁羽小声问施施："他是谁，你朋友？"

施施竟然对沁羽笑了，语气也变得和从前不一样了："朋友，乔安，心理医生。"

乔安对沁羽微微一笑，将一张名片递给沁羽。

沁羽接过名片，再打量一番乔安，他是个干净清爽、给人信任感的人。

乔安也看了眼沁羽，这些年，她没什么变化，只是略显消瘦，不复当年那般青春热情。他推了推眼镜，说："听施施说，你最近总是做噩梦，不介意的话，我想给你做个心理测试。"

沁羽不知道如何回答，但一想到那些梦，她开始变得有些紧张，攥着裙角的手越来越用力。

施施拉住沁羽的手，说："这个测试很准的，能为你解开心结，你也不想每天都受心结的困扰吧！试试？"

乔安察觉到沁羽紧张的情绪，那些梦应该令她很恐惧，很彷徨，甚至很无奈。于是他随手从衣兜里拿出一叠卡片，举到沁羽的面前，说："我依次更换卡片，你只需告诉我你看到了什么。"

沁羽还是有些紧张，可她愿意试试。

乔安举着卡片，依次更换。

沁羽目不转睛地盯着那些卡片，认真地回答："大海、夕阳、草地、树林……"

乔安继续更换着卡片，沁羽依次如实地回答。

"火！"

乔安顿了一下，问："你看到的火是什么颜色？"

“黄色，不，是白色，不，红色！”

“请认真回答，到底什么颜色！”

沁羽皱着眉，她看到的只是一片火烧云：“红色！”

“你试着靠近大火，闭上眼睛，想着它只是一团篝火，能为你取暖，能为你照亮前方的路，你顺着路向前走，向前走……”

沁羽乖乖地闭上了眼睛，她置身火海，火焰冲天高！扬起了漫天的火星。她看见一扇窗，大火烧着了窗帘。一个人砸碎了玻璃，想要逃命。大火很快吞噬了一切，那个人慢慢倒下。

门铃声突然响起，沁羽紧闭的双眼猛然睁开。她吓出一身冷汗。

施施和乔安对望一眼，这该死的门铃响得真不是时候。

门铃声继续响个不停，沁羽慌张地起身。

乔安跟着起身，问：“你看到了什么？”

“对不起，我要去开门。”

“告诉我，你看到了什么？”乔安继续追问。

“一个人，被大火吞噬了！”

宋屹池站在门外，他双手油渍，看样子刚刚修理过汽车，因为，他的车就停在门口，而且车盖敞开着。

沁羽已经和宋屹池熟络了，见他如此模样，便知道他一定是想清洗一下满是油渍的手。于是，身子侧向一边，请宋屹池进来。

宋屹池走进来，刚好碰上施施和乔安。

施施一见老板，立刻解释道：“老板，我有些私事，不过，画廊里我都安排好了，您放心。”

宋屹池点点头：“小张打电话，陈老板要的那两幅画搞错了，我正打算去画廊，不巧，车出了毛病。”

施施有些慌张，陈老板要的画是她一手负责的，难道自己一时大意出了错？她急忙补救：“老板，我回去处理，一定不会让您为难。”

“好吧！陈老板为人小气，把那幅‘落日’送给他，这样，他无话可说。”

施施忙着点头，一边拉着乔安离开。

送走宋屹池，沁羽把自己关在卧室，发起呆来。

火！她觉得自己跟火有不解之缘。梦里有火，潜意识里也是火，就连要了一幅画也是火。究竟自己是不是经历过那场火灾？她曾在母亲的只言片语中得到过此信息。但只是只言片语，母亲便不愿再多说。她失去的记忆里一定是一段有关火的经历，只可惜，她无法记起。

那幅画，她本想还给宋屹池。她告诉他自己的这些困惑，不想再触景伤怀。宋屹池却让她留着那幅画，既然有所思，必有其思源。如果一幅画能够帮助重拾记忆，也算是他做了一件好事。只是他告诉她，不要逼着自己去想、去思，顺其自然，也许在不经意间，一切才会柳暗花明。

宋屹池临走前把自己的电话号码留给沁羽，如果遇上想不明白的事情可以找他。人有时太容易转牛角尖，有一个可以倾吐的对象，结果可能就大不一样。他希望她能真正的快乐起来，就算是梦，也是快乐的梦。

沁羽觉得和宋屹池就像多年的朋友，从初见到信任，自然而然，不带芥蒂。这应该很难得。即便是施航，她都不能彻底敞开心扉。夫妻俩同睡一床，午夜梦回，依旧有种陌生感。

夜色突降，室内的光线一下子暗浊起来，沁羽的视线有些迷离。对面别墅的窗子有淡淡的光亮透出来。时间不早了。

乔安一直陪着施施处理画廊的事，陈老板看到那幅“落日”后，果然笑逐颜开，半句埋怨都没有。

乔安也没有半句怨言，他心甘情愿陪着施施，看她细致周旋，把宋屹池交代的事情一一处理好，他觉得施施是个热情细致的人。

两人是在夜幕全黑后，离开画廊，画廊转角就是临江堤坝，他们步行走出很远。

堤坝绵长看不到边际，两排路灯顺着堤坝延伸至城市的另一端，像一条闪着光亮的巨蟒。

乔安揽着施施，两人靠得太近，彼此的体温让对方都不觉得夜里的温度是凉的。

乔安一直沉默，似乎心事凝重。施施也不说话，静静地偎着他，只等他开口，做个忠实的听众。

半天，乔安缓缓开口："如果再给我十分钟，沁羽就会说出实情，可惜……"

想到今天催眠的失败，两人都觉得遗憾。但冥冥中又觉得这是天意，大概所有事情的真相都来之不易，求而不得。或许老天会在一个意想不到的境况下给你突然的惊喜。

"你已经尽力了。"施施抬头，看到他侧脸如同刀削一般硬朗的线条，唯有嘴唇一直紧抿而呈现出柔软温和的曲线。

他有一张帅气干净的脸，和乔晋的俊朗明媚截然不同，但同样对异性充满了魅惑和吸引，情愿在他们的魅惑下迷失自我。

他感受到施施灼热的目光，扭过脸注视她。

他的眸子乌黑透亮，带着逼人的光芒，让施施瞬间红了脸。

乔安停下脚步，捧起施施的手，送至自己的唇边，轻轻一吻。她的手背冰凉，被他温热的唇一碰，全身都痒麻柔软。

"你在为我担心吗？"他专注地望着她闪动的瞳孔，那里有一层雾气。

施施不能说话，全然在他的温情里融化。

"我答应你，只要找出真相，我不会为难任何人。"他的语气坚定，却充满了对施施是疼惜。

施施只是点头，在他和哥哥之间同样糅杂着难以言说的情绪，她不愿他们彼此伤害和猜疑，她只有这两个至深的亲人。

“相信我，我会让你哥哥理解我并接受我，因为，我不能没有你。”他抱住了她，紧紧地用尽这一生的感情和力气。

施施在他的怀里感受到了温暖和力量，他的承诺让她暂时忘却了哥哥对他强烈的抗拒和不满。没有一种信念不是在逆境中得到锤炼和顽强，施施认为，他们在一起会得到每一个人的祝福。

“放心吧，即使真相无法复原，我爱你的心一如当初。”他俯下头，吻住了她。

在柔和的灯光下，在江面隐隐流动的波光里，在秋夜冷瑟的凉风中，他们的吻温热了一切渐渐冷却的温度。

沁羽一觉醒来，发现施航不在身边。旁边被褥冰冷得没有一丝体温。沁羽看了一下时间，已是凌晨三点。

沁羽出了卧室，朝书房看了一眼，书房里没有透出半点光亮。施航应该不在书房。

这是施航第一次在她熟睡的时候没有陪在她身旁，以往不管她何时醒来，总是第一眼就能看见他，哪怕他是睡着的，只要有这么一个人陪着，她就会觉得踏实、安稳。

沁羽显得心不在焉，施航会去哪儿呢？半夜三更留她一个人在房间，施航没理由不顾她的安危啊。

沁羽胡乱地想着，转身。突然，施航就站在她的身后，凝视着她，一动不动。

沁羽明显吓了一跳。很快，又恢复平静。她很想给他一个微笑，可施航阴郁的表情，让她的笑容还未成形便迅速消失不见。沁羽怔怔地等着他开口。

“醒了？”

“嗯！”

简短的对话后，又陷入沉静。

沁羽心里有些惴惴不安，她问：“你去哪儿了？”

“睡不着，到楼下坐坐。”

“工作不顺利吗？”

施航抬眼瞅着她，沁羽的眼神无辜得令人心痛。

“没有。”施航语气坚定。

他走过去，拥着沁羽回卧室。坐在床上，施航撩开她额上的头发，静静地看着她的脸。沁羽被这样盯着，有股莫名的慌乱。

“一个人在家，会不会觉得无聊？你想做什么，尽管告诉我，我陪你。”

沁羽摇摇头：“我哪儿都不想去，就想在家等你回来。”

她说的是真的，施航从不怀疑。

“家里是不是有客人来过？”他突然这样问。

沁羽想起施施和她的男朋友乔安，她应该告诉施航，妹妹正在谈恋爱，让他这个做哥哥的也高兴一下。

“施施和她朋友来过，男孩子长得不错，想必施施很喜欢他。”沁羽终于露出了笑容。尽管施施不喜欢她这个嫂子，可施施始终是施航的妹妹，她希望施施能够幸福。

施航并没有像沁羽所期待的那样高兴，反而整张脸变得更加沉郁。沁羽不明所以，以为自己说错了话，怯怯地低下头去。

“他们来做什么？”施航的声音冰冷得没有任何感情，好似施施不是他的妹妹一样。

“没做什么。”沁羽不敢抬头，她知道施航生气了：“你是施施的哥哥，她带男朋友来家坐坐，有什么不妥吗？”

“这是他给你的？”施航手里拿着乔安的名片：“他们什么意思？以为你心理有病？”

沁羽凄楚地抬起眼，她也不想，可每晚噩梦纠缠她不放，她不是病了难道还算健康？

施航看沁羽的样子，心里一阵阵揪痛。他不该对沁羽发脾气，可他就是控制不住自己。他不愿别人说沁羽有病。有他在，他一定会护她一生平安。

施航张开手臂，沁羽流着眼泪扑进去。唯有他的怀抱，她一辈子都觉得踏实。

“我决不允许任何人伤害你，施施也不可以！”施航抚摸沁羽的头发，那上面有他熟悉的薰衣草的味道，让他不愿放开她。

“没有，没有人要害我，是我自己走不出心结，我真的需要看看心理医生。”沁羽伏在他肩上，大串眼泪滴落下来，晕湿了施航的衣服。

“一切我来安排，那个乔安我不放心。”

沁羽紧紧地抓住施航的肩头，这一生即便如此用力地抓紧，终有一天什么都会失去。

“答应我，以后一个人在家，不要给陌生人开门，我会让施施少来这里。”施航捧起沁羽的头，擦去她眼角的泪水。

沁羽心里有说不出的闷，父母如此，现在连施航也要困住她。她不是一件玩意儿，她是一个活生生的人，她不需要笼子一样的生活，她需要外面的阳光和蓝天。

沁羽推开施航的手，给他一个郁郁不乐的侧脸。

“你要是觉得闷，我休假陪你去外地走走。”施航寻找着她的眼神，问得小心翼翼，问得轻声细语。

沁羽不想说话，她注定要被保护起来，从三年前开始，她已经习惯了。

施航还想说什么，沁羽已经站起身，咬了一下嘴唇，说：“不用了，我会在家好好待着，不会再让你为我担心了。”

第四章　一生亏欠，终身难还

沈家对他不薄，将来加乐也会继承给他，只不过这一切来得晚了些，晚了二十年。如果二十年前是另一种结果，他和沁羽又该情归何处呢？也许这一切都是天意，强求不得。

一刻感动

施航看着两张名片发呆。

顾秉承大律师日理万机，根本没时间见他，打了无数次预约电话，大律师的助理都推掉了。看来，顾秉承真的不愿见他，即使他报上了家父的名字。

另一个人出现得似乎颇为意外，但也在意料之中。那天，在画廊外看到这个人和施施在一起，他就觉得似曾相识。他以为只是巧合，但对方的确姓乔，和那个淡出他生活已久的人有着千丝万缕的关系。

他以为这辈子都不会再记起那个人，可偏偏不遂人愿。

乔晋在那场大火后，神奇失踪，究竟是死是活，连警方都无法确定。沁羽失去了记忆，乔晋生死不明，一场大火改变了一切。

施航曾痛恨过乔晋，若不是那天他带沁羽去山顶，大火又怎能困住沁羽？若他能保护好沁羽，又怎能让她伤得如此严重？一切都是天意，沁羽选择和乔晋在一起，他无能为力。

如今，他成了沁羽的丈夫，他自认有能力，有责任保护好沁羽，任何人有目的地接近沁羽，他都绝不允许，尤其姓乔的。

他和姓乔的终归一场宿命。三年前，因为沁羽，他输掉一次，连争取的机会都没留给他；三年后，他娶了沁羽，赢了一个生死不明的人。老天爷是公平的，以为挚爱一生的人，终还是抵不过命。乔晋命该如此，却连累沁羽一生痛苦，不值得。

施航收起乔安的名片，莫名地苦笑了一下。心理医生，难道他们乔氏兄弟都喜欢研究别人的心理，把窥探别人心理当成解救他人于水火之中的良方？他从来都觉得这是一件极其卑鄙的事情。

有电话打进来，施航深呼吸，让自己沉静下来。

是沈加俊的越洋电话，他在电话那头依旧保持着爽朗的笑声，听着都有一种亲和感。

施航叫了声爸，仍是真诚的、发自肺腑的，与找出爸爸遗产的真相无关。

沈加俊告诉他，下个月他们就回国，让他照顾好沁羽，照顾好生意，等时机成熟，就把公司交给他，让他成为加乐公司真正的法人代表。

施航握着电话静默了半天，有朝一日他能坐上加乐至高无上的位置，这是很多人求都求不来的好运气。如果他没娶沁羽，这好运气能撞在他的头上吗？也许，这本来就应该属于他，二十年前就应该。现在，物归原主，他还要感恩戴德，像接受施舍一样感激涕零。

沈加俊没听到施航的反应，在电话那头喊他。施航恍惚，既然这是最好的结局，唯有接受才会叫身边的人心安宁静。除此之外，还有别的选择吗？

施航一一答应，为了沁羽，他可以放下。这个世上，很多事，都是身不由己。

电话挂断之前，沈加俊突然说了一句：“有什么事想不开，解决不了的，等我回去处理，要相信自己。”

施航怔了一下，对方的言外之意，已经明白地告诉他，有什么事情等他回来再说。姜还是老的辣，远在大洋彼岸，都能洞悉到他的一举一动，他还有查出真相的机会吗？

施航突然觉得，一切都不是那么简单。

沁羽挂了乐佩的电话，心情好了许多。下个月就能见到爸妈了，她恨不得时间一眨眼就过去。

乐佩提醒她，要照看好那几只小羊，爸爸还惦记着开 party 的事儿，他说，今年圣诞节一定要办得隆重热闹些，他还希望尽快抱上大孙子呢！沁羽又羞又臊，急着挂断了电话，内心却怦怦乱跳。

为施航生个孩子？她突然觉得这是最幸福的事情。

沁羽激动得不知道该做些什么，她拿了件外衣就下楼去。打开后院的门，她看到那几只健壮的羊儿，正悠闲自得地晒着太阳。

羊儿又壮了许多，今年的圣诞节一定不同以往。

沁羽靠近羊群，羊儿“咩咩”地叫。沁羽冲它们笑眯眯，伸手去触摸它们的毛发。毛发柔软细滑，沁羽爱不释手。

羊圈里清洁干爽，一堆新鲜茁壮的鲜草，还有一坛清水。有人如此细心地照料这些羊儿，沁羽甚觉诧异。她和施航已经很久没有侍弄过这些羊儿了，除了爸爸，还有谁有这份闲情逸致呢？

沁羽隔着栅栏往羊圈里瞧，羊圈似乎同以往不一样了，好像有人进行过修葺。沁羽绕着栅栏走，发现羊圈的地面新换了木板，看上去干净清爽。沁羽越发的困惑，她记得不曾叫人来整修圈舍，会是谁呢？

沁羽正寻思，一抬头，看见树杈上挂着一件衣服，地上放着工具箱，里面工具一应俱全。

沁羽四下张望，寻找帮忙整修圈舍的人。

四周安静得只有风儿吹过的影子，除了她和羊儿，什么都没有。

忽然，远处有人影向这边走来，沁羽迎上几步，见那人扛着木板，脚步稳重踏实。

那人越走越近，沁羽终于看清那人的容貌。

完全出乎意料，她的心倏地猛跳几下，紧接着一股莫名的滋味涌上心头。

沁羽呆愣在那儿，看着对方，不说话。

宋屹池扛着木板，额头上挂着些微的汗。他冲她微笑，带着歉意和诚恳，像一个擅自闯入的局外人，局促而不自然。

沁羽看着宋屹池放下木板，又拿起树杈上的衣服，胡乱地抹了一把额上的汗水。这一系列的动作，牢牢地抓住了她的眼球。他暗褐色的肌肤，凹凸有致的肌肉线条，令沁羽没来由地红了脸。她赶紧收回目光，急促地说了一句："可以让工人来做，不用劳烦你的。"

他一直在微笑，眼睛亮得像黑夜里的星星。他一边将木板送入栅栏里，一边回答她："冬天到了，让羊儿住得缓和些。"

沁羽咬了一下嘴唇，他做了与自己生活不相干的事情，却做得理所应当，全凭他有一颗善良的心。

"即使将来，它们终成我们的盘中餐，我仍希望它们可以享受活着的每一天。"他纵身一跃，翻过栅栏，轻快地落地。

"帮我一下，把工具箱递给我。"

沁羽赞同他的话，只要是有生命的，都是值得珍惜的。

她拿了工具箱，递给他："我来帮忙，我应该尽一份力。"

宋屹池点点头，笑容和煦，能融化掉深秋无尽的寂寥。

经过一小时的忙碌，圈舍已经焕然一新。新铺就的地板，重新加固了栅栏，又新搭了防寒棚……看着亲手为羊儿修葺的新圈舍，沁羽显得格外的开心。她告诉宋屹池："这些羊儿都是爸爸侍弄的，可也不及你这么细心，这些羊儿能得到你的照料，真的太幸福了！"

宋屹池得到夸赞，笑得有些腼腆。他拍了拍手上的尘土，说 :“不管做什么，只要怀着一颗真诚的心，有时，为别人做一件事，比为自己做十件事更有意义，这就是付出，你会收获另一种回报。”

沁羽静静地听着，这些年，她为别人做过什么？她只是一味地收获别人的眷顾，以为这一辈子都应该是这样。她没有快乐，没有觉得生活有无尽的期望，原来，她不曾付出，得到的只能是亲人给予的怜悯。

“这一小时，你通过劳动，为羊儿搭建了温馨的家，你是不是觉得自己的身心都充满了愉悦？你的气色和你的精神都达到了一种前所未有的高度，这就是回报，能让你快乐起来。”

沁羽惊奇地发现，自己并不疲惫。以往，只要多走几步，都觉得浑身沉重。如今，她挥汗一小时，竟然觉得周身都轻松了。

“有没有兴趣跟我一起爬山？到了山顶，你收获得会更多。”宋屹池穿起外套，系好松开的鞋带 :“你应该多运动，让全身的细胞活跃起来，你就不会郁郁不乐了。”

沁羽心潮有些澎湃，她抬头望一眼远处的山林，有大片的云朵飘在山顶，飘逸，神秘。

她忘了父母对她的警告，她只想跟着宋屹池爬上山顶，领略另一番景致。

很遗憾，他们并没有爬上山顶。途中，沁羽扭伤了脚。她坚持一定要爬上山顶，可脚踝很快就红肿了起来，迈一小步都疼得钻心。

宋屹池背起沁羽下山，她在他的背上不停地说对不起。

他紧张她的脚，若不是自己提议爬山，她又怎会受伤？该说对不起的是他。

最后，两人都不再说话。

天有不测风云，一切怨不得谁。

将沁羽送回家，他亲自为她擦了药水。她忍着疼，看他动作轻柔，小心翼翼，有一刻，她被他感动，这感动说不出的温暖，让她的疼痛不那么明显。

擦完药水，宋屹池抱着沁羽回卧室。为她拉了被子，就坐在她身边，看着她。

沁羽记得，那次在他家晕倒，他也是这样坐在床边看着她。

她静静的不吱声，任由他盯着自己，仿佛时间静止。

片刻，宋屹池回过神，为自己的失态感到歉意。他笑了笑，掩饰内心的不安。

“下次一定要爬上山顶，我不能留下遗憾。”

“尽快养好伤，第一次霜降，我带你去看红叶。”宋屹池不敢直视她，起身准备告辞。

沁羽没看到他的表情，她还想留他一会儿，最终也没能说出口。

需要

施航接到一个匿名电话才知道沁羽扭伤了脚，他放下手头的工作，急忙赶回家。一进门，就看见沁羽扶着墙壁，正艰难地移动着身子。

施航冲过去，一下将沁羽横抱在怀里，盯着她又气又紧张。气她如此不爱惜自己的身体，受了伤也不肯静养。

沁羽躺在他的怀里，看他的表情，像个生气的大男孩，眼睛瞪得好大。沁羽不禁笑出了声，原来，他生气的样子还可以可爱。

沁羽笑的时候，施航恨不得把她扔在地上，他那么紧张她的伤势，她却像在开玩笑，把他的关心视为多此一举。

沁羽看他依旧紧绷的脸，知道自己的无所谓刺痛了他。于是飞快地吻他的脸，说："别把我当成病人，这点小伤，我能应付得来。"

"再不好好躺着，我只能把你捆起来。"施航咬牙切齿，内心早就柔软得一碰就碎。

沁羽抿着嘴点头，他对她越发狠就越爱她不能自制，沁羽希望一辈子都能被他这样爱着。

施航抱她上床，把她的脚放在一个舒服的位置，然后，强制她闭上眼睛睡觉。

沁羽乖乖地闭上眼睛，却在眯起的眼缝里偷瞧他。

施航不理她，任由她淘气。只要她还能淘气，开玩笑，伤痛对她似乎真的微不足道。施航有些纳闷，沁羽会在受伤后，仍保持着乐观的态度，这在以往不曾发生。

沁羽真的睡着了，而且睡得很踏实。施航伸出手抚摸沁羽的脸颊，她微微动了一下，依然睡得香甜。

"只要你每一天都能开开心心的，我真的别无他求。"

有人按响了门铃，施航替沁羽拉紧被子，起身下楼。

门打开，宋屹池就站在门外。

施航明显有些意外，再一看，他手里拿着一副拐，似乎有备而来。

施航挡在门前，并没有让宋屹池进来的意思。他一直觉得宋屹池别有居心，送沁羽那幅稀奇古怪的画让人有所猜忌，现在居然送拐上门，宋屹池究竟是几分虚情，几分诚意，施航真是看不懂。

"我拿了副拐给沁羽，这样，她行动起来就会方便得多。"宋屹池把拐递到施航面前，好像他做这些根本就是理所应当。

施航没有去接那副拐，即使沁羽真的需要这种工具来支配行动，也不需要一个外人古道热肠献殷勤。

“你不该把沁羽一个人留在家，这次幸好我遇见，下次不敢说谁会帮得了她。”宋屹池紧盯着施航，语气里带着责怪，像亲人一般的语重心长。

施航明白了，那个匿名电话是宋屹池打的。宋屹池一边做好人，一边在他面前邀功，还质疑他照顾沁羽的能力。施航觉得自己受到了极大的侮辱，他和沁羽之间，不许任何人质疑。

“如果你是位绅士，就不应该插手别人的生活，如果你是小人，你今天所做的事绝对有所企图。”施航仰着下巴，他显得不可一世。

宋屹池居然笑了一下，一抹不屑还留在嘴角：“我既不是绅士，也不是小人，我只是一个旁观者，我发现，沁羽并不快乐，她一个人守着这座空房子，你有真的照顾好她吗？你有想过她的内心感受吗？”

“她喜欢一个人，她喜欢安静，她……这些和你没关系，你没资格说三道四！”施航已经愤怒，凭什么要跟他解释？他只是个邻居，一个和他们毫无关系的外人。

“我和沈先生是忘年交，他的家人我有责任照顾。”

宋屹池居然提到了沈加俊。

施航鄙夷他的自以为是，他已经逾越了一个朋友的界线，这种堂而皇之地插手别人生活的做法，简直比小人还要可恶。

“有些事做和不做，结果完全不同，你以为的责任其实是在给别人增添负担，如果你真的关心沁羽，请你以后少出现在她的面前。”施航一点情面不留，直接拒绝他所谓的“照顾”。

宋屹池并未因此动怒，反而显示出另一种坦然和冷静。

“你真正在意的是沁羽对你的忠贞和依赖，你完全忽略了她渴望生活的热情和信心，你错了，她不是你养的一只鸟，你不该困着她。”

施航觉得可笑，自己的爱竟成了束缚沁羽的枷锁？他也曾试图带她出去走走，可沁羽喜欢一个人，他没办法强迫她。他尊重她，并试着理解她。

“一派胡言。”施航冷眼一瞥：“不管怎么说，我还是要谢谢你打电话通知我，仅此而已，再见！”

施航慢慢地关起门，看着宋屹池的脸隐没在门外。

他吁出一口气。

宋屹池上了车，侧过头看那扇紧闭的大门，眉眼处有浅浅的忧伤。他知道这样做会让沁羽陷入一个尴尬境地，或者施航就此不依不饶，沁羽的日子将不会好过。但是，他又必须这样做，他不能眼睁睁地看着沁羽活在牢笼一样的世界。即使施航不依不饶，他也要为沁羽争取最公平的自由。

人一旦认准了一件事，历尽千辛也觉得值。

宋屹池拿出电话，将车窗摇下。紧闭的大门透不过丝毫动静，像冰封在另一个世界里。

电话接通，宋屹池牵扯出一丝笑容：“顾先生，您说的那两幅鸿雁图，乃家父收藏一生的最爱，家父年岁已高，愿意结识懂画、惜画之人，更愿意将画赠予有缘人。”

对方几乎兴奋得咆哮起来，能如愿以偿，人生何来遗憾？

人，都免不了一个世俗，再高尚的人，都禁不起诱惑。

宋屹池握着电话，聆听对方肺腑的感谢。他嘴角边的笑意由深至浅，直至消失不见。

意料之外

施航想留在家中照顾沁羽，沁羽却让他把心思放在工作上，等爸爸回来后，可以真正接手整个公司。

施航又提出带她出去走走，呼吸一下新鲜空气。沁羽摇头，自己行动不便，去哪玩儿都不会尽兴，何必浪费时间。

施航无奈，不是他想困住沁羽，实在是沁羽喜欢待在家中。

他想起宋屹池的话。

一个外人毫无道理的胡言乱语，他却信以为真，以为自己真的忽略了沁羽最需要的东西。

既然如此，施航只能更加努力在工作上，他不想让沁羽失望。

沁羽并没有因为扭伤脚而变得闷闷不乐，反而，她更积极地吃药，锻炼。尽快让自己的伤好起来，因为她心里有个期望，就是跟宋屹池爬上山顶。这个期望加快了她康复的决心。

沁羽变得坚强起来，笑容也比平日多了些。施航看着沁羽的变化，内心有些许的安慰。

人真的开心起来，连伤痛都是幸福的。

沁羽第一次觉得有期望的日子，连夕阳都可以比朝阳灿烂万分。

施航下班去施施的公寓，不料正撞上乔安，两人衣衫不整，面颊上的红潮还未曾消退。

施航退出门外，让他们整理好仪容，免得彼此尴尬。

十分钟后，施施重新打开房门。她不敢看哥哥，低着头，齐耳短发挡住了她的眼睛。

乔安已经穿戴整齐，见到施航，难免紧张不知所措。

施航连眼皮都懒得抬，怕控制不住揍他一顿。

“请你回避一下，我有事找施施。”

乔安想解释，但成人之事，解释已是多余，他唯一担心的就是施施，直到今天他才知道，施施把自己完整的身子留给了他，当他进入的一瞬，他便发誓这一生都要好好爱她，爱她每一寸肌肤，每一缕头发，连每根手指脚趾都要深爱并保护。

在施施一边承受疼痛，一边含羞地迎合着他，他们已经完成了这一生最神圣的时刻。从那刻起，乔安就认定，这一辈子只会忠实施施一个人。

乔安没说一句话，即使什么都不说，他爱施施坚定的心已经在看向施航的眼睛里得到最深刻的昭示。

施航无动于衷，漠视着这个他非常讨厌的男人在自己身边走过。施施想追，却半步也迈不出。

半天，施施才装作若无其事，转身看施航："请你下次来，提前预约好吗？我已经是大人了，我有我的私人空间，OK？"

施航跷着腿坐在沙发上，妹妹突然就到了谈情说爱的年龄，这些年，他竟忽略了妹妹长大的事实，他想一直守护着她，像父母那样保护她一辈子。他曾想过，妹妹将来要嫁的人不一定腰缠万贯，但必须真诚，必须肯为妹妹做出牺牲。

女人选男人，选的就是一辈子的幸福。

乔安一定不是最佳人选，他几乎可以断定。乔安对施施的爱依附在查找乔晋遇害真相的基础上，缘分不会巧得如此顺理成章。

"你的私人空间就是要和乔安在一起？"

施施看着他，他嘴角揶揄，让她很气愤。这些年，他把所有精力都花在沁羽身上，她做什么工作，交什么朋友，他从不过问，以为给些生活费就能让她活得好些。现在，居然干涉起她交什么样的男朋友，她不领情，也不接受。她一向独立自主，别人谁也别想干涉她。

"是又怎样？"施施没好气地说："我和乔安真心相爱，就像你执意爱沁羽一样，没人可以阻止我们。"

"他是乔晋的弟弟，乔晋带给沁羽多大的伤害，你不是不知道，你还当我是你哥哥，就不会不顾及我的感受。”施航紧绷着脸，任何与乔晋有关的，都是他最不愿提及的。

施施不能理解，整件事最大的受害者是乔晋，他现在生死不明，没有谁比他更悲惨。

“伤害沁羽的不是乔晋，是那场大火，如果没有那场大火，他们应该是最幸福的恋人。你不能把沁羽受伤的事，怪在乔晋身上，这对他不公平。”

这场劫数注定有人沉沦，可偏偏沁羽选择了乔晋，连老天都无能为力。

他放下腿，紧紧地瞪着施施，眼神冷冽得让施施胆战。他说：“三年来，我尽心尽力收拾这场烂摊子，对我公平吗？如果由始至终乔晋都不会出现，沁羽现在的生活不会如此糟糕，这一切都是乔晋造成的！”

“没人逼你收拾残局，是你甘愿为情所困。”

“从进沈家第一天，我就认准沁羽就是我这辈子要照顾的人。”

“所以，你恨乔晋，干涉我和乔安，全是因为三年前乔晋赢了你！”

“他就不应该出现，这是天意。”施航的眼睛深到不可测，连眼白都蒙上了一层灰暗。

施施深呼吸，哥哥的心病如此沉重，这辈子，怕是不能痊愈。

“你带乔安去见沁羽，我可以不追究，但我不允许有下次，任何人都不可以打扰沁羽。”施航把乔安的名片扔给施施：“那只玩偶娃娃，也是乔安的杰作吧？”

施施愣了一下，当初乔安在娃娃身上施催眠术，她曾阻止过。乔安告诉她，他不会伤害任何人，只是想唤起沁羽的潜意识，帮他找出乔晋遇害的真相。

这些年，她也觉得乔晋的离奇失踪，似乎另有隐情。

她和乔氏兄弟都拜师在曾大师门下，乔晋最具天赋，乔安却最为努力，只有她，学无所成，浪费了大学三年的课外时光。那个时候，乔氏兄弟成了她最好的成长伙伴。乔晋细心温和，乔安刚毅谨慎，对她这个任性的毛丫头处处忍让。有时候，她会拿乔氏兄弟和施航比，觉得他们俩对她的照顾远远多过哥哥。在感情上，她也一直当乔氏兄弟为兄长。如果乔晋不那么快和沁羽坠入情网，如果乔安当时对她再认真一点，或许她可以在兄弟两人之中选择一个。但世事弄人，乔晋突遭意外，乔安留学海外，一晃三年，物是人非。

如今，重遇乔安，再续情缘，她懂得珍惜，懂得机会一旦错过就不会重来。

“沁羽是唯一知道真相的人，乔安这么做，我理解，我也支持，我们都不想乔晋死得不明不白。”

“那就可以去挖别人的伤口？”施航暴跳起来，“沁羽已经很无辜了，你们忍心再伤害她一次吗？你们太自私了！”

“我们是在帮沁羽，帮她找回记忆，帮她把伤口的脓血清除，让她真正的痊愈。”施施努力地解释。其实，把事情弄清楚，对谁都是一件好事。

“沁羽现在很好，不需要找回以前的记忆，你们这样做，无非想沁羽再死一回！”施航痛苦得声音都颤抖起来，他好不容易得到沁羽的全部，又怎能允许有人夺走这一切?

施施的心柔软了下来，哥哥的眼神绝望而痛苦。这些年，他顶着压力陪在沁羽身边，若不是真爱，又岂会心力交瘁？如果沁羽找回记忆，他的付出还有价值吗？她和乔安没有权利剥夺哥哥所得到的一切，即使为了乔晋。

“求你们别再来打扰我和沁羽，我已经没有精力再面对任何打击了。”施航颓然地看着妹妹，他突然放下男人的尊严，只求和沁羽能够平淡一生。

施施的鼻子有些酸，哥哥那么骄傲的一个人，如今为了沁羽竟变得如此脆弱。爱情这东西，一旦沾染，注定没了自我。

施施答应施航，尽量不会给乔安接触沁羽的机会，如果乔安自己联系沁羽，她也无能为力。

妹妹的承诺让他稍微静下心来，他不想和沁羽之间再有任何变故。唯一能够改变局面的只有施施，他相信，妹妹不会欺骗他。

施施送哥哥出门，正巧宋屹池的电话打过来，让她马上赶去依顿酒店。

施施这才想起，宋屹池今晚要宴请一位重要客人，让她作陪。看看表，时间已经来不及了。施施一把抓住施航的手，央求道："我不能迟到，你开车送我过去吧！"

施航见不得施施着急的样子，从小到大，他对妹妹有求必应。

一路上，施施不停地催促他快点。他冷静地握着方向盘，车快速而平稳地前进。

车子在依顿酒店的停车位停好，施施已经迫不及待地冲下车。迎面看见宋屹池正等在酒店门口。

施航坐在车里，看着妹妹讨好一般地向宋屹池道歉。他本能地握紧拳头，恨不得朝那张冷傲的脸挥过去。

一个人的成功，多表现在他的气场上。施航觉得他永远也达不到宋屹池的气场，注定压制不住他。

一辆车缓缓地停在宋屹池身边，车上下来一位年轻人，快速谨慎地绕到另一侧车门，打开。

施航看得真切，那位年轻人正是顾秉承大律师的助理。施航有点小小的紧张，没想到他历尽千辛想要见的顾大律师，原来和宋屹池的关系非同一般。

一位中年男子的背影立在车边，宋屹池的笑容竟然灿烂得让酒店的霓虹都黯然失色。两人握手，拥抱，样子亲近得如同挚友。施航顿觉讽刺，人情世故如此淡薄。想当年，顾秉承还是爸爸的私人律师，每次来家中，顾秉承都要抱他，哄他，对他毕恭毕敬。如今，自己连见对方一面都比登天还难，爸爸的面子在顾秉承眼里如同一张薄纸。

看着他们步入酒店，施航的内心五味杂陈，搅得他喘不过气来。

真相难觅

宋屹池将两幅鸿雁图在顾秉承面前展开，立刻，在场的人都瞪大眼睛，屏住呼吸，一睹宋朝林淮安真迹风采。

半天，顾秉承笑眼微眯，凑近画轴，细细摩挲，慢慢鉴赏，一副如获至宝、爱不释手的样子。

宋屹池冷眼静观，能出手大方，成人之美，他的用意绝非只是交友。天下没有免费的午餐，但各取所得，没人吃亏，没人占尽便宜。

连施施都觉得宋屹池这份大礼送得怪异。

顾秉承这个人，利益高于一切，即使在法庭上，只要有利可图，他连道德、良知、人性统统可以藐视。他能做到大律师，并声名远播，一半来自他的狠。

人心一旦狠了，世上的难事便可迎刃而解。一旦顾秉承接手的案子，想上诉，机会渺茫。

施施一想到他曾是父亲的私人律师，就觉得父亲的遗产一定有问题。

施航给施施发了条短信，问他们在哪个房间。施施瞅了一眼宋屹池，他似乎明白什么似的，冲她点点头。施施犹豫着要不要告诉哥哥。就在这时，包厢的门猛然推开，施航站在门口。

顾秉承见有外人闯入，赶紧让宋屹池收起画轴，并吩咐助理好好收着。

施施迎上哥哥，想拉他出去，宋屹池却率先开口："既然来了，不如坐下喝几杯。"

施航甩开妹妹的手，径直走进来。他没看一眼宋屹池，直接站到顾秉承面前，微微弯腰，叫了一声："顾叔叔！"

顾秉承轻轻挑眉，似看非看，然后正襟危坐，不苟言笑。

顾秉承的助理上前来，贴着他的耳朵低语几句。随后，顾秉承豁然开朗一般，笑声清朗，表情浮夸地嚷起来："小施航，施振鸿的长公子，二十年不见啊，顾叔叔几乎认不出你了！"

时光流逝，再相见，已是二十年后。

施航难免情绪激动，如见父亲一般，感激时光并没有淡漠昔日情怀。

"同在海城，见一面，竟要等到二十年后。这些年，忙忙碌碌，一眨眼，你已经长大成人了！"顾秉承拍拍施航的肩膀感叹道。

施航眼眶泛红，依稀记得父亲在世时的一些画面。一晃二十年过去，他和父亲的缘分仅仅只有十年。

"我一直在找机会见顾叔叔一面，可您的助理好像对我有些误会。"施航瞥了一眼顾秉承的助理。

那助理赶忙解释："您手上的案子堆积如山，怕您分心，所以就拦下了，真不知道您和这位施先生渊源甚深，怪我疏忽了。"

顾秉承瞪了一眼助理，一拍桌子，呵斥道："愚蠢！知道的是你拦下了，不知道的还以为我顾某忘恩负义，不念旧情！施航是我世侄，和我儿子没什么区别，你给我瞪大眼睛，下次不可怠慢！"

助理胆战心惊，连连点头，额上冒出涔涔汗水。

施航心里的郁气总算纾解，对顾秉承更是心怀敬畏。

宋屹池是个聪明人，见此情景，推说自己还有要事，让施施留下陪大家。顾秉承自然要挽留一番，但又不能强人所难，客气地将宋屹池送至门口，还一再感谢宋老先生的馈赠，表示他日定会登门拜访。

宋屹池走后，顾秉承支开自己的助理，整个包厢就剩下三人。

顾秉承靠在椅背上斜睨着施航，先前一脸善意亲厚的笑容早已隐没，像冰冻的河面硬邦邦，冷冰冰。

他眼神淡漠，嘴角微微下撇，不情不愿，不悲不喜。

施航缓缓坐下，为他斟了杯茶，恭恭敬敬举在他面前。

顾秉承半天才接过茶杯，眼皮微挑，却不看施航一眼。

“你能找到这儿来，我真佩服你的坚持！”顾秉承吹一口杯面上的茶水，荡漾中的红茶如琥珀般明净。

他早知道施航一直寻机会见他，却连演戏都如此逼真。

“顾叔叔一直避而不见，真不知这其中有何缘由？”既然心知肚明，不如问个明白，这一面总是要见的。

顾秉承还是抬眼看了施航，笃定的眼神，渐渐涣散开来，他眯起了眼睛：“你现在过得好不好？”

施航微微一怔，这问题似乎另有隐喻。

“很多事，一旦弄明白，人就会痛苦，珍惜现在，放眼未来，过去的又何必太执着。”

施航不懂他说这话的意思，隐隐觉得追查真相成了一件错误的事情。

顾秉承叹息一声，指了指面前那杯茶：“茶叶浮沉，如人生跌宕，世事变幻，真假莫测，真相也好，虚假也罢，别让过往牵绊住你现在所拥有的一切，以往的不过是泡沫，一去不复返。”

施航越发糊涂，他话里有话，欲说还休。事件变得扑朔迷离，分不清，看不透。

“顾叔叔，爸爸生前对您不薄，现在爸爸不在了，您为什么不肯把真相说出来呢？”施施忍不住开口，她不想听一些故弄玄虚，似是而非的话。

顾秉承垂下眼目，提及昔日和施振鸿的情义，难免有淡淡的伤怀。他静默几秒，重新抬起头，瞅着施施：“我以为这辈子不会有人提及此事，没想到还是要面对。看到你们兄妹如今过着衣食无忧的生活，我内心的负罪感也就减轻了许多。如果你们现在穷困潦倒，举步维艰的话，我真的没脸下去见你们的父母！”

想想，他们现在的生活的确无忧无患，但是父母不在了，这才是最大的遗憾。

“顾叔叔的意思是不想告诉我们真相了？”施航急切地追寻着顾秉承的眼神。

“这要看你怎样看待这件事情，谁对谁错，真假虚实，平常心，平常对待，这就是真相。”顾秉承拍了拍施航的手背。如果真相可以选择，谁都不想有所遗憾。

“爸爸是不是给我们留下了遗产，现在已经不重要了，我就想知道，我一直心怀感激的人究竟是不是一个伪君子。”施航的眼里闪着泪光，他最痛心的不是爸爸的遗产，而是沈加俊骗了他二十年。这二十年，他感激，感恩，以为所拥有的一切都是求之不得的。

顾秉承看着施航半天，摇摇头，说：“孩子，沈加俊养育了你二十年，不管他做过什么，养育你的这份恩情，你不能忘，你爸妈泉下有知，也不希望你做个忘恩负义之人。想想你现在的生活，想想你和沁羽的将来，我劝你一句，凡事别太认真了！”

一提到沁羽，施航的心就乱了。她无辜地搅进来，他不能伤害她。

沈家对他不薄，将来加乐也会继承给他，只不过这一切来得晚了些，晚了二十年。如果二十年前是另一种结果，他和沁羽又该情归何处呢？也许这一切都是天意，强求不得。

“顾叔叔，一码是一码，是恩是怨，我们总应该分清楚，骗了我们二十年，还不够吗？”施施有些激动，好不容易柳暗花明，她不想原路返回。

顾秉承已经起身，他话已至此，再多说也无益，他也不想掺和别人的恩怨。

顾秉承走后，施施陪着施航在包厢里坐了很久。

施航最后流下了眼泪，忠孝两难全，他不能辜负沁羽，更不能忘了父母的生育之恩和沈加俊的养育之恩。

他别无选择，无能为力，只求自己的内心能够坦然，能够放得下。

酒店外，宋屹池送顾秉承上了车，隔着车窗，顾秉承探出头，脸上的笑容收起，仍摆出一副高傲的漠然。

“我拿了你的画，也还了你一份人情，以后我们再无瓜葛，我也不想再见到你！”

宋屹池始终保持着和善的笑意，不浓不淡。他伸手到顾秉承面前，却被顾秉承视若无睹，他自嘲地一笑，收回手，说：“顾先生是个聪明人，只要您守口如瓶，麻烦自然不会找到您的头上，而您和我之间，仅仅是合作关系。”

顾秉承坐正了身子，车窗慢慢合上。

宋屹池退后一步，微微倾腰，以示礼貌。

车子绝尘而去，宋屹池眯着眼，注视着尾灯渐行渐远。

于心何忍

施航送施施回家，到了公寓楼下，施施问他："你打算怎么办？放弃还是继续寻找真相？"

施航没看施施，眼睛一直停在车前挂着的"中国结"，那是沁羽送给他的，是她亲手编的。如今坠子有些松散，颜色也大不如从前鲜艳，可他不肯换下来，因为沁羽花了两个晚上赶出来，这份执着和对他的心心念念，他不能辜负。

"顾秉承老奸巨猾，不肯说出真相，不过，他的言外之意似乎已经证实沈加俊私吞了爸爸的遗产，他是想让我亲自找出真相。"施施觉得顾秉承欲言又止的意图是不想把自己拖下水，这种人善于全身而退。

施航收回目光，一整晚他都在纠结。他最不想伤害的就是沁羽，可一旦真相浮出水面，他还能像以往那样平静、坦荡地面对沈加俊吗？

仇怨的代价必是伤痕累累，他真的不愿沁羽再次目睹流血流泪的事情。

"别逼我，让我想想。"

施施沉默了，哥哥的压力太大，连他自己都不知道这样坚持下去，对谁好，对谁坏。顺其自然却又像逆天而行。

施施打开车门，一股风吹得她眯了眼。

她转身对哥哥说："变天了，我希望峰回路转，给爸妈一个交代！"

施航看见路两旁的树木摇晃得凶猛，这个冬天似乎来得有些迟，但又刚刚好。他关上车门，没有回答施施的话。现在，他最想见的就是沁羽，她一向怕冷，没有他陪着，这个夜晚她会睡得不踏实。

沁羽还没睡，坐在客厅的沙发上等施航。

她的脚踝已消肿，疼痛也渐渐消失。她要感谢宋屹池给她的那管药膏，只擦了两日便痊愈，她满心期待和他爬山的日子。

日子一旦有盼头，时间便会飞快地从指间流逝。

下午宋屹池来看她，本想多留他待会儿，可一眨眼，黄昏将至，她也不便挽留。看着他走出大门，她的心莫名有些空落，这感觉让她害怕，也让她更加期待再见到他。

她脚伤的这些日子，宋屹池的关心和照顾已然让沁羽有了些依赖和期待，即使他总是来去匆匆，可他的每一句话，每一个眼神，她都铭刻在心里，温暖着她。就像今天，她本可以自己去倒杯温水，却在他的怀抱里失去了支撑的能力，最后，她还是躺在了他的怀里，看着他为她接水，并亲手将水杯递到她的唇边，一点一滴灌入她的口腔。

有一秒，沁羽几乎迷茫地失去了意识，以为他就应该这样照顾她，他的照顾如此自然，如此理所应当，她也如此顺其自然地接受并享受这一秒的满足。她不愿时间如此匆匆，却又害怕这一秒长得可以跨越一个世纪。她怀着复杂繁乱的心情怔怔愣愣地坐在沙发上，一坐便坐到了天黑。

沁羽有些冷，外面的风比先前大了许多，映在窗子上的树影摇曳着，一阵急似一阵。

快要进入冬季了！沁羽想着又可以点燃壁炉，和妈妈围着炉火闲聊。这是一个温馨的季节，她无比期待。

沁羽起身上楼，她需要加件衣服。身后有开门声，夹带着一股冷风吹入，沁羽转身看过去。

施航一身风尘，立在门口，静静地看着她。

凉意侵袭了沁羽，她不禁打了个寒战。她立刻迎上去，将施航身后的门关上。施航手伸到后面，抓住沁羽的手。沁羽的手冰凉，让施航心头一颤。

他用力将沁羽拉至他面前，两人的脸紧紧地挨在一起，逼得沁羽有些喘不过气来。

施航伏下头，狠狠地吻住沁羽。

突如其来的吻让沁羽一惊，哽在喉里的那口气让她快要窒息。

他几乎残暴的吻弄痛了她，她用尽浑身力气将他推开，涨红了脸，瞪大了眼，眼泪瞬间决堤而下。

看见沁羽流泪的那一刻，施航才意识到自己的鲁莽伤害了她。

他想再抱她入怀，可她不肯。她什么都不说，捂着嘴巴向楼上冲。

施航在身后叫她，她不听他，一直跑回卧室，反锁了房门。

施航愣在那里，到底对沁羽做了什么？他昏昏沉沉，恍恍惚惚，所有思绪都还停留在二十年前那段是与非中。他的心骗不了自己，他不能装作无动于衷。他吻沁羽的每一口都是刺痛，每一口都像咬下令他割舍不下的情怨。

他还是在意的，在意被人欺骗了二十年。

施航在卧室外徘徊了很久，听不到里面的动静，他有些焦急，可又不知道进去后如何面对沁羽。

他以为这件事不会影响到他和沁羽之间的感情，他以为他的爱可以冲淡这一切，但是，他错了。

人心经不起揣测，明明可以坦坦荡荡，却仍不能磊磊落落。

他最终也没有敲门，叹着气进了书房。

书房是沈加俊的私人空间，直到他和沁羽住在一起，他才得到允许，可以随便进出。

书房里没有任何东西可以证明那笔遗产的去向，他曾翻找过许多次。除了一张沈加俊、爸爸和一个陌生男人的旧照片被放置在书柜最上面的一本书里，其他一切与爸爸有关的都无处可觅。

爸爸和沈加俊究竟是敌是友？那张照片的年代久远，根本察觉不到任何线索，只觉得他们的笑容近乎强颜。

施航坐在书桌前，随手拿起电话，拨了沈加俊的号码。

电话接通，沈加俊的声音在电话那头响了起来："喂？施航吗？有事吗？喂？喂……"

施航握着电话，一句话都说不出口。

"怎么不说话？是沁羽出事了吗？"沈加俊有些急切。

又是一阵无声，施航咬着唇，脸涨得通红。

"施航，是不是出了什么事啊？你只管说，实在不行，明天我们就飞回去。"

"不，没事……"施航终于开口，艰难且生涩。

"你不是一个吞吞吐吐的人，若不是遇到难事，这通电话你不会打。"

施航抿着嘴，表情紧张。他如何问得出口？这一问，多年的感情将形如泡沫，他于心何忍？

"爸爸，我想和您谈谈我父亲的事……"他的声音低得连他都听不清。

对方明显愣了一下，短暂的沉默后，是沈加俊爽朗的笑声，接着说："没问题，我会赶在你生日前回去，你一定是想你的父母了，有些事，是时候告诉你了。"

施航的心颤得厉害，他深呼吸，平稳地说了一句："好的，我和沁羽都等着您们回家！"

第五章　情动一念，万劫不复

她拼了命寻找回来的路，她不愿放弃。此刻，她就躺在他的怀里，她想对他微笑，可嘴角一勾，竟然是大串大串的眼泪。

废墟

天亮了，施航进厨房准备早餐。他熟悉沁羽的口味，这些年，连他的口味都变得和沁羽一样。他努力做这些，是想和沁羽生生世世在一起。

爱一个人就要爱她的全部。

给予和付出才能爱到永远，爱到彻骨。

昨晚他留在书房，思来想去，只要沁羽能够快乐，他愿意放下一切。父母已经不在了，他最亲的人就是沁羽。那些遗产本就是身外之物，拥有和失去还不是一样过日子？如果非要弄个明白，恐怕失去得会更多。

施航站在卧室门口，正要敲门，沁羽已经打开了房门。两人对望一眼，谁都没有说话。

沁羽穿了运动装，娇小的身体更显单薄。

施航伸手去拉沁羽，她竟然缩回了手。

施航尴尬地垂下手，轻咳一声，说："外面降温了，我煮了粥，再不下去喝，一会儿就凉了。"

沁羽没吱声，擦着他的身体走过去，他就跟在她的身后。

新煮的粥散发着淡淡的谷香味，沁羽坐在餐桌前，没有动筷。

施航在沁羽对面坐下，定定地看着她。她的精神并没有他想的那么糟，反而显得更饱满。看来，昨晚睡得很安稳。

施航低下头，有小小的失望，但又觉得庆幸。没有他陪着，她能睡得好，这比什么都重要。

“我加了红糖，不浓不淡，刚刚好。”施航拿着汤匙在碗里搅。

沁羽面无表情，不动不语。

施航抬眼看她，她垂着眼睑，长长的睫毛微微颤着。

“我没胃口，你喝吧！”最终她也没动一口，起身要走。

“还在生气？昨晚我喝了酒，对不起。”

“这和喝不喝酒没关系。”沁羽略微停了一下，说：“天凉了，我去看看那些羊儿，吃完早餐，你去上班吧。”

“中午我回来接你，我们到外面吃。”施航赶紧起身追上去。

“不用，我习惯一个人吃午饭。”

施航疼得心都碎了，多少次，他失约于她，她习惯了空等，习惯了默默忍受。

沁羽出了门，关门的瞬间，施航看到沁羽缩紧了肩头，外面的空气凉得让她不适。

一夜冷风，换了人间。

梧桐叶黄得透亮，树上，地上满满的。沁羽不敢踩上去，心疼般地绕着墙角来至后院。打开铁门，一眼的青绿。那片草地依旧生机盎然。

羊儿伏在羊圈，新搭的防寒棚起到了作用，遮挡了冷风。羊儿悠哉地休息，看见主人来，都懒懒的不肯动。

见着这些小家伙，沁羽的笑容多了起来。原来快乐可以如此简单，奢求的快乐仅是一笑而过。

沁羽满足地靠在栅栏上，这些新加固的栅栏整整齐齐，不像先前，风一吹就有可能散落。这都是宋屹池的功劳，能有这份细心，应该对生活充满热爱的。

沁羽掏出手机，给宋屹池发了一条短信：准备就绪，前面路口等你。

临走前，沁羽为羊儿添了草料。宋屹池曾提醒过她，羊儿一定要吃得饱，不然肉质不佳，吃不出羊肉的鲜美。

他懂得还蛮多，男人的魅力不在有多帅，内在的才华才是最吸引人的。沁羽满心愉悦地朝前面走去，尽管空气凉凉的，可她的心却如火一般的热烈。

路口空寂寂无人，那一排蔷薇只有枝叶繁茂地生长，花朵已经枯萎。沁羽站在那儿，静静地等着。

远处，一棵槐树下，宋屹池探出身子，远远地看着她。

她很美，宁静恬淡。立在一丛灌木中，宛若亭亭玉立的一株百合，淡雅纯洁。

宋屹池几乎望得出神，一片叶子轻飘飘地从他眼前落下，他才晃过神来。她这一等，已经过去半小时。

昨天，他们已经约好，如天气允许，他一定带着她爬上山顶。

这个约定让沁羽期待了一晚，如果施航不那么鲁莽野蛮，她的好心情一定会延续到现在。不过，她已经忘了那一幕，只等爬上山顶那一刻的惊喜和兴奋。

宋屹池退到槐树后面，给沁羽发了一条短信：

我在画廊，有件棘手的事情待处理，半小时后，我会赶来，你先上山，在观景台等我。

短信发出后，他后悔了。何故要欺骗？她明明就在那儿，只要他现在出现，就能带她一起上山，只要他肯走出这一步，就算距离再远，终有到达的一天。然而，他退缩了，躲在树下看她茫茫然失落的样子。

沁羽看着短信，耸耸肩。都是忙人，只有她一个人清闲。沁羽朝这边看过来，宋屹池躲在树后不敢动，他知道，她一定很失望。

沁羽一个人往山上走，宋屹池远远地跟在后面。

沁羽像个孩子，对什么都感到新奇。一会儿摘一片树叶，一会儿采一把开在冬季的小黄菊；一会儿蹲在草丛里看不知名的昆虫，一会儿对着树梢上的飞鸟做鬼脸。

她热爱大自然，热爱这季节，更热爱一切有生命的事物。

宋屹池走走停停，隐隐藏藏。他跟着沁羽的喜悦而喜悦，跟着沁羽的兴奋而兴奋。有几次，他想立刻冲上去，拉着她一起上山，可最终他还是忍了下来。

远远地欣赏不失为一种美，一旦靠近，再小的瑕疵，都会破坏她的美。

沁羽一路向上，观景台已经被她抛在身后。她竟不觉得累，连歇一歇都不肯。她想在宋屹池赶来的时候，自己已经站在了山顶上。

终于，眼前豁然开阔，平坦的山顶上，风从四面八方涌来。沁羽迎着风，深呼吸，每一口都那么新鲜。

山顶上一丛丛灌木恣意地生长，像人工种植又像大自然孕育的。这一切，无不让沁羽感到欣喜。她从未见过这么美的自然景色，比画里的美上千倍。

沁羽顺着灌木丛的小径向前走，手指轻轻划过灌木的叶茎，留下一片抖动欢乐的影子。

忽然，沁羽停下了脚步，她的面前竟然出现一片废墟。

废墟荒芜，杂草丛生，风从这里吹过都带着呜咽的声响。

沁羽诧异，美丽的风景从这里戛然而止，像被带入另一番意境。她有些惊恐，这废墟遗留下了什么样的悲剧呢？

沁羽慢慢靠近，围着废墟而立的栅栏早已爬满了藤蔓，尤其那块写着“星星之火，可以燎原”的牌子，经历风吹雨打后，呈现出一股沧桑被遗忘的悲怆。

这曾发生过一场火灾？

沁羽忽地想到自己的梦，在大雨中，她无数次爬上废墟，那有台阶，有红木雕刻的栏杆，有猩红色的大地毯，有水晶吊灯，有薄如蝉翼的窗纱……

沁羽的呼吸有些困难，她扶住栅栏，身体开始颤抖。

原来现实中真的有这么一片废墟，原来离她的生活这么近。

栅栏有一处缺口，沁羽急不可待地扯开那些缠绕的藤蔓，跨步进去。杂草很旺盛，比梦里的有生机。她摸索试探着前行，心跳得厉害。

和梦境如此相像，暴露在杂草外的那段台阶引领着她进入废墟。

“沁羽！”有声音在她身后响起。

沁羽回身，看见宋屹池。他捧着一束野菊花，嫩黄的花瓣透着温暖的光泽，随着风向她轻摆。

她一动不动，看着他一步步走来。

“你数着台阶上去，小心绊倒。”

他的声音在冷风中让她感到温暖，他手中野菊花散发的馥郁让她迷醉。如果她不那么坚持，她愿意跟他去另一个地方，如果她不那么好奇，接下来的事也许不会发生。

“1……2……3……”沁羽和着宋屹池的声音，一步一步爬上台阶。

他紧紧地跟在她身后，当她迈出第六步的时候，整个身子瘫软下来，像进入睡梦，靠着宋屹池的肩头，闭起了眼睛。

那不是幻觉

“在你面前有一扇门，你推开它走进去……”宋屹池搂着沁羽，声音暖暖的，带着一股魔力。

他轻轻地将她的发丝拨到耳后，手指触碰到柔软细滑的肌肤，他的手微微颤抖了一下。

沁羽恍恍惚惚进了一间房，一个男人出现在她的面前，将她揽入怀里。

沁羽慌促紧张，心跳得厉害，呼吸困难。她眼睁睁地看着他的唇压下来，她无处躲避，与他纠缠在一起。

似乎过了很久，他的余味仍回绕在她的唇际。她怔愣地看着他。他微笑，笑容甜蜜温暖。

他捧着一只礼盒，在她面前打开。一只闪着璀璨光芒的钻石戒指，闪闪烁烁，明明亮亮。他取出，为她戴上。他引着她来到镜子前，她不敢看，怕那光芒刺痛她的眼睛。

他单膝跪地，虔诚地将她的手捧在他的唇边，轻柔地印上唇印。

他向她求婚……

沁羽在宋屹池的怀里扭动了一下身体，他看着她微闭的眼眸不停地抖动。

“天黑了，没有灯光，你害怕，依偎在他身边……”宋屹池继续发出暗示，他分明感觉到她在他怀里抖个不停。他搂紧她，让她不那么恐慌。

沁羽怕黑，偎在男人的身边，需要他的保护。

男人搂着沁羽，笑着说："连老天爷都在给我们制造气氛，你不觉得黑暗中才能更好地坦诚相对吗？"

沁羽羞红了脸，紧紧地抓着他的手："有没有蜡烛？"

男人摇摇头："不过有盏油灯，挺古老的，这种环境，点一盏油灯别有一番滋味。"

很快，男人找来那盏油灯，像好几千年以前的玩意儿，透着古老的韵味。

油灯点燃，室内一下子昏黄一片，像披着一层落日余晖，一切朦朦胧胧。

男人捧起沁羽的脸，她的脸朦胧着看不清的美，怕一碰就消失不见。

男人伏下头，寻找她的唇。沁羽迎合着靠向他，一股温润细滑的滋味令她全身战栗，她再也支撑不住，瘫软在他的怀里。

宋屹池看到沁羽脸颊泛起了红潮，她的呼吸变得急促起来，她的手紧紧地抓着他，指甲已深陷他的皮肤。

"外面有光亮，你想推开那男人，可他不肯放手，紧紧地抱着你……"

她看到窗外有火光燃起，映红了她和男人的脸。

男人似乎感觉到不对，猛然停下来。此时有股烧焦的味道充塞而来，两人都看见了一股股的浓烟正从门缝里涌进来。

男人赶紧开门，楼下已是一片火海，疯狂的火舌吞噬着楼梯，把他们困在楼上。

男人返身拉住沁羽，他们必须逃出去，否则必会葬身火海。

沁羽惊慌得腿脚无力，浓烈的烟雾熏得她快要窒息。男人拉着他往外跑，沁羽碰翻了油灯，火苗点燃了窗帘，一眨眼的工夫，大火烧了起来。

二楼的楼梯已经烧塌，他们进退无路，眼瞅着就要被大火吞噬……

突然，一声闷响传来，沁羽挣扎着醒来。

宋屹池循着声音看过去，只见一名男子从废墟里走出来。大概是他弄断了朽木的支力，废墟塌陷了一大块。

沁羽神思恍惚，身陷火海的一幕让她心有余悸，而此时从废墟里走出来的男人就像这废墟里的幽灵，让她惊惧，让她不敢直视。

男人戴着帽子，挡住了眼睛。他似乎早就发现他们的存在，看到他们，他一点都不觉得惊奇。

宋屹池倒觉得不可思议，这废墟荒芜多年，从没想过会有人像他们一样敢靠近半步。

男人停在他们面前，摘下了帽子。

沁羽用余光偷扫了一眼，发现，竟然是施施的男朋友乔安。

“乔医生？”沁羽不敢确信地喊出声。

乔安微微一笑，确认他的确是她见过的那位心理医生。

“你怎么会在这儿？”

“听施施说，这儿没成为废墟之前，是一栋非常奢华的别墅，我想，那么一栋奢华的宫殿为何会一夜间化为灰烬，这当中一定有一段可歌可泣的故事，我是来寻梦的！”

乔安的声线和他的微笑一样，温暖得让人忘却了寒冷。看着他就像沐浴在阳光之中，浑身都暖洋洋的。

沁羽不知道这儿曾是一栋别墅，更不了解它曾经的辉煌。眼见这一片废墟，联想起刚才身临其境的那场大火，她竟有种想要探寻过往的冲动。

她侧脸看宋屹池，问：“为什么我总能看到那些幻觉？难道我曾经经历过这些事情？它真实得就像发生在眼前，可现实里我却一点记忆都找不到。”

宋屹池不知道怎么回答沁羽，他看了一眼乔安，乔安正用同样充满质疑的目光看着他，让他略有迟疑。

“你看到的不是幻觉，只是你的大脑有选择性地删除了这段记忆，因为你不愿面对这样的事实。”乔安替宋屹池回答了沁羽的疑问。

沁羽有些慌乱，不解地看向宋屹池，她需要他来证实乔安的回答。

宋屹池搂紧沁羽的肩头，让她能够平静下来：“这是一种可能，另一种可能或许仅仅是一种幻觉，和你的过往没任何联系。”

“为什么要骗她？告诉她真相，比困在幻觉里更能让她健康起来，我是心理医生，我知道身心的负担会让一个人痛不欲生。”乔安有些激动，他等这个机会等了很久。如果真能帮沁羽找回记忆，乔晋的失踪之谜也就迎刃而解了。

两人的争执让沁羽不明所以，但她隐隐地觉得一定跟她有关系。

“你们在说什么？什么真相？什么幻觉？我是不是经历过什么可怕的事情？请你们告诉我！”沁羽急躁起来。这些年，噩梦的困扰已经让她心力交瘁，她不想活在无休无止的困扰里，她想活得轻松些，活得明白点。

宋屹池赶紧安抚沁羽：“没事的，以后我会慢慢告诉你。”

乔安上前一步，从宋屹池的怀里将沁羽拉出来。沁羽惊恐地躲避着，像躲避一个侵犯她的敌人。

“你给我听着，有一个男人，在向你求婚的那天，不幸被大火围困，他救了你的命，却从此消失在这个世界上，你选择遗忘这段记忆，但你的良心却时刻提醒你，你爱他，你忘不了他！”乔安摇着沁羽的肩膀，让她马上恢复记忆，告诉他，那天究竟发生了什么！

宋屹池冲上去，推开乔安：“你疯了！别逼她，她什么都记不起来，就算你把她摇散，她也什么都不知道！”

“我可以帮她，请相信我！”

宋屹池摇摇头：“你这样急于求成，只会害了她，我警告你，别再打扰她！”

宋屹池转身，看见沁羽抱着肩蜷缩在地上。她受到了惊吓，身子抖得厉害，她瞪着惊恐的眼睛，自言自语道：“为了救我，他死了？他是谁？我又是谁……他是谁？我又是谁……”

宋屹池在她面前慢慢蹲下，心疼地捧起她的脸：“不怕，没事了，有我在，不会让你有事！”

沁羽仰着头看他，一大颗眼泪逼出眼角。

宋屹池抱着沁羽离开废墟，她躺在他怀里慢慢变得平静下来。

沁羽仰着头能看到他的脸，他没有一丝表情，目光专注地盯着前面的路，不和她说话。

沁羽慢慢地把脸贴近他的胸口，那儿很温暖，让她有安全感。

“你能告诉我那个人是谁吗？”她偎着他，轻声问道。

宋屹池眨了一下眼睛，低头看她：“一个很爱你，你也很爱他的人。”

“我完全不记得这个人，他真的死在大火中吗？是为了救我？”

“警察没找到尸体，大概，或许还活着。”他叹息一声，很沉重：“能为心爱的女人去死，这是一个男人该有的担当。”

“帮我找回记忆吧！我不能让他的死变得毫无意义，我也不能再继续漠视他的死亡，这对他不公平。”

宋屹池停下脚步，沁羽顺势跳出他的怀抱。他的手依旧牵着她，但仅仅一秒，他还是放开了。

“施航怎么办？一旦找回记忆，你还能接受施航吗？”他问得很认真。

她沉默良久，终于抬起眼直视他：“我和施航是夫妻，拥有幸福的生活，可这一切都是那个人的成全，我必须知道他是谁，才有机会报答。”

宋屹池微蹙眉头，连呼吸都显得颤抖不均匀。他伸出手，按在她的肩上：“你需要考虑清楚，也许这关系到你今后的生活。”

沁羽点头：“我想好了，我应该知道在我身上曾发生过什么，我要做一个完整的自己，不留任何遗憾。”

宁愿死去

沁羽没让宋屹池送她。他们在路口分手。她一个人拖着沉重的脚步艰难地走进家门。她靠在门上深沉地呼吸，觉得自己的喉咙被什么东西卡住。她想哭，明明鼻子酸酸的，可眼泪却不肯掉下来。

沁羽心里难受，原来，曾有一个人为她丢掉过性命，原来，在她的生命里不只有施航那么挚爱她，可有关那个人的记忆她一丁点都没有。

她的命是那个人救的，她却心安理得地多活了这些年，亏欠他的，她如何偿还得起，如何报答得了？

沁羽不知道是怎么爬上楼梯的。她推开卧室的房门，清晰地看见，施航背对她立在窗前。

他纹丝不动，好像房门本就是开的。她想叫他，可连说话的力气都没有。

沁羽倚在门上，看施航的背影，眼泪终于还是流了下来。这些年，他对她的好，真真切切，无怨无悔。他从不计较什么，只要她快乐。她病了，他陪着；她失眠了，他陪着她辗转反侧；她心情不好，他陪着她难过。点点滴滴，历历在目。今生能遇见这么好的男人，沁羽此生无憾。

沁羽难过得连站立都显得力不从心，她究竟有什么好，能让两个男人对她至死不渝？

许久，施航终于肯转过身来。两人的目光相撞的瞬间，沁羽的身体顺着门框慢慢往下滑。

她向他伸出手，想他扶她一把。

他看着她，无动于衷。

沁羽徒劳一场，什么都没抓住。

半晌，施航才向她移过脚步。停在她身边，俯视她。一脸漠然。

沁羽仰着头，她看出他心里有气，她不知何故，觉得他的眼神像要刺穿她的身体。

施航俯下身，将她提起，她被动地被他抵在墙边，他的手捏着她的下巴，力度让她有了疼痛感。

他从没有这样待过她，像对待一个恨之入骨的仇人。

沁羽没力气挣脱，任凭他钳制着她。

“我一心一意地爱你，你却对别的男人投怀送抱，你不该这样对我！”施航的脸逼近沁羽，她听到他的牙齿咬得咯吱作响。

“我以为我努力地付出，能换来你对我的忠贞，没想到你还是喜欢朝三暮四，我究竟错在哪里？”施航顺势甩出一巴掌，这一巴掌的力度足可以让沁羽受伤。

沁羽的身体重重地摔在地上，她几乎失去了知觉，躺在那儿，像一滩泥。

施航失控了一般，从地上拎起沁羽：“别装死，你对别人热情如火的时候，你有没有想过我的心正在流血！”

沁羽在他的手里像一只等待宰杀的羔羊，她垂着头，头发散开，嘴角渗出殷红的血迹。

“求你……杀了我吧！”沁羽虚弱地吐出几个字。

施航听得清楚，他仰天大笑，那笑声如魔鬼一般恐怖。

“你宁愿死，也不肯承认自己错了，你有没有真的爱我一次，啊？”施航闭了一下眼睛，泪水倾泻而出。

“我感激你，仰慕你……我从未想过今生要离开你……”

“感激我，仰慕我，就是没爱过我，是不是？你这个骗子，你这样对我于心何忍？”施航咆哮着推开沁羽，绝望地跪在地上，抱头痛哭。

沁羽躺在地上，眯着眼，泪水像泉水一般源源不断地涌出来。

自从跟了施航，她就打算跟他一辈子。她没想过自己究竟爱他有多深，有多真，但她知道，这辈子除了他，再不可能跟第二个男人。可今天，一切都改变了，她那么依赖的男人，居然动手打了她，居然怀疑她对他的忠贞度，她连悲伤的勇气都没有了，对这个世界更不抱任何期望。她只想一死，来完结这场羞辱。

施航悲恸地哭一场，悲自己永远都是感情的失败者。三年前，他看着她投向那个人的怀抱，三年后，她仍以这样的方式，背弃了他由始至终的衷心。他情何以堪？他所有的痴心妄想都成了天大的笑话，他觉得自己才是最可怜的人。

施航从地上爬起来，并没有理躺在一边的沁羽。她的生死和他再无关系，他已心灰意冷。

沁羽躺在那儿，听着他离开的脚步声。她浑身无力，动弹不得。她多希望自己就这样睡下去，永远不要醒来。

好久，好久。周遭一点动静都听不到，她闭着眼，黑暗笼罩着她，像置身在一条深不见底的隧道，无边无际的黑，无边无际的恐惧。

沁羽以为自己死了，这该是阴曹地府。

原来，死是那么简单，唯有这口气仍像游丝一般若有若无。

就这样死去吗？沁羽有些挣扎。她不甘心，不情愿。有些人的恩她还没有报，有些人的情她还没有还。如果就这样死去，下辈子仍不会心安，仍要被纠缠，被折磨。

无边无际的黑暗，她寻不到回去的路。

遥远的地方有了声响，那声音越来越清晰，越来越真实，就在她身边，也许一伸手就能抓到。

沁羽不想放弃这机会，这是她回去的唯一希望。

她大声地呼喊，胡乱地挥舞手臂。突然，她的手碰到一块坚硬的东西，这是她在无边无际的黑暗里，唯一碰到的有形有感的东西，这绝对是希望。

她把那东西抓进手里，声响继续，并伴着微微的震动。

她用力睁开眼，终于看到了光亮。

她回来了！

沁羽手里握着电话，屏幕显示着宋屹池的名字。

一念之间

医院。

宋屹池焦急地等在抢救室门外。

他的手掌心攥着一把汗水，他因紧张而显得烦躁不安。他不停地看表，沁羽被推进去已经一小时了。

当他在电话里听到沁羽虚弱无力地呼唤救命；当他纵身一跃翻过沈家后院的围墙；当他目睹躺在地上几乎奄奄一息的沁羽时，他心疼得整个身体都痉挛起来。

他不顾一切地扑过去，紧紧地将她抱入怀里。她意识涣散，气若游丝。他拼命地叫她，只要她肯看他一眼。

沁羽看清了是他，终于可以松口气。

她拼了命寻找回来的路，她不愿放弃。此刻，她就躺在他的怀里，她想对他微笑，可嘴角一勾，竟然是大串大串的眼泪。

如果老天注定了这场生死，她不会有任何埋怨，因为，在死之前，仍有人为她难过，流泪，这已足够。

抢救结束，沁羽被推出来的时候仍在昏迷之中。

宋屹池迫不及待地迎上去，却被医生拦了下来，眼看着沁羽被推进了病房。

“你是怎么做人家老公的？老婆怀孕一个多月，你竟然不知道？幸亏胎儿没受影响，不然你后悔去吧！”女医生一通埋怨后，扭脸走人了，对这个大意的男人表现出极大的不满。

宋屹池愣在那儿，有片刻的晃神。沁羽怀了施航的孩子？可施航为什么要这样对她？就在一小时之前，他刚要出门，就看见施航怒气冲冲地闯过来。

施航毫不客气地扯开车门，直接将他拖了出来。他弄不清状况，直觉告诉他这次他们的冲突在所难免。

施航狠狠地将宋屹池的身体逼在车身上，他怒目圆睁，嘴角冷冽的弧度让人不寒而栗。他的手几乎戳到宋屹池的鼻尖，一下一下想要戳死他。

“你这个卑鄙的小人，如果再去骚扰沁羽的话，我会让你死得很难看！”施航憋不住气，一拳挥过去，重重地打在宋屹池的脸上。

宋屹池狠狠吃了一拳，嘴角裂开了口子。

施航不罢休，依旧桎梏着宋屹池的身体："想给我戴绿帽子，除非我死了，否则，我会弄死你。"

宋屹池抹了把嘴角流出的鲜血，趁其不备，勾起膝盖，顶上施航的小腹。

一阵剧痛令施航失去力气，他不得不松开手。

"沁羽是人，不是你的玩意儿，你这样套着她，她迟早会飞走的。"

"闭嘴！"施航弓着腰，喊得声嘶力竭。

宋屹池缓了口气，整了整衣领。他不恨施航的这一拳，他只是气施航给了沁羽一种错误的生活方式，"沁羽最需要的不是精致的生活环境，她需要敞开心扉，需要与人交往，你一直把她留在角落里，她的心怎么可能无忧无虑地跳动？你这样会害死她。"

施航慢慢地直起身子，他从不觉得自己会害沁羽，他为她做的每一件事，都认为是一种爱，他没错。

"别再为你可耻的行为找借口，我们生活的很安静，不需要别人打扰，尤其是你，一个插足别人生活的伪君子。"施航对宋屹池恨之入骨，从最开始，他就觉得宋屹池是危险人物。

"如果你们的爱真的坚贞不渝，我存在与否，对你都构不成威胁，除非你没把握让沁羽对你死心塌地。"宋屹池的嘴角勾出一抹笑意，这笑意，除了对自己坦荡的一种坚持，还有对施航挚爱沁羽的一种怀疑。

施航似乎看懂了他的笑意，不再继续纠缠，而是颓然地转身离去……

有护士过来告诉他，病人醒了，他才收拾起思绪朝病房走去。

沁羽仍旧很虚弱，看见宋屹池，她想坐起来，他不让，安抚她好好躺着。

她乖乖地躺好，静静地看着他。

她还活着，呼吸着空气，她要感激他。

宋屹池盯着沁羽的眼睛，那里有感激，有信任，还有对生命的不舍不离。他心微微地疼，施航这么残忍对待一个有了身孕的人，她是如何挨过来，如何承受得起？女人是最坚韧的动物，内心的强大远远超过男人。

“我一直以为施航能保护我一辈子，没想到，我会伤在他手里，也没想到救我的人会是你。”沁羽红了眼眶，声音微颤，有着无奈的悲怆。

宋屹池摇摇头，示意她不要说话。她微笑，尽管笑起来很艰涩，但仍给人希望。

“我怀孕的事，请不要告诉施航，我不得不考虑他是不是一个合格的父亲。”

宋屹池一下子抓住沁羽的手，嘴张了半天，一句话也说不出口。

沁羽苍白的脸颊上绽放着淡淡的笑容，像一朵摇在风雨中的芙蓉，有着最可贵的勇气。

“我会保护你，不会让你再受任何伤害，相信我……”宋屹池捧起她的手，声音沙哑且带着毋庸置疑的坚定。

沁羽想抽回自己的手，可他死死地抓着，她无能为力。

“如果你愿意，一切都有可能。”

泪水模糊了她的视线，她的手在他的手里变得越来越温暖，只可惜，她不得不拒绝这温暖。

“谢谢你，可惜，我做不到，这辈子我不会离开施航，就算死，我还是施航的人。”

多么笃定的坚持，女人的从一而终永远都充满着视死如归的壮美。

“别委屈自己，别让自己后悔一辈子，只要你想逃，我陪你！”宋屹池终于吻了她的手，这一吻，让他不顾一切地要守她一辈子。

沁羽热泪盈眶，她怎能不感动？眼前这个男人，在她生命中出现的那刻起，冥冥中就已经注定了这样的结果。只是，没想到会来得这么快，这么直截了当。如果她和他非要跌入这场情天恨海，这一切都是宿命的安排，他们无力挽回。

“别让我成为一个背叛爱情的坏女人，我没多少筹码来博这场赌注，我们都输不起。”沁羽的理智仍让她心有顾虑。

“为了你，输掉一切又何妨？只要有你，我便拥有了全部！”宋屹池将脸埋进她的掌心，这一刻，他再无退路，即使沉沦，也要义无反顾。

施施和乔安赶来的时候，沁羽已经睡着了。

他们接到宋屹池的电话，就开始联系施航。无奈，他的电话关机，人又不在公司，他们找了大半个海城，终没找到他。

而此时，施航正站在和沁羽举行婚礼的那片海滩上，海浪层层叠叠涌来退去，浸湿了他的裤脚，寒冷了他的心。

沁羽这样对他，似乎是一场轮回，终逃不过命运的安排。

三年前，他努力地想给她一个承诺，但连开口的机会都没有争取到，如今，他仍努力地想给她更优越的生活环境，却变成了桎梏她的枷锁。他终究和沁羽的缘分尚浅，即使用浓浓的爱包裹她，她的心终是不在他这里。

身后有脚步声，踩着细软的沙。

施航面对着大海，深呼吸，似乎在做着一个决定。

脚步声停下，施航没有回头，只说了一句：“事成后，我要公司，你拿钱，我们各取所得……”

一枚玉坠

夜已经很沉了，银湖别墅区离市中心还有一段距离，乔安载着施施，一路驰骋。风从半开的车窗涌进，吹起施施的头发。

乔安一直保持沉默，眉头拧在一起，似有心事重重。

施施坐在副驾驶位置，好几次想和他说话，可沉默的气氛太凝重，她始终开不了口。

施施知道乔安心里憋着气，哥哥实在太过分，他们陪了沁羽一天，从医院到家里，忙得连晚饭都没顾得上吃，却被哥哥连吼带骂地赶了出来。别说乔安有气，就连她也没法原谅哥哥这种不近人情的暴怒态度。

“对不起！”施施终于忍不住开了口，“哥哥可能太紧张沁羽的病情，所以才有些失控，你别太介意。”

介不介意他已经是施航最讨厌的人，他没办法改变这事实，就像他改变不了是乔晋弟弟的身份一样。施航有多恨乔晋，就有多恨他。他从未奢望过施航能够接受他。

“如果你能放下乔晋的意外，说不定哥哥会同意我们在一起，为了我，你能放下吗？”

施施的目光落在乔安的脸上，他侧脸的线条柔和、坚硬、刚直，好像她的提议根本就是一个玩笑，他只是听着，不做任何回应。

“如果乔晋死在那场大火里，你坚持了这么久不是毫无意义？”

施施话音刚落，乔安一脚刹车踩下，车子戛然停下。

一切都安静下来，车内的空气也瞬间凝固。

施施晃过神，才发现乔安的身子正慢慢逼近自己。她试图向后靠，后背已经抵在车门上。

她从未见过乔安如此严肃，有一秒她觉得自己即将成为被他猎杀的小动物，那种紧迫让她快要窒息。

施施还在胡思乱想之际，乔安的吻已经狠狠地压了下来。她本能地反抗，却被他压得动弹不得。

“我绝不会放过你……”乔安喘息着，声音低而清晰。

“除非你不再追查真相……”她的话被他的吻堵回去。

“这和我爱你没关系。”

“哥哥介意，我不想你们两个都为难。”

“只要你不介意。”

施施再也发不出声音，她已经被他融化成一汪水。

乔安终于肯放开她，托起她的下巴，眼神游走在她脸上每一寸肌肤，像欣赏一件艺术品。

施施躲闪着他的目光，他每一次吻她，都让她心乱如麻。

乔安的手划过她的颈，慢慢移向胸口。施施有些慌，这种环境下，他要干吗？

“这枚吊坠很精致，衬着你的肤色，简直完美。”

施施的脸色红得像朵花，原来是她想邪恶了。

“我看你一直戴着，应该很有纪念意义。”乔安捻着玉坠，翻来覆去。

“这是爸妈留给我和哥哥唯一的念想，我视它如生命。”

“你和哥哥一人一枚？”乔安继续抚弄着玉坠，似乎被这玉坠吸引。

“是的！只可惜，哥哥的不知丢在了哪儿。”施施从乔安手里接过玉坠：“爸妈出事前一个月送给我和哥哥的，我这枚刻着‘施’字，哥哥那枚刻着‘航’字，我一直戴着，感觉爸妈从未离开过我。”

“睹物思人，可惜，哥哥什么都没留下……”乔安突然变得有些难过，他们六岁的时候没有了父母，兄弟两个相依为命。原以为这一辈子的兄弟情义会伴随他们终老，却不承想，他们的兄弟缘分只有短短的二十年。

如今，人去成空，一切都显得那么轻。

两人再没有说话，直到把车停在施施的公寓楼下，乔安才说了句：“晚安！”

施施默默地下了车，她知道，在他沉默的时候最好不要缠着他。

乔安目送着施施进了公寓楼，许久，他伸手从衣袋里掏出一块和施施佩戴的一模一样的玉坠。

玉坠没有金链系着，崩开的口子让玉坠显得有些残缺的美。乔安翻过玉坠，上面浅浅地刻着一个“航”字。

乔安的耳边响起施施的声音：“爸妈出事前一个月送给我和哥哥的，我这枚刻着‘施’字，哥哥那枚刻着‘航’字……”

乔安将玉坠紧紧地握在手中，脸色越来越沉郁。

第六章　情深一世，痴怨半生

当施航为她戴上那枚玫瑰花形的胸针时，她彻底沦陷在他的温情里，她觉得自己真不是一个好女人，能有一个如此用情至深的男人陪着，还有什么不知足？还有什么不满意？

回不到从前

半梦半醒之间，沁羽听到楼下争吵的声音，她爬起来，靠在床头上。她听得分明，那是施航暴怒的嘶喊声："我最不想看到你出现在我们家，马上给我滚出去……"

沁羽闭了一下眼睛，最近，施航的脾气越来越差，几乎变成了另外一个人。究竟是什么原因造成施航如此暴躁易怒的脾气？以往那个温存细腻的男人还能回来吗？

楼下突然安静下来，她知道，乔安和施施已经走了。

这一天发生的事情太多，她的脑袋沉沉的像灌满了铅。施航那样对待她，那样不顾她的生死扬长而去，如果不是宋屹池救了她，现在她极有可能躺在医院的太平间里。

沁羽想到这些有些激动，她的手指插进头发里，揪着头发，不至于头疼到要裂开。

"别委屈自己，别让自己后悔一辈子，只要你想逃，我陪你！"

沁羽听见了这个声音，近得就在耳边。她抬起头，四下张望，除了一屋子暗淡的光，一个人都没有。

"为了你，输掉一切又何妨？只要有你，我便拥有了全部！"

声音继续响在耳畔，他的承诺让她动心，那一刻，她只想跟他跌进这万劫不复的执念里，管它生还是死，只要有他陪着。

沁羽下了床，拉开窗帘，外头黑漆漆，远处那栋别墅的一个窗口还亮着灯，有人影立在窗前。

沁羽深呼吸，是他！一定是他！

她推开窗，挥起手臂，她急切地想让他看见自己是那么的在意他。

忽然，门被推开，穿堂风一下子涌来，吹起了窗帘。

沁羽顾不上对面窗口那个人是否看见了她，她只用一秒拉上窗帘，背转过身子，迎面与进来的施航对视。

“你在干吗？”施航看见沁羽的身子在抖,就像一个做了错事的孩子，瞪着惊错的眼睛。

“我……我有些透不过气，想……想吹吹风……”沁羽一撒谎，身子抖得更加厉害，连牙齿都在相互轻磕。

施航太了解沁羽，她这种表情分明是在掩饰什么，他快步冲过去，拨开她身子，一把扯开了窗帘。

窗外黑得连窗子里投射出的光亮都显得刺眼，远处那栋别墅一盏灯都没有亮起，黑寂寂的如鬼魅般挡在那儿，看不清轮廓，看不透内在。

沁羽松了口气，还好，他把灯关了。

施航转过脸，瞥见沁羽嘴角边一抹庆幸的笑意，他的心又开始隐隐揪痛。

“不早了，该睡了！”施航忍住气，去拉沁羽的手。

沁羽本能地把手缩回，就这一个小小的动作，足以令施航心寒意冷。

“我们谈谈吧！”沁羽恳求地望着他，眼里的温柔仍叫他难以自拔。

他们坐在沙发上，沁羽坐在这头，施航坐在那头，两人之间的距离远得令施航心痛。

“谢谢你这些年对我的照顾，我辜负了你，让你难过，对不起。”沁羽缓缓地开口。

施航抬眼看她，她终于承认自己辜负了他？这是向他摊牌，还是恳求他再给她一次机会？

“你是一个好男人，温柔体贴，心细如尘。”沁羽有些哽咽，这些年他对她的好日月可鉴，可如今，这份情意就要走到尽头，她有些不忍，有些彷徨：“可我，却不是一个好女人，我失去的那段记忆，究竟发生过什么？我没办法把一个完整的自己交给你，这是我一辈子最遗憾的事情。”

施航戚戚然地看着她，他感谢老天让她忘记了那段不属于他的时光，她才能成为他的妻子。

“直到前几天，我才知道，在我生命里，除了你，还有一个人，他为了救我被大火吞噬，而我理所应当地活到现在，我真的觉得自己太自私了。”沁羽落下眼泪，虽然她的记忆还不能画出他的影像，可一个生命就这样陨落消失，她欠他的何止是这几滴眼泪？

施航的脑袋一下子炸裂开，他最不愿看到的结果还是出其不意地发生了。他刻意在沁羽面前避而不谈有关那段记忆的片段，他痴心妄想着那段记忆会像大火过后留下的灰烬随风飘散。然而，她还是听到了一些只言片语，而且要为此做一些补偿。

“那些都是胡说的，你根本就没有失去过记忆。”施航挪到沁羽身边，抓起她的手，泪水已经浸湿了眼眶：“沁羽，相信我，没有那个人，他们是在骗你的，你这一生有我就足够了，沁羽，相信我……”

沁羽被他抓疼了，可她还是那么认真地看着他：“不是的，我在潜意识里看到了他，他向我求婚，他为了救我，是那场可怕的大火毁了他！”

施航流下的不是泪，是鲜血。

这些年他逼着自己忘掉那段记忆，逼着自己擦去从沁羽后脑流出的鲜血，逼着自己洗去沾满一身的血渍。然而，越是触目惊心就越记忆得深刻。那天晚上的火焰冲天是他这一辈子都无法忘记的。

“不管怎样，我都要把那段记忆找回来。”沁羽伸手去擦施航脸上的泪水：“对不起，如果我们还能够在一起，请让我了却这桩心事，我才能够坦然地面对你。”

“别说了！”施航推开沁羽的手：“你这样对我就算公平吗？你找回记忆，预备怎样处置我？你觉得我们还能回到从前吗？”

沁羽摇头：“你是了解我的，这件事不弄明白，我真的不知道以后该怎样面对你，面对我们的生活。”

“我们还可以像从前一样开心地过日子啊！”施航一把抱住沁羽的肩：“那段记忆不重要，重要的是我们的将来，你不记得在沙滩上我们许下的誓言吗？你说要生生世世跟我在一起的！”

她怎么会不记得？那是最美的誓言，是她这一辈子最向往的。

“你还在记恨我打了你，是不是？我错了，我该死，我以后会好好待你，让你做这世上最幸福的女人。”

施航将沁羽抱入怀里，吻她的额头，吻她的长发。

沁羽心都碎了，她的执意伤害了一个爱她的人，她究竟要不要找回记忆？此刻她有些犹豫，有些退缩了。

施航横抱沁羽，将她放在床上，沁羽的身子立刻陷入柔软的床被里，暖暖的，让她觉得有些热。

施航的身子慢慢压下来，压得她有些气闷。他捧起她的脸，吻住她的额头。这一吻，他再没有放开，顺着眉心一直向下，直至碰到她温润的唇。

沁羽闭上了眼睛，他的吻永远都会让她失去意识。

施航有些疯狂，用力地吸吮，像把这一生的吻都用尽。

突然，沁羽叫了起来，狠狠地别过头去，躲开了施航来势汹汹的吻。

施航撑起身子，惊诧地看着沁羽：“怎么了？”

沁羽一动不动，头依旧侧向一边。

施航轻轻地捏着她的下巴，将她的脑袋转过来，这一看，才发现她的嘴角又红又肿。

这一刻，施航全部的激情瞬间瓦解，那又红又肿的嘴角是他一巴掌留下的杰作。而此时，沁羽泪水滂沱，委屈与疼痛让她难以自制。

有些伤痕，即使不再流血，一碰，仍旧锥心刺骨。

施航颓废地坐在一边，双手撑头，懊悔不已。

如果有灵魂

天气一下子就冷了起来，尽管晴天，阳光的威力已不在，发着懒洋洋的光。

宋屹池上了山顶，冷风阵阵，精神却显得格外清醒。

风从废墟上刮过，“呼啦啦”卷起一股灰尘。他眯着眼睛，看灰尘四散。这里，掩埋着一段往事，那个柔弱女人的旧爱就消失在这里，从此缥缈无际。一段情，一生等候。谁也说不清，谁也道不明。

废墟经过常年的风吹日晒，早已腐朽，可一段情在人心里就算一辈子都还散发着最初的芳香。人，终难逃情劫。

宋屹池眼眶潮湿，这些年，他也难逃情网，困在其中，生死难为。为了那段情，他备受身体和心理折磨，却从不曾想过放弃。只要心中仍有爱，千山万水也难阻隔。

身后有响动，这种地方谁愿意来？除了这废墟里的灵魂。

一阵风刮过，像灵魂的影子。宋屹池听见身后踩着枯枝残叶发出的清脆响声，毅然转过身去。

乔安穿着一件黑色风衣立在风中。

两人都愣了一下，这种天气，这种环境，他们都没想过会遇见对方。

乔安的意外明显多过宋屹池，看见他，就像见到了这废墟里的灵魂，让乔安有些莫名的激动。

宋屹池一脸不惊，他只见过乔安一面，再见面犹似多年的朋友，分毫不觉得陌生。

“你很喜欢来这里？可惜，这废墟只有三年的历史，不会有你感兴趣的古宝遗物。”宋屹池半开玩笑，脸上的表情比先前生动了几分。

乔安也笑了，他的笑一向透着阳光般的温暖：“你以为我是冲着废墟里的财宝而来？如果真的有财宝，我只来一次就好。”

宋屹池点下头，看得出，他不是一个市侩的人。有的人，只要看一下他的眼睛，就能看清他内心的澄净。

“你和沁羽是什么关系？”乔安话锋一转，问得突兀仓促。

宋屹池并不觉得意外，可他不想回答这个问题，因为他们都是成年人，答案已经在他心中。

“你默认了？”

“我不想解释。”

一切尽在不言中。

“三年前，哥哥也这样一如既往地爱着沁羽。”乔安沉默了半天，然后，像讲故事一样，慢慢诉说：“那个时候，他们以为会幸福地一直走下去，从未想过有一天会突然分离。就在哥哥向沁羽求婚的那天夜里，一场大火终止了他们的爱情，从此，这废墟成了他们爱情的唯一祭奠。”

放眼望去，支离破碎的废墟上仍有生机盎然的绿色迎风生长，即使环境再恶劣，生命力依旧顽强迸发。

宋屹池可以想象得到，那场大火烧得多么熊烈悲壮，烧毁了两人的希望，烧毁了两人对爱情至死不渝的决心。

“哥哥从此消失，连尸体都没找到，沁羽被救却失去了对哥哥所有的记忆，太可悲了，哥哥用生命换来的只不过是遗忘，如果真有灵魂，哥哥的灵魂一定盘绕在这片废墟上不肯离开。”乔安越说越激动，眼角飞扬着晶莹的泪光。

“他必须这样做，为了心爱的女人，就算死，都是求而不得的。”

“那场大火烧得太诡异，哥哥的求而不得完全是别人别有用心的阴谋，我替哥哥不值。”乔安悲愤地握紧拳头，他有些难过，哥哥的所作所为对爱情而言是忠贞不渝的，可对身边的亲人来说，却是痛不欲生的。他唯一能做的就是弄明白，这场大火因何而烧，又因何找不到哥哥的尸体。这个问题困扰了他整整三年。

“不管那场大火因何而烧，你哥哥对沁羽的爱永远都在，烧不尽，吹不散，这就是爱情。”宋屹池向往的就是这种至死不渝的爱情。

“如果是你，也会这样做？”乔安侧脸问他。

“可惜，没有如果，我不做这种假设性的回答。”宋屹池望着废墟，他的内心似乎已有答案。

“沁羽是个危险人物，别忘了她是有丈夫的人。”乔安话里有话，但又表达得随意自然。

宋屹池转过身面对他：“我只想解救她，让她真正快乐起来。”

“可你在破坏他们的感情，你这样做是对还是错？”

“感情经不起考验，不如放了它，何必纠缠？”宋屹池回答得理直气壮。

乔安笑了，人与人之间最大的区别就是想法。

“我真担心你会步我哥哥的后尘。”

宋屹池看着乔安，有一刻他突然觉得他们就像亲人一般，把对方的生死看得很重。

“不会的。”他拍了拍乔安的肩，笑着说：“如果连老天爷都不怜惜有情人，那只怪我命运不济了。”

乔安笑不出来。三年前，哥哥也同样对沁羽一往情深，可悲剧还是上演了；三年后，这个和哥哥有着太多类似的男人依旧对沁羽痴心一片。命运究竟会做怎样的安排？他只求宋屹池好运了。

“你真想解救沁羽的话，最大的突破口就是施航……祝你好运！”乔安颔首，这是对他唯一的祝福。

宋屹池感激地冲他微笑，这笑容亲切温和：“过几天我派施施去韩国，有时间，你陪他一起去吧！可能的话，要在那边待上一段时间。”

“你知道我和施施谈恋爱？”乔安不解地问。

宋屹池笑笑：“施施是个不错的女孩，好好爱她。”

乔安还想说什么，宋屹池已经走了。看着他的背影，乔安忽然觉得是那么的熟悉和亲切。

乔安下山后，经过沈家别墅，大门紧锁，院子里的梧桐露出重重树冠，掩映着别墅和别墅里的人。

他想去探访沁羽，可施施的劝阻他不能不有所顾虑。他不愿做个违背良心的人，更不愿背叛对施施的许诺。施施什么都给了他，唯一的希望便是让他和哥哥一笑泯恩仇。这一点点的要求，却像背负着一座大山，越想努力翻越，却越寻不到可以翻越的途径。

信笺里的旧时光

沁羽怎么也想不起有关那个男人的记忆，越想越头疼，最后，不得不放弃。

可一旦知道自己生命里曾有过另一个人的存在，即使模糊一片，仍在心里留下位置，期待着有朝一日能够填满。

沁羽决定去找乔安，也许他能帮她找回记忆。

按照名片上的地址，沁羽打车到了海滨路。这是一条商业步行街，沁羽在路口便要下车，徒步去找金利大厦。

此时，步行街上的行人并不多，商家店铺蓄势待发，等待迎接第一波客流高峰。沁羽走得不急不缓，第一次一个人到这么远的地方，什么都觉得陌生，觉得新奇。

走了大约二百米，沁羽就看见了金利大厦，那是一栋二十几层的高层建筑，立在那儿高耸入云，威严挺拔。沁羽深呼吸，马上就要解开谜团，她有些激动也有些胆怯，但她还是信心满满地加快脚步朝金利大厦走去。

“沁羽！”有人叫她。

她诧异，这种地方会有人认识她？她转过身，隔着几步的距离，她看见施航就站在那儿。

沁羽愣住了，有一秒她觉得地球都停止了转动，连呼吸都是闭塞的。

施航快步迎上来，带着一如平常的微笑：“你怎么会到这儿来？早知道，我开车送你啊！我约了客户在前面的咖啡馆谈合同的事情，看背影，就知道一定是你。”

施航语气平和，让沁羽觉得自己偷偷来见乔安的行为简直荒唐至极。

“我……我想买点东西，不知怎么就到了这儿……”沁羽一撒谎，脸就会红，连声音都有些颤抖。

施航瞥一眼金利大厦，眼色忽地暗沉下来，一切都如他的猜测，她终于按捺不住，想要找回记忆。

“时间还早，你想买什么，我陪你。”施航说着就去拉沁羽的手。

沁羽有些不情愿，但她别无选择，绝不能让他知道她是来见乔安的。

两人手挽手朝前走去，经过金利大厦，沁羽不由自主地扭头看了一眼。就一眼，施航的心犹如被狠狠地戳了一刀。她为什么执意要找回记忆，难道他给她的爱还不够吗？

施航用力握紧沁羽的手，让她知道，他是如此真实地存在她的生命里。

两人逛了一圈，沁羽什么都没买。最后，还是施航在一间首饰店里为她挑了一枚胸针。

当施航为她戴上那枚玫瑰花形的胸针，她彻底沦陷在他的温情里，她觉得自己真不是一个好女人，能有一个如此用情至深的男人陪着，还有什么不知足？还有什么不满意？

在路口，施航拦下一辆计程车。沁羽坐进车里，施航探头进来，在她的脸上轻轻一吻："回家等我！"

沁羽浅浅地一笑，内心却有无限的失落感。

答案近在咫尺，却无奈地与之擦肩而过。施航的出现巧合得一点也看不出破绽，可她知道，这一切都是注定的，想要找回记忆，这条路异常难走。

车子缓缓开动，沁羽回身望着施航。他站在那儿和她挥手，他的影像越来越模糊。

沁羽无精打采地下了计程车，站在自家门前，她却不愿进去。父母不在，这里空寂得如同一座坟墓，她害怕一个人，害怕胡思乱想后头疼欲裂的感觉。

偌大的铁门像牢笼一样困住自己，把她与外界隔离，这种生活，她越来越觉得压抑。

终归是自己的家，不进去，还能去哪儿？

沁羽按了密码，门锁"咔"的一声自动解锁。在她推门而入的一刹，一只手落在了她的肩上。

她惊吓地跳起来，心脏"扑通"乱跳。当她看清那个人的容貌，她才按住胸口，让自己平静下来。

“吓到你了？”宋屹池的声音永远都带着令人安静的气息。

她只是摇摇头，什么话都没说。

她的脸色异常难看，对他的态度不冷不热。

“怎么了？施航又为难你了？”

沁羽抬眼看他，他的眼神太过温柔，任何女人都无法抗拒，包括她自己。

“你为什么要出现在我的生活里？你究竟想干吗？非要让我成为一个背叛爱情的坏女人吗？”她的情绪突然失控，像火山喷发一样令人措手不及。

宋屹池错愕得不知所以。

“我和施航本可以平平静静地生活下去，你为什么不肯放过我？为什么总是阴魂不散地缠着我？我给不了你想要的，你放过我吧，求求你！”沁羽泪水纷飞，难过与心痛让她没有力气支撑自己的身体。

一切变化得太快，像乌云袭满了天空，世界一下子变得昏暗阴沉。

“沁羽，发生了什么事情吗？”宋屹池急切地攥紧沁羽的手：“我从未想过打扰你的生活，我只是不想看你活得不快乐，你那么善良，你眼里的世界都是美好的，可你却困在自己的生活里，压抑自己，我心疼，我想解救你，想让你的世界没有任何伤痛和委屈。”

“你错了。”沁羽甩开他的手，“和施航在一起，我很快乐，就算我丢掉了一段很重要的记忆，可现在爱我的人是施航，这还不够吗？既然老天安排了施航来弥补那段记忆，你为何还要执意逆天而行啊！”

究竟哪里出了错？本该幸福牵手，如今却弄得分崩离析。他努力了这么久，却还是抵不过命运的安排，他终归一无所获。

“我真的错了吗？如果你心甘情愿地选择和施航在一起，我，我愿意退出……”他的心碎了，碎得连最后一句话都那么无力，风一吹就散了。

沁羽的心同样支离破碎，如果从一开始他们就在一起，如果施航对她不那么用情专一，如果……这世上没有如果，有的只是既成的事实，任何人都无力改变，操纵。

沁羽再看他一眼，带着不舍转身进门。

“等等！”他最后一次叫住她。

她停在那儿，不转身。

“这是乔安给你的，回去看看吧！”他把一个纸盒交给她。

她接过去，连眼都没抬一下，便急匆匆地关闭了大门。

纸盒很普通，普通得连打开的欲望都没有。但这是乔安给她的，想必和那个消失在记忆里的人有关。

沁羽捧着纸盒坐在沙发上，她害怕打开，记忆里没有那个人的存在，她怕像看一个陌生人的故事，徒添内心的伤悲。

她把纸盒丢进垃圾桶，既然注定了遗忘，还有找回的必要吗？一想到施航对她百般疼爱，她就没有了坚持的勇气。

可她望着垃圾桶久久不肯离开，或许……

她还是伸手拾起了纸盒。

纸盒里装满了信封——粉色的花边信封，还散发着淡淡的清香。

她拿起，看到上面一行娟秀的字迹：

乔晋亲启。

乔晋是谁？

抽出信笺，粉色的信纸上一行行娟秀的字迹让她意识到，这是自己的笔迹，难道这些信都是她写给乔晋的？

沁羽迫不及待地去看信里的内容：

晋：

今天是我们交往的第十天，隔壁班那个女生把我叫到天台上，说要和我公平竞争。我告诉她，就算没有我，你也不可能选择她，她气疯了！让我走着瞧。

晋，和你交往注定要面对惊涛骇浪，你那么优秀，喜欢你的人不止我一个，可我不会放弃，不会认输，就算全校的女生都以我为敌，只要有你在我身边，我就是最大的胜利者！

羽

信的内容很短，像女生随手记下的日记，字里行间透着她对那个男生的爱慕与痴情。

沁羽又抽出一张信笺：

晋：

我没事，我不会生施施的气，我一直当她是妹妹，她的遭遇值得我们同情，你和乔安要好好帮助她。

昨晚，你吻了我，这是我的初吻，我一辈子都会记得那种滋味。如果我忘了，请你一定要吻醒我，这一辈子你别想放开我。

……

晋：

妈妈知道了我们的秘密，意外的是，她没有责怪我，问我是不是真的喜欢你。我说，除了你，这世界不会再有值得我去爱的人。她笑我还太年轻，但是她尊重我的决定。那一刻，我抱住她，庆幸自己有一位开明的妈妈。

那天，你告诉我，你和乔安是孤儿，知道吗？我难过了一晚。不过，你放心，我的妈妈一定也会特别喜欢你，以后，就让我的妈妈代替你的妈妈给你所有的关爱吧！你们一定会相处得很好，我期待！

又打开一封。

晋：

你生气了吗？施航是我的大哥哥，他疼我，爱我，就像亲人一样。他十岁来我们家，已经成为我们家庭的一员。我对他只有亲情，而你才是我要跟随一辈子的人。所以，也请你接受施航。

施航是个好人，我和施施都喜欢缠着他。他努力、勤奋，即使住在我们家，也从不花爸妈一分钱。他的遭遇让他更加成熟，他用打工赚来的钱供自己和妹妹完成学业，他是个了不起的人。所以，你也要像我一样尊敬他，理解他。我希望所有疼我爱我的人都是幸福快乐的……

原来，她一直当施航为大哥哥，原来，她和乔晋曾如此痴爱，但她什么都记不起来。

那该是一段特别难忘的日子，只可惜，像橡皮擦擦去的铅笔线条，空白白，什么都没留下。

有些人，注定无法替代

施航回来的时候，沁羽正抱着那叠信封发呆，直到施航把手放在她的肩上，她才从恍惚中回过神。

“想什么呢，这么入神？”施航伸出手臂抱住她。

他的臂弯温热有力，她早已熟悉这样的感觉，可如今却觉得那力度带着一种桎梏的坚冷。

“没什么，我习惯了发呆。”她讷讷地说，一边将信封重新收入纸盒，放在身子另一侧。

施航瞥了一眼，她的东西向来收得仔细，他也从未过问过，但这次，他尤为好奇纸盒里装的究竟是何物。

沁羽贴着他的身体，思绪却不能集中。信里说，她一直当他为大哥哥，从小到大始终如一。可为何她会嫁给他，难道他们的爱情里掺杂了其他情愫？那个叫作亲情的东西，才是他们最真实的情感基础。

两人沉静了半天，沁羽终于忍不住问他：“乔晋是谁？你认识他吗？”

搂着沁羽的手臂，倏地痉挛了一下，她扭过脸看他，他怔了几秒，嘴角扯出一丝仓皇的微笑：“没有印象，不认识。”

沁羽垂下眼眸，他说谎的时候，总是笑得很生硬，这些年，她早已熟悉他的每一种表情所表达出的心境。这次，他同样骗了她。

施航惴惴不安地扯开领带，她突然问到了那个人，难道她记起了什么？

“怎么突然问起他？你认识他？”

沁羽摇摇头：“他应该是乔安的哥哥，只是，我不记得这个人。”

施航略微松了口气：“别胡思乱想了，不然，你的头又要疼了。”

沁羽起身，将纸盒紧紧地抱在胸前，看一眼施航，说：“我想睡会儿，晚饭你自己吃吧！”

施航没拦她，看着她径直上楼去，他忽然觉得隐藏在他身边的危机越来越紧迫。

半夜，沁羽从噩梦中惊醒，她眼见着那一纸盒的信件焚烧成灰烬，她拼了命去抢救，可无济于事，一股风涌来，灰烬散去，一切成空。

沁羽擦去额上的冷汗，瞥一眼身边施航的位置，空空如也，连温度都冰冷了。

施航去哪儿了？

她依旧不习惯身边没有施航的夜晚。

沁羽披着外衣走出卧室，楼下有微昏的光亮。她轻悄悄地靠近栏杆，看见施航独自坐在沙发上发呆。

她想喊他，却在下一秒闭上了嘴巴。她看见施航手里拿着打火机，一下一下，火苗一明一灭。

打火机的光晕刺痛了沁羽的眼睛，像极了梦里焚烧信纸的那团火焰，沁羽不由得惊出一身汗，转身奔进卧室，在床头柜最下面的抽屉里拿出那只完好无损的纸盒。

虚惊一场，沁羽越发觉得自己敏感了。

“怎么了？”身后响起施航的声音。

沁羽一惊，纸盒落地，粉色信封散落一地。

施航走过去，想要帮她拾起。沁羽惊慌着蹲下身子，胡乱地将信封拾进纸盒：“我自己来。”

施航的眉头锁得更紧了，她现在就像躲避瘟疫一样躲着他，他们之间的距离还会近吗？

沁羽收拾好后，坐在了床边，胸口起伏不定，她仍紧张得手脚发抖。

“我决定带你出去散散心。”施航立在她面前，淡淡地说。

沁羽仰头看他，他僵硬着表情回视她，再不多说一句话。

天亮的时候，施航叫醒了沁羽：“我已经收拾好行李，现在就可以出发。”

沁羽窝在床上不肯起，昨晚折腾到后半夜，现在头昏沉得要命，连翻身的力气都没有，她真的不想出去散心。

施航耐着性子站在床边等她，看得出，这次的旅行非去不可。

沁羽艰难地从床上爬起，他随手为她披上睡衣。他永远都是那么的体贴，即使不说话，都带着浓浓的暖意。

“还记得我们举行婚礼的海滩吗？我在那儿买了一套海景房，陪你去看潮起潮落。”他抬起她的下巴，让她的脸仰视自己。

她的头更疼，可他仍坚持让她仰视自己。

“我们一起看日升日落，一起听海浪低吟，还有海鸥，你最喜欢了，住在那儿什么都不用想，只有我们两个，没有谁能够打扰我们。”他终于放开手，俯下头去吻她。

她快要窒息，她的后颈疼到麻木。

“你冷吗？”他抱着她，她的身子抖个不停。

“我很累……我怕我没力气陪你去海边。”她的眼睛胀痛得厉害，她怕下一秒就会掉下眼泪来。

“我们有车，我可以抱着你，你放心，我不会让你感到丝毫的倦意。”他霸道地坚持，仍带着温柔。

沁羽闭了闭眼睛，把眼泪逼了回去，她别无选择，只能跟着他。

她终于换好了衣服，他抱着她上车，看着他略带兴奋的样子，她感到阵阵寒意袭上心头。这次旅行，终不是她情愿的。

她忽然想起那些信，急忙去开车门。施航伸手按住她的手，轻轻地问：“沁羽，还有什么不妥？”

沁羽扭过脸看他，他深邃的眼眸黑得不见底，她慢慢松开了手：“我忘了件东西。”

他笑了，抽回自己的手：“那边什么都有，我可以买给你。”

“那些东西是买不到的。”沁羽并不死心。

“沁羽！”施航突然叫她，近乎低吼。

沁羽一惊，身子软软地瘫进靠背里。

“有些东西，没了就没了，可有些人注定无可替代，就像我对你……”施航阴沉的眼底闪过一丝微痛。他就在她身边，为何还替代不了某个已消逝的生命？

沁羽抱着肩，看着他嘴角扯出的一抹无奈，她恨透了自己，就连指尖深陷皮肤里带来的疼痛，她都麻木到不觉。

他别开脸不再说话，认真专注地将车子驶出车库。

沁羽坐在车里，终于看见了大海。透过车窗，看海浪翻滚，天边堆积着乌黑的云团，连海浪都被浸染成墨黑色。沁羽觉得更加压抑，想象中的碧海蓝天竟成了一种奢望。

车子停在一栋别墅前，施航替她开了车门，刚一探出身，一股海风咸湿的味道差点令沁羽呕吐出来。她不禁打了个寒战，裹紧大衣，跟在施航的身后进了别墅。

为他们开门的是一位中年妇女，身形瘦长，肤色黝黑，立在门口冲两位憨厚地微笑。

“这位是吴妈，她会伺候我们的起居饮食，有什么需要尽管跟吴妈说……”施航简短地介绍了一下，便牵着她往里走。

眼前竟是一整片落地大窗子，整片大海一览无余。沁羽唯一觉得满意的就是这一览无余的海天景致，除此之外，什么兴致都没有。

施航要去停车，吩咐吴妈伺候沁羽洗个热水澡。吴妈应着，替沁羽拎了行李，引着她上二楼。

二楼的卧室同样有一扇落地的大窗子，阳台上有藤椅和花草。沁羽站到阳台上，迎面吹来的海风湿湿冷冷，令她倦意全无。

吴妈放好了洗澡水，过来叫她。沁羽突然想到母亲，于是在手包里翻找电话。

她明明记得把手机装进了包里，可现在怎么也找不到了。

沁羽抬头看吴妈：“吴妈，电话在哪儿？”

“这屋子没电话。”吴妈冷冷地回答：“你要是有事，去找先生吧！”

沁羽起身往外走，吴妈拦住她：“太太，你应该洗澡了！”

吴妈的语气令沁羽不舒服，她拦在门口没有退让的意思。沁羽忍着气退到房间里，赌气摔上了房门。

门外响起吴妈的声音：“太太，你还是抓紧洗个热水澡吧！先生交代，你休息好了，会过来接你吃晚饭的……”

突然出现的遗物

沁羽赌气摔上房门的同时，施航驾车驶离了海滩景区。

车里的 CD 开得很大，施航却听不到半点旋律，他不停地扭头看向副驾驶座位上小而精致的纸盒，好像那纸盒里装着炸弹，分分钟都有爆炸的可能。

昨晚他就怀疑这纸盒有蹊跷，趁着沁羽熟睡，他打开了纸盒，数十封信件上闪着同一个人的名字——乔晋。

三年了，他刻意躲避着这个人的名字，终还是阴魂不散地出现在他的生活里。他恨得想要撕碎那些信件，丢进火里让它们灰飞烟灭。他恨自己不够心狠，早就应该斩断所有有关那个人的一切。他纠缠着自己和沁羽，早晚会让沁羽记起他。施航不想失去沁羽，就算得不到她的心，只要这个人还在自己的身边，他就知足了。

一定是乔安在搞鬼，一定是！施航握紧方向盘，像要握碎乔安的骨头。

车子一路狂飙，驶向海滨路。

施施来找乔安，为那晚哥哥无缘无故地发飙，再次恳求他原谅。乔安是个善良人，施施没错，错的是她的哥哥，她无需替哥哥道歉。

施施心里仍放不下，只要乔安继续追查乔晋的事，哥哥就不会同意他们在一起。施施很为难，见乔安一次，担忧就越多一分。

乔安揽着施施，问她："如果我哥哥没有追求沁羽，她会不会跟施航在一起？"

"自从进了沈家大门，哥哥就认定沁羽就是他的妻子，只可惜，沁羽不懂哥哥的心，一直当他是大哥哥。"施施回答着，脑海里浮现出哥哥带着她和沁羽一起玩耍的情景。

"这么说，施航一直暗恋沁羽，对我哥哥的出现，他必是恨之入骨。"乔安按了电梯门，两人走进去。他答应带施施去吃饭。

电梯里，施施搂紧乔安："哥哥疼爱沁羽，宁肯自己伤心，也不想沁羽为难，所以，他一直默默隐忍，你知道，那种滋味有多苦吗？"

乔安抚摸着施施的头发："人的忍耐是有限的，一旦爆发，必是毁灭性的……"

施施愣了一下，他为何会这么说？听起来令人毛骨悚然。

乔安猜得到施施的心思，她和施航相依为命这些年，长兄为父，她尊重他，崇拜他，在她的心里，施航一直都是个好大哥，对她的爱，是别人替代不了的。

"如果有一天，我和你哥哥真的成了势不两立的敌手，你会不会还留在我身边？"他问得很认真，好像这一天就要到来。

施施看了他好久，眼里的迷惑越来越深刻，这或许是她最不愿看到的："真有这一天，我情愿一死化解你们之间的矛盾……"

话还没说完，乔安的吻就压了下来："不许胡说……"

两人刚走出大厦，施航迎面就冲了过来。

施施一看哥哥如此气势汹汹，更加觉得乔安刚才说的那种假设是多么的可怕和无奈。

施施什么都不想，直接挡在乔安的身前，她要保护她爱的人。

乔安无所畏惧地推开施施，站到施航的面前："你专程来见我，一定有重要的事情，请开门见山吧！"

施航的愤怒已经到了燃点，一丁点的火光都有点爆的可能。

"这些东西还给你，我警告你，别妄想着唤醒沁羽对你哥哥的记忆，你永远也不会得逞！"施航用力将纸盒砸向乔安。

纸盒摔在乔安的身上，里面的信封纷纷扬扬散了开来，落了一地。

"如果你再敢无事生非，我一定会让你生不如死。"施航咬着牙，像要咬碎乔安的骨头。

乔安低头看那些散落在地上的信封，乔晋的名字映入眼帘，带着灼伤人心的痛。他一直以为哥哥什么都没留下，原来，还有这些见证那段爱情的信物。他飞快地拾起那些信封，像宝贝一样地捧在怀里。

"看在施施的面子上，我就饶你这一次，下一次，可别怪我翻脸不认人！"施航字字句句铿锵有力，带着不容侵犯的凶悍。

施航的凶狠吓到了施施，她想劝哥哥的话也被硬生生地吓了回去。看着凶神恶煞的哥哥，施施的眼泪不由自主地流了下来。

施航一把扯过施施的手，吼道："跟我走，我不允许你跟他在一起！"

施施想反抗，可施航的力气太大，她被他拖着往前走。

乔安没心思再管施施，看着这些曾经属于哥哥的东西，他竟有种哥哥还活着的强烈预感，不然，这些东西怎么会突然出现呢？

乔安记得，当初警方给出死亡结论后，哥哥的舍友便将哥哥的遗物一股脑都烧掉了。为此，他还跟那个舍友大吵了一架，埋怨那个舍友一件哥哥的遗物都没给他留下。

时隔三年，哥哥的遗物突然出现，只有一种可能，哥哥没有死，他回来了！

天地之大，既然乔晋能把这些信交给沁羽，想必他一定在海城。

乔安凭着这股信念，驱车穿行于每条马路街道，幻想着在路口能与哥哥相遇。

华灯初上，乔安转了大半个海城，终还是和哥哥不得相见。他颓然地伏在方向盘上，看着人头攒动的街头，究竟哥哥会在哪里落脚？

乔安不死心，找不到哥哥每一晚他都不得安睡。

这三年，他无时无刻不在思念着哥哥，他的心底一直有个声音在不断盘旋：哥哥没有死！哥哥没有死！

直到那些信件铺天盖地落下，哥哥的名字重新激起了他心底那份不变的信念，哥哥还活着！他坚持了三年，终于得到了证实，他激动、兴奋，他忽然觉得生命的力量是可以缔造奇迹的。

乔安马不停蹄，开车直奔银湖别墅区，他要亲口问沁羽，那些信究竟是谁交给她的。

夜里太安静了，连门铃声都听得清清楚楚，只是响了又响，也不见有人来开门，就连房里的灯都没有亮一盏。

乔安不肯放弃，依旧死命地按门铃。门铃声远远地飘来，像来自遥远国度的呼唤。

乔安有些失落，也有些疲惫。偌大的院子除了重重叠叠的树影，其他什么都看不到，难道家里没人？

乔安给施施打电话，施施还没睡，本来想打电话跟他解释一下，没想到他的电话先一步打了过来。

“我找沁羽有重要的事情，你帮我想想，他们有可能去哪儿？”乔安急切地问。

“他们不在家？”

“家里没人。”

“这么晚了，他们能去哪儿呢？”施施也觉得奇怪，沁羽一向不喜欢参加社交晚宴，哥哥也绝不会勉强，这么晚了不在家，实属罕见。

施施苦思冥想了半天，突然想到了什么，冲着电话喊道：“沈家老宅！”

第七章　一错再错，终难回头

而她又为何面朝大海，暗自伤怀？难道她也在悼念逝去的爱情？也许，她和施航再也回不到过去了，他对她的好，她只能凭吊。

我们都变了

天刚亮，沁羽就被外面的说话声吵醒。其实她一夜都没睡踏实，从昨天中午到现在，一口饭没吃，一口水也没喝。施航答应接她吃晚饭，等了很久都不见他回来，她赌气躲在房间里，迷迷糊糊，半睡半醒。

外面是施航和吴妈在说话，大概是问她有没有吃东西，有没有做噩梦之类。沁羽心里有气，把她一个人丢在这儿不管不问，她是越来越看不懂施航的行为了。

沁羽懒得理他们，用被子蒙了头继续睡。

过了一会儿，她听到开门的声音，她不动，等着施航叫醒她。

脚步声就停在门边，带着一股子湿冷的海的味道。

半天，他都没走过来。然后，就是一声冷硬的关门声。

沁羽掀开被子，戚戚然瞅着紧闭的房门。他连句话都没有，把她带到这儿来，又不陪着她，他到底想干什么？

沁羽憋着气冲到门边，刚一开门，吴妈端着一份早点立在门口。

“太太，该吃早餐了。”吴妈脸上一点笑容都没有，原来，她的笑容都是给施航的。

“先生呢？”

“先生去公司了。”

“为什么不叫醒我？我去找他。”沁羽说着便往楼下冲。

吴妈赶紧追下去，挡在她面前，说：“先生交代，你不可以外出。”

沁羽盯着吴妈：“什么意思？你是要限制我的自由？”

吴妈小心翼翼地说："先生怎么吩咐，我便怎么做，太太可不能怪我。"

沁羽更加来气，这算什么？她不是犯人，她有自由出入的权利。沁羽想都不想用力推开吴妈，吴妈站不稳，手里的餐盘一下子摔在地上，碟子、杯子碎了一地。

沁羽被自己的行为吓了一跳，尤其看到吴妈那无辜的眼神。

尽管如此，沁羽也顾不上自己的鲁莽了，转身朝门口奔去。

门突然被推开，施航挺拔的身影立在门口，挡住了沁羽的脚步。沁羽抬头看他，他脸上丝毫表情都没有，像看一个陌生人。

"我要离开这里！"沁羽几乎哀求道。

"吴妈，去给太太再准备一份早餐。"施航没有理会沁羽，而是吩咐了一句还在惊慌中的吴妈。

"我要离开这里！"沁羽抬着头，继续重申自己的意愿。

"别闹别扭了，外面风大，好好待在房间里，我会早点回来陪你。"施航揽住沁羽的肩，陪她坐到沙发上。

"你是要限制我的自由吗？"沁羽眼里噙着泪水，她怎么也不会想到他会用这种方式对她。

施航扯出一丝笑意："你想多了，这里安静，没有纷扰，对你的病有好处。"

"我没病。"沁羽几乎要哭出来，这些年，家人都以为她有病，这种误解让她心力交瘁。

"你是怕我出去，见一些不该见的人吧！"她攥紧衣角，胸口郁着一口气。自从知道乔晋这个人，施航对她就变了态度，他越是这样，就越加让她想要了解全部的实情。

施航挑起她的下巴，尽管力量轻得近乎温柔，可他眼里散发出来的光芒却让她感到不寒而栗。

“你还不肯死心吗？乔晋已经死了，我才是最爱你的人。”他从喉咙里挤出声音，低沉得令人透不过气来。

“就算他死了，我也有权知道和他之间的点点滴滴，我不能让自己的后半生留下遗憾。”沁羽推开他的手，他这样钳制她，让她觉得失去了尊严。

“你为什么这样固执？在你心里，我对你的点点滴滴就可以忽略，就可以辜负吗？”施航压制着情绪，语气依旧带着几乎愤怒的不满。

“是你把事情想复杂了，你根本就不相信我。”沁羽别过脸，不愿看到他狰狞的面孔。

施航用力别过她的头，她眼里忽闪着泪光，让他的心痛了又痛。他俯下头去吻她的唇，她挣扎着避开，用尽力气推开他。

他几乎失了控，扑向她，将她压在身下。

沁羽闭了一下眼睛，泪水溢出。

施航吻去她脸上的泪水，苦而涩。

“你永远都是我的，我不会让你离开我。”他的舌尖撬开她的牙齿，他探进去用力地吸吮。

沁羽的胃里一阵翻腾，他压得她喘不过气来，连呕吐的力气都没有。她含着他的唇用力咬下去，他疼得跳起身子，捂着流血的嘴巴，狠狠地看着她。

沁羽吃力地爬起来，他的行为让她感到恶心。

施航几乎绝望，他的吻竟遭她如此反抗，他还有什么是她能接受的呢？他挥出手掌，重重地打在她的脸颊上，立刻，白皙的皮肤上呈现出微红的手掌印。

这一巴掌打得沁羽天旋地转，心灰意冷。她瘫在沙发上如死去了一般，一动不动。

桂嫂做好了早餐，宋屹池收了报纸坐到餐桌前。桂嫂递过来一杯牛奶，宋屹池伸手去接，可不知为何，接到手的杯子竟然出奇地脱了手，摔在桌面上，杯子碎裂，牛奶四溅。

宋屹池莫名地心跳了几下，有种不祥之感立刻萦上心头。

桂嫂显然有些手忙脚乱，连说对不起。

宋屹池没心思理会这些，起身往楼上奔。来到卧室的窗口拉开窗帘，对面别墅在晨曦之中显得静悄悄。

那扇窗紧闭，窗帘掩得密密实实。以往这个时候，窗户总是开着的，紫色窗帘会随着微风轻摆。而今，一切变了模样，像许久无人居住一般，死寂得令人心慌。

“沁羽，你不会有事吧！”

沁羽在沙发上躺了很久，终于爬了起来。她抚摸着肚子，幸好没有出现不适感，否则，她一辈子都不会原谅他。

她现在觉得异常饥饿，再不吃东西，恐怕肚子里的孩子也会受不了。她四处张望，不见吴妈的身影，偌大的房间只有她一个人，除了海浪声，还能听到自己肚子咕噜的乱叫声。

她扶着沙发扶手站起来，瞥见餐桌上放着的一块面包和一杯牛奶。

面包凉了，牛奶也冷了，可她还是撕了一片面包就着没了温度的牛奶吃进了肚里。

眼泪一滴滴流下来，流到嘴边，让她尝到了眼泪苦涩的味道。

施航变了，变得冷酷无情，变得疑心重重。他这样对她，她到死也不会甘心。可自己不是也在发生着改变吗？她对宋屹池真的就没动过心吗？她还记他对她说过的话：“我从未想过打扰你的生活，我只是不想看你活得不快乐，你那么善良，你眼里的世界都是美好的，可你却困在自己的生活里，压抑自己，我心疼，我想解救你，让你的世界没有任何伤痛和委屈……”

如今她还不够痛苦不够委屈吗？他为何要来打扰她的生活？她本可以风平浪静地好好过日子，现在，一切都不平静了，像眼前的大海，一波一波地浪潮汹涌而来。

宋屹池站在沈家别墅大门前，这一站，从清晨到晌午，从太阳正浓到日落西沉，他固执地不肯离去，非要见一面沁羽才会甘心。他拨了无数次她的电话，回应他的一直是温婉恬淡的女声：你所拨打的电话已关机。

偌大的别墅沉寂宁静，连一院子的梧桐都似静止般悄无声息。

一丝不安紧紧胁迫着他，让他连眨一下眼睛都怕错过沁羽的身影。

忽然之间，他怕再一次错过。多年前，他曾痛失所爱，每一个辗转反侧的夜晚都是对他无休无止的折磨。这种滋味尝一遍就够，无奈的是他尝了一千零九百多次，他还能活着，靠的是他心底那份对爱至死不渝的执念。而今，他又要深陷不能自拔，他究竟还能活多久，还能坚持多久？这一世，他就这样注定伤了又伤，痛了又痛？

天边的星辰稀疏着淡冷的微光，这一日无悔守候，终是无果。沁羽究竟去了哪里，为什么牵挂竟成了最戳人心的痛？他还有多少可以坚持下去的力量，让他一次一次痛到痉挛。

沈家老宅

沈家老宅地处海城的东区，是一栋独立的四合院，早几年东区就已经被规划，建造新城区。可后来不知何因，项目一拖再拖，如今，这一带已经荒废多年，居住的多是外来务工人员。东区成了海城最贫穷落后的区域。

乔安和施施站在沈家老宅的大门前，大门的油漆早已斑驳破败，墙根有野草恣意生长，看上去，一片荒芜。

昔日庭院的风采早已不复存在。

施施告诉乔安："八年前，沈家从这里搬走，只留下老管家茂叔在这里看守，这些年，除了沈伯母来过几次，这里几乎被沈家人遗忘了。"

说话间，大门打开，一位头发花白的老者蹒跚着走出来，看见两位年轻人，揉搓了一下眼睛，却也辨不仔细是何人。

施施迎上去，扶着老者的手臂，喊："茂叔，我是施施啊！您不记得我了吗？"

茂叔的眼神明显不如从前，眯成了一条线，瞧了半天，才恍然记起："小施施啊！都长这么大了，我哪能认得出啊！"

"茂叔，您还好吧！"施施有些激动，从这里搬走的那年，她十五岁，这一晃，她都已经成大姑娘了。岁月转瞬即逝，这容颜易老啊！

"老了！这腿脚也不利索了，眼睛也半瞎不明的，老咯！"茂叔笑呵呵地说，一边招呼他们进院里。

院子虽不复当年的繁华，但仍打扫得干干净净、整整洁洁。一盆盆盆景茂盛地生长，绿意葱葱，生机盎然。

施施旧地重游，往日的点点滴滴不断浮现眼前。她比沁羽小两岁，比哥哥小三岁，三个孩子整天在院子里玩耍，叽叽喳喳，哭哭闹闹。那个时候，她就不喜欢沁羽，可哥哥却总是围着沁羽转，为此，她把沁羽最喜欢的娃娃丢进水池里，害得沁羽差点溺死在水池中。

如今，水池已经废弃，堆放了一些杂物。

茂叔摇着头，感慨道："想当年，这院子里到处飘着欢快的笑声，你们这一走，把笑声都带走了，留下我这老头子，孤孤单单，一晃都快十年了……"

"我们应该来看你的，可是……"这些年，她几乎忘记了这位茂叔，若不是为了乔安，她都不知道自己还能回来这里。

“刚搬走的那几年，沁羽这丫头还常来，陪她来的还有一个高个子大男孩，他们一待就是一整天，有时还留下陪我吃晚饭，沁羽还惦记我这个老头子，实在难得啊！”茂叔的眼里充满着感激。

施施看了眼乔安，听茂叔所言，沁羽和施航并没有来过这里，他们的猜测也落了空。不过，施施却知道，沁羽和乔晋谈恋爱那会儿，时常来老宅，这里应该是他们留下最多浪漫回忆的地方。

“沁羽是不是留下了很多东西？”乔安迫不及待地问茂叔。

茂叔眯着双眼看他，忽然记起了什么：“你不是陪沁羽来的那个小伙子吗？”

施施赶忙解释：“他们是兄弟俩，样子有些相似而已。”

茂叔歉意地笑笑，领着他们进了屋里。

茂叔简单地泡了茶水，招呼他们坐下。他点上水烟袋，猛抽几口，也许这几口水烟，能解他一时的孤单吧。

“别说沁羽的东西，就是这宅子里每一块木头，每一块砖头我都看护得仔仔细细，沈先生一天没辞退我，我就有义务守着这里。”茂叔说这些话的时候语气里充满了责任感。

“沁羽留下的东西，我们能看看吗？”乔安很想证实一件事，而这件事极有可能涉及乔晋。

茂叔看了一眼乔安，又连抽了几口水烟，然后，摇摇头，说：“你们来晚了一步，前几天，沁羽的一位朋友把沁羽的东西都拿走了，说是沁羽托付的。”

乔安和施施同时一惊，三年前，沁羽大病一场后，几乎断了与外界朋友的一切联系，更何况，沁羽连老宅的这段记忆都遗忘了，怎么还记得留在这的东西呢？

“您还记得是谁拿走了那些东西？”乔安越发有些激动，离他所猜测的越来越靠近了。

“我从来都没有见过这个人，个子高高的，皮肤黑黑的，一点笑模样都没有，真是一个怪异的人。”茂叔一边回忆，一边描述，对那个人大概是印象深刻。

乔安终于松了口气，他的猜测是对的。

“谢谢您，茂叔！”乔安道了声谢，拉着施施就往外走。

施施不明所以，追着问：“怎么了啊！你要去哪儿？”

“去找乔晋，拿走沁羽东西的人一定是乔晋！”

施施瞠目结舌，难道乔晋没有死，他还活着？

宋屹池找遍了所有沁羽可能出现的地方都没有找到她，一整天，他都心神不定，在画廊待了不到十分钟，就好像待了十几天，看着那些画作，竟然有要撕碎的冲动。如果沁羽有什么意外，他不知道自己还能支撑多久。

宋屹池准备离开画廊的时候，正好碰上匆忙而来的乔安。

看见乔安的一刻，宋屹池竟不由自主地心头一颤，尤其看到乔安激动热切的眼神。

“对不起，如果你是来找我的，我正在赶时间，稍后会联系你。”宋屹池在乔安还没开口之际，率先拒绝了他。

乔安已经顾不得那么多，一把抓住宋屹池，眼里泛起了泪光，“我知道，你就是……”

宋屹池甩开乔安的手，打断他的话：“有什么事，等我回来再说！”

乔安怔在那里，哥哥就在眼前，却不与他相认。尽管他换了容颜，可他的眼神却是再熟悉不过了。

宋屹池走了几步又顿住了脚，转过身看施施：“去韩国的机票，在我的办公桌上，乔安会陪你一起去。”

乔安明显很激动，他想追上去，可宋屹池冲他摇摇头，似有千言万语，却不能一吐为快。

“我会在这儿等你回来，你不会一直躲着我！”乔安极力忍耐着，硬是把眼泪逼了回去。

“等你和施施从韩国回来，我会找你。再见！”

月淡星稀，昏黄的路灯之下，乔安没有等到宋屹池再回画廊。

施施不明所以，仍陪着他等到此时。她不多问，一切都有他的理由，她只管做个忠诚的守望者。

乔安才发现自己忽略了施施，她眨着无辜的眼睛望着他，这一刻，他的心柔软得一塌糊涂。如果没有施航，如果没有那枚在废墟里拾到的玉坠，他相信自己会全心全意地爱护施施一辈子，可一切都像老天开的一场玩笑，让他爱上了仇人的妹妹。他和施施都没有错，错的是造物弄人。

乔安将施施揽入怀里，在她的额头上轻轻吻下去。施施微微一颤，这吻竟比之前的任何一次更意味深长。

两人抱在一起很久很久，最终没有一句话。

他送她回家，坐在她的床边，直到她稳稳地睡熟。

或许明天过后，一切都将回归一种平静，就如同此刻施施平静安稳地睡去。更或许明天之后，什么都将不存在，就如同熟睡之后无梦的夜晚，空荡荡不留痕迹。

施施什么都不知道，又为何让她徒添不必要的担心？他没告诉她自己内心的猜测，他更希望什么都是一种假象，即便哥哥真的离开人世，只要有施施，他还是觉得这一生足够富足。然而，他说服不了自己坚定的信念，哥哥的不幸，他已经不能释然，面对即将揭开的真相，他只能朝前走，不回头。

施施睡得如此平静，就连梦都是温暖静谧的。她双目轻阖，纤长的睫毛投下重重的阴影，让光滑洁白的面颊更显得轻柔细腻。他伸出手，轻轻地抚摸着她的脸颊，光滑细腻，简直不愿抽回手，怕一抽手，这辈子再也不能触及。

到底还是起身，转头，望一眼。乔安依依不舍，却又坚定果决，这一去，终是不归之路。

危机

施航没想到，加乐公司的股票一夜之间被人强制收购，而收购方竟是韩国SONG公司。

这绝对出乎意料，竟有人先他一步向加乐发起了围剿，他设想的完美大计功亏一篑。

公司上下人心惶惶，施航更是像热锅上的蚂蚁乱了方寸。

他打了那个神秘的电话，可电话已然关机。似乎一切都是预谋好了的，而他才是这场预谋的受害者。

当初，顾秉承的言外之意，让他心猿意马，该不该拿回本应该属于他的那部分财产，似乎关系到他将来的命运。加上沁羽执意找回和乔晋的记忆，他不能竹篮打水一场空，什么都得不到。权衡之下，他才与公司副总联手，只要他收购了公司其他股东的股份，他才可以与沈加俊势均力敌。

如今，他的收购大计已然破灭，到了嘴的鸭肉不翼而飞，这中间究竟出了什么差错？

目前，只有沈加俊手里的股份才能与SONG公司抗衡，不然，加乐公司定会毁在他的手里，而他注定会一无所得。

宋屹池将车停靠在码头，坐在车里等人。码头一侧的海滩景区别墅林立。沙滩上游人不多，这样的天气都躲在房间里，海风大的时候，真的冻得人手脚发麻。

倒车镜里有人朝这边走来，宋屹池看了下手表，他在这儿等了一刻钟。

来人拉开车门，坐进来。宋屹池随手将准备好的支票递到他眼前：“这是你应得的，到韩国会有人接你，那边已经为你安排妥当。”

“谢谢宋先生！”那人接了支票放进皮包里，扭头看宋屹池：“施航现在乱了阵脚，我怕他狗急跳墙，什么事儿都做得出来。”

“垂死挣扎的人有什么可怕，他要为他做过的事情付出代价，这是他的劫数！”宋屹池眯了一下眼睛，眼里充斥着无尽的怨气。

“我看你还是赶紧联系沈先生，施航无所不用其极，最好别节外生枝啊！”

宋屹池点点头，人被逼到绝路，一线生机都有逆袭的可能。到了这地步，断不能前功尽弃。

那人离开后，宋屹池也下了车。风灌进衣领，带着瑟瑟寒意。他抱着双臂，朝海面望去，那一望无际的大海像摸不透的人心，无时无刻不诡异莫测。

他想到了沁羽，她究竟能去哪儿呢？最后一次见她，她如此决绝，像这辈子都不与他再见。他懊悔过千百遍，为何不决然地带她离开这里，非要等到不可挽回才追悔莫及，他太傻了！

潮湿的海风吹在脸上，他抹了一把，竟然是眼泪。郁在心口的那口气，憋得他就要喘不过气来，他大口地呼吸，却只能徒添无限伤感。

宋屹池在码头一站就是一个钟头，一动不动，像风化的石头。

远远的景区别墅里，沁羽凭窗而立，海风扬起她的头发，迷乱了她的视线。她同样一动不动，像风化的石头。

她视线的尽头落在码头上，那儿站着一个人，远远地看不清晰。那个人已经站了很久，他是在等待心爱的人远航归来，还是在悼念一段逝去的爱情？

而她又为何面朝大海，暗自伤怀？难道她也在悼念逝去的爱情？也许，她和施航再也回不到过去了，他对她的好，她只能凭吊。而那个宋屹池却总是出现在她的脑海里，她终究对他是念念不忘的。

沁羽自嘲地笑了一下，那笑容苦涩得像尝了一口海水。自己终究做了背叛爱情的坏女人，有什么资格奢望施航能对她一如当初呢？

风吹眯了她的眼，她揉了揉眼睛，再看向码头时，那个屹立的身影已经消失不见。再长情终是经不起时间的消磨。人永远经不得等待。

施航醉醺醺地回来，竟然跪倒在沁羽的面前，捧着她的手，吻了又吻。

沁羽被他的举动吓坏了，他对她忽而温柔，忽而暴虐，究竟哪个才是她熟识的，她竟也看不明白了。他嘴里喷出的酒气令她胃里不适，她想挣脱，却被他死死地钳制着。他浑浊的眼里仍有一丝冷峻，他究竟是醉的还是清醒的，沁羽实在分辨不得。

施航掏出手机递给沁羽，一半命令，一半祈求地开口："给爸妈打电话，说你想他们，让他们明天就动身回来……"

他的语气分明带着命令，她竟有片刻的迟疑。他有些不耐烦，夺过手机，拨了沈加俊的电话，然后坚定地递到沁羽的耳边。

沁羽抖着手握着手机，电话那头传来父亲的声音。

温暖熟悉的声音，一下子勾起沁羽内心深处最柔软的神经，眼泪簌簌下落，无声却有力。

"爸爸……"她哽咽得说不出话来。

施航赶紧去握沁羽的手，沁羽看了他一眼，她明知这是施航的命令，可她没办法不依从："爸爸，我好想你和妈妈，你们快回来吧！"

她还没听到爸爸的回答，电话已经被施航抢了去：“爸爸，沁羽身体不好，你和妈还是快点回来吧！”

沁羽的心阵阵揪痛，他为何要借她来撒谎，她现在仅仅是他的一个工具而已，她与他之间的那点感情，还能经得起几次这样的利用？

施航收了电话，起身往外走。沁羽在他身后叫他，他连身都不回，只是摆摆手：“有事儿，叫吴妈！”

“何必为难自己？你厌倦了我，为何不放了我？”沁羽凄声地喊道。

施航顿住脚步，晃动了一下身子，终不愿回头：“我发过誓，要一辈子守着你，除非……除非我死了。”

沁羽心都凉了，曾经的誓言，如今竟成了困住她一生的枷锁。她以为的誓言，在他那儿，不过是诅咒罢了。

沁羽想追出去，可她怎么也打不开那扇门。她想求施航放她出去，可张了半天嘴，一句话也说不出口。最后，她倚在门上，无声地哭泣。

施航终于上了车，从门口到车上的距离就那么十几米，可他的脚步沉重得像有千斤重，每一步都是艰难的。他知道，沁羽就在门里，他那样对她，疼的却是他自己。

如果可以重来，他宁愿不要爱上沁羽。可那日的大火烧得太快，一眨眼的工夫，就改变了所有人的命运，连补救的机会都没有。

他坐在车里，脑袋疼得要命。现在才来后悔，一切为时已晚。

施航忍着头痛，发动了车子。车灯骤然亮起，一个人直立在车前，车灯照得那人的脸白皙得刺目。

施航看到这张脸的一瞬，仿佛看到三年前那张在大火里慢慢消失的脸，就如同此时，白皙且狰狞。

施航下意识地倒吸一口凉气，他眨了眨眼，莫非阴魂不散，来向他索命？待他平稳了心绪，才看清那人的样貌，竟然是乔安！

生死之间

施航将车开到码头，此时，夜已深沉，除了海浪声不绝于耳，剩下的没有半点动静。

施航摇下车窗，海风立刻扑了进来，他立了立衣领，斜睨着坐在一旁的乔安，嘴角勾起一抹不屑的笑意："你跟踪我到这儿，不是为了来听海风的声音吧？！"

乔安的表情严肃到极致，乌黑的瞳孔犹如漆黑的海面，深邃到不可测。他掏出香烟和打火机，按下火石，却不急着点烟，一下一下，火苗一明一灭。

施航有些不耐烦，他这样故弄玄虚简直是在浪费时间，他可没心情陪乔安"玩火"。

"这小小的火苗，也有吞噬世界的可能，你觉得呢？"他问施航，却有着不容置疑的肯定。

施航皱着眉，说了一句："无聊！"

乔安笑了，无声地一闪而过，连嘴角都不留丝毫痕迹。

他收了打火机和香烟，侧过头，用近乎研究的眼神看施航，突然开口问道："你为什么要放火烧死他们？他们那么相爱，你为什么要拆散有情人？"

问题来得太突然，施航根本就没有余地思考，他的反应除了错愕，便是慢慢袭来的恐慌。

"你默认了？你连替自己争辩的理由都没有，还装什么无辜？"乔安怒目圆睁，眼珠爆满了血丝。

"胡说，我没有放火，是他们该遭此劫难，和我无关。"施航慌乱中想打开车门逃走，却被乔安死死地抓住不放。

“连警方都找不到证据，你凭什么来质疑我？”施航试图甩开束缚。

“你要证据，是吗？我给你。”乔安一手抓着施航，一手从衣袋里掏出那枚玉坠，“这是你掉在火灾现场的，这么多年，你一定想不到，它竟成了指证你是凶手的唯一凭证吧！”

施航更加慌张恐惧，那枚玉坠在他眼前晃来晃去，晃得他的头越发沉重。他似乎看到了那栋爬满植被的别墅，在夕阳的映衬下，犹如血色般朦胧。

他拾阶而上，推开半掩的房门，室内昏暗，他看不清……

他顺着南国红木雕刻的楼梯向上爬，轻轻的，一点声响都没有。

他停在一扇半开的房门前，目睹了乔晋跪在沁羽的面前，亲吻着她的纤纤玉手。那只闪着夺目光泽的戒指，刺痛了他的眼睛也刺痛了他的心。他握紧拳头，指甲抠进了肉里，连疼痛都无感。

乔晋吻住沁羽，她那么享受，那么沉醉，那么热烈地回应着，连一丁点的羞耻感都没有。

他忽然觉得五脏六腑灼痛难忍，口腔里一股腥湿的味道涌出，他擦了嘴角，竟然看见了殷红的鲜血。情可伤心，亦可伤人，用情至深换回来的竟是撕心裂肺，这世间，还有什么公平可言？

沁羽微眯着眼睛，面颊红润如他喷口而出的鲜血。他们忘情地纠缠在一起，根本就是用刀一点点地割他的肉身，他何惧生死？

沁羽朝他瞥了一眼，仅仅是一眼，迷离得看不清。他快速地躲到门后，掩藏住自己呼之欲出的眼泪。

他慢慢地下楼去，将一桶早已准备好的汽油酣畅淋漓地泼洒。看着那些缓缓流动的液体，他早已无谓恐惧，早已心如死灰。唯有付之一炬，才能化尽内心所有不平。

他关好了窗子，掩住了房门。掏出打火机，一按，眼前便已是一片火海……

火焰扑向他，他惊惧着大叫，猛然惊醒。

眼前根本没有什么火焰，唯有那枚玉坠仍在不停地晃动。

似经历了一场轮回，上辈子做下的恶果，今生必是要还的，那场浩劫早已焚烧尽了他的灵魂，他战战兢兢活到现在，实属不易，他竭尽所能地爱着沁羽，就是想补偿那场浩劫中对她的亏欠。

一切都无法挽回，他不敢多看那吊坠一眼，只是抱着头疯狂般地哀号，即使喊破喉咙，也无法弥补他犯下的罪孽。

乔安扯过恍惚中的施航，恶狠狠地问："连沁羽都想烧死，你究竟还有没有人性？"

施航已无力反抗，隐藏于心多年的悔恨早已令他身心俱疲。如今，再无须隐瞒，再无须回避，他只想尽快解脱，哪怕一死。

"你杀了我吧！反正我是永远也不会得到沁羽的心了，还不如一死。"他爱了沁羽这么久，终是不能如愿的，他只求一死。

乔安冷冷地一笑："想一死了之？未免太便宜你了，我要让你好好活着，为你所做的事情悔恨终生！"

如今，落在他的手里生不如死，这种滋味可想而知。纵然这些年他也未曾好过过，但终是罪孽深重，再努力弥补也是枉然。

"我死不足惜，可施施是无辜的，如果你真的爱她，请答应我，要好好爱她，照顾她一生一世。"施航闭起眼睛，等待即将到来的制裁。

乔安竟然犹豫了，慢慢地松开了手。他无权对施航怎样，即使施航是杀害哥哥的凶手，他仍不能代替法律制裁施航。

"我给你一个机会，跪在乔晋和沁羽面前忏悔，如果他们肯原谅你，我绝不为难你！"

施航睁开了眼睛，他不相信自己的耳朵，如果仅仅是下跪便能得到饶恕，他宁愿跪上十天十夜。

“我知道你把沁羽藏在别墅里，你做的这些事情老天爷都知道，你最好诚心诚意地向他们赔罪，不然，那暗无天日的监牢就是你的葬身之地！”乔安狠狠地推开施航，连看都不看他一眼，便推开车门下车了。

施航蜷缩在椅背里，仍是惊魂未定。这个人太厉害，竟然什么都逃不过他的眼睛。他自以为那场大火烧得毫无破绽，却不想就是父亲送给他的那枚玉坠成了他的催命符。人算不如天算，这么多年，他还是算不过命。

乔安的背影在夜风中如一道鬼影，令施航胆战心惊，冷汗涔涔。难道就这样认命了？不管乔晋是否还活着，沁羽总归是自己的妻子，他连一个消失了三年的生命都争不过，这岂不是天大的耻辱？如果乔安就此也消失不见，那三年前的事情终是不见天日的，他和沁羽就还有在一起的可能。

一念之间，便是生与死。施航这一脚油门便再无回头路了。

只听得一声剧烈的撞击声，乔安的身体在空中画出一道弧线便重重地落下，一股股鲜血从他的口中涌出，染红了衣裳。

针锋相对

宋屹池从噩梦中惊醒的一瞬，床头的电话突然响了起来。还未舒缓梦境的恐慌，刺耳的铃声已然让他觉得似有不祥。

果然，电话刚一接通，施施急切慌张的声音便传了过来：“我联系不上乔安，他有没有去找你啊？”

宋屹池蹙了一下眉，这丫头三更半夜打来电话，就是要告诉他，找不到乔安了？

“本来我们一起到了机场，可他说有一件重要的事情必须去办，我拦不住他，他让我在机场等他，他办完事就来和我会合，我现在已经在韩国了，打他的电话却关机，我真担心他是不是出了什么意外！”

施施语无伦次，连声音都潮湿了。

宋屹池的眉头锁得更深，之所以让乔安陪施施去韩国，就是不想乔安再卷进任何风波。他知道得太多，对他不是什么好事。

“只是关机，不能说明什么。”宋屹池清了一下嗓子：“你安心处理那边的事情，这边有我，我不会让他有事。”

施施明显是哭了，抽泣声隐隐传来：“这阵子他就有些怪异，你见到他，好好劝劝他吧！”

乔安的怪异，他怎会不知？如果真的发生意外，他一定不会原谅自己。时隔这些年，他还要偏执地回来，究竟是对是错？

他再无睡意，看一下表，已经凌晨四点了，也许明天一早，乔安会来找他。

宋屹池等了一天，也没有等来乔安。他实在有些担心，驱车去了乔安的心理咨询室。助理告诉他，乔医生两天没有来上班了，她推掉了所有预约就诊的客人。

似乎哪里不对劲儿，可又觉得自己太过敏感。乔安已经怀疑了自己的身份，却不肯给他证实的机会。如果那天能和乔安好好谈谈，也许今天的担心就不会存在。他是不是真的走错了这一步？也许，再回海城注定是一场悲剧。

他回了画廊，施施的第十次电话又打了过来。他隐瞒了未找到乔安的事实，只告诉她，处理完那边的事情，尽快赶回来。施施隐隐觉得不妥，追问了几句，终得不到满意的答案。

也许一切都想得太悲观，也许乔安此时正在赶回来的路上，也许，他真的太过敏感了。

天色渐晚，画廊的客人已经很少了，舒缓的音乐缓缓地萦绕而来，宋屹池站在沁羽的画像前，欣赏了无数次，却总是能品出不同味道。沁羽拎着裙角踩在水里，脸上半是含羞半是欣喜的微笑被碧蓝的湖水衬得更为生动。他为之取名“希望”，希望她的微笑永远那么绚丽，希望她的人生永远充满欢乐。

有人驻足在他身后，他无动于衷，他的目光泻在她的脸上，想把这几日不得相见的苦闷弥补。她究竟去了哪里？是否知道有人如此惦念她？

“画由心生，你画出了她的神韵和气质……”身后的声音充满了钦羡与嫉妒，暗沉而清晰。

“你来了？”宋屹池连头都不回，就已经猜出来者正是施航。

“我早知道你心有不轨，睹画思人，未免猥琐！”施航尽量克制，声音仍带着颤抖。

宋屹池缓缓转过身，竟发现几日不见，他精瘦了许多，人也显得疲态无神，不似先前盛气凌人，神采飞扬。

“想必这些日子，你过得并不顺心？”宋屹池浅浅一笑，似同情，亦是觉得对方罪有应得。

施航过得的确艰难，公司的事已然让他顾及不暇，又出了乔安这档子事儿，他全然乱了阵脚，不知前路是福是祸，唯有强装镇定，小心谨慎，才能化险为夷。

“我当然不会有你这份闲情逸致，对着一个画像如痴如醉，陶醉其中，搞艺术的果然都是情种，可惜，你只能配这样仰视而终不得佳人。”施航强装坚强，却心虚得连自信都没有，也许只配仰视的是他而非宋屹池。

瞧着施航的嘴脸，宋屹池突然莫名地有些同情，将要覆灭的人必有可怜之处。像他这样垂死挣扎，祈求峰回路转的人，终是徒劳的。

“我不知道你把沁羽带去了哪里，如果你还爱她，请给她自由，别让她折损在你自私的爱情里。”宋屹池靠近一步，气势已占上风。

施航苦笑的嘴脸尽是无奈，他付出了这么多，到底还是输了，他怀疑自己一开始就错了。

“你这样堂而皇之地介入别人的生活，你这张人皮下包裹着多么肮脏的灵魂？”他咬紧了牙关。

“你无所不用其极，如果你还算男人，就应该放了沁羽，让她自己选择。”宋屹池再无顾及，事到如今，不能再妥协。

“这是我和沁羽的私事，你一个外人未免自不量力了。”施航心都颤抖起来，面对如此强大的对手，他已经力不从心。

“你心里无愧，又岂会害怕别人的介入？如果有一天，沁羽真的离开了你，那你岂不是要与世间的男子为敌？”宋屹池冷笑了两声，在他的心里，施航已经算不得威胁，他差的就是没有找到沁羽。

“就算我真的输了，你这个觊觎别人女人的男人也不是那个最后的胜利者。”施航还在坚持，他相信这些年对沁羽的好，终会有所回报的。

“好，我就等着你做出的答案，让你输得心服口服。”宋屹池犀利的眼神直刺他的心脏，施航顿觉揪心到痛。

临了，施航补了一句：“施施让我过来问一下是否有乔安的消息。”

宋屹池没有回答，尽管他是施施的哥哥，可他和乔安却是半点关系都没有。

施航无趣，再停留却是自讨苦吃，遂转身离开。

宋屹池隔着玻璃门，看着施航上了一辆崭新的轿车，那颜色，红的像血。

离开画廊，施航开着新换的车，驶回海滩景区码头。

停在那儿，他不敢看地面上隐隐的那摊血渍，尽管模糊不清，可还是能嗅到一股子血腥的味道。他伏在方向盘上，至今仍不敢相信自己会如此沉着冷静地处理乔安的尸体。当他把乔安的尸体抛进大海，攥着那枚玉坠的掌心里早已湿淋淋满是汗水。

为了玉坠，他翻遍了乔安的身体。这次再不能留下任何蛛丝马迹，如果乔安的尸体沉在大海里半个多月，即便被发现，尸身浮肿溃烂，死无对证，警察也奈何不了他。

走投无路就要另辟蹊径，别怪他凶狠残暴，只怪乔安不肯放过他。

眼下，容不得他愧疚恐惧，沈加俊夫妇明日一早回国，如何劝沈加俊把股份让给他，这才是最为重要的事情。

第八章　你若安好，便是晴天

宋屹池的心忽地软了下来，心里念着一个人，连世界都可以忽略，爱情何尝不是一场飞蛾扑火的游戏，只是心甘情愿罢了。他想到了沁羽，想到自己终其一生为爱所累，又何尝不是心甘情愿？

下策

宋屹池赶到机场时，正好看见沈加俊夫妇上了施航的车。他还是晚了一步，如此看来，施航已经有了对策，并且势在必得，胸有成竹。

他曾派人和沈加俊进行了一番沟通，沈加俊的态度并没有像他所想的那样，毕竟施航在沈家生活了二十年，而且现在又是他的乘龙快婿，让他二选一，天平的一侧当然是倾向于施航，而他，在没有公开身份之前，胜算可想而知。

当天晚上，他试着拨了沈加俊的电话，可电话给他的提示竟然是关机。难道他一点机会都没有？

与此同时，沈加俊夫妇被禁足在别墅里。

施航收了他的移动电话，拔断了座机电话线，断绝了一切与外界联系的方式，出入不得自由。而这一切，皆因沈加俊不肯让出手中百分之五十的股份。

沈加俊早有耳闻，施航觊觎公司很久，试图吞并公司，成为真正的老板。他不愿相信这是真的，更不愿看见施航为了利益无所不用其极的卑鄙手段。当他回到家中，看不见女儿沁羽的身影，他就已经感觉到此次回国必将铤而走险。究竟谁输谁赢，不得而知。

沈加俊没回国之前，就有人找过他，只有和对方合作，这场危机才能够化险为夷。他犹豫再三，仍对施航报以希望，认为施航只不过误信了有关父亲遗产的传言，只要解释给他听，他仍将是自己的乘龙快婿，仍是沁羽的丈夫。

他怀抱的希望仅仅是自己的一厢情愿，如今看来，施航大有破釜沉舟之意，在亲生父亲和他这个岳父之间，施航终究是选择了前者。他对施航付出的一切，不过是一个背信弃义之人施舍的虚情假意罢了。

别墅已然被控制，几道门前均有人防守，戒备森严。乐佩心急如焚，她唯一担心的是女儿的安危，既然施航能对他们这样，同样也会对沁羽施以挟制。在金钱权势面前，人心都会变得扭曲，她一向看好的女婿竟也是不择手段之人，到底还是看错了人。

乐佩埋怨沈加俊道："公司迟早要交给施航，何必要闹到这般田地？"

沈加俊只顾抽烟，此刻，他内心波澜不定。回首过往，只怪当初没有讲明一切，闹到这步田地也有他的不忍心。二十年前的往事，让他怎么开口说给施航听？他做不到。

"早就应该告诉他真相了，这些年，你待他如亲生一般，到头来，他却视你为仇人，这不是作孽吗？"乐佩抹着眼泪，已是泣不成声。

"但愿他能明白我这份苦心啊！"

沈加俊叹了口气，转身上楼去了。留下乐佩一个人，面对着寂静的房间，一时不知如何自处。

施航当然不会明白他的苦心，不然，施航也不会出此下策，争取本以为属于自己的一切。

当初和公司财务主管沆瀣一气，各得其所，却不承想财务主管临阵掉转枪头，视他为敌，出卖了他的计划也出卖了公司，让他陷入进退两难之境，也让他不计后果铤而走险。如今看来，他已经无路可退，就算背负忘恩负义之名，他也不会回头。

他唯一制胜的筹码便是沁羽，这也是他仅有的一张王牌。

如果沁羽仅仅是他的一张王牌，而非至死不渝的挚爱，他就不会心有余悸，顾虑重重，他完全可以放开手脚，不达目的不罢休！然而，他一面软禁了沁羽，一面奢求着与沁羽长相厮守，这种根本没有把握的赌注，他下得胆战心惊，凄然无望。

让他有如此艰难之感的人就是宋屹池，他已经得到消息，收购加乐一半股份的韩国公司正是宋屹池的父亲——宋铮的。而这一切的主使者，和宋屹池是脱不了干系的。他处心积虑与自己针锋相对，难道仅仅是为了沁羽？似乎这只是个借口，或许他的目的绝非如此。

自从宋屹池出现那天起，他身边的一切就发生了改变。这个人天生就有足够强大的气场，和他站在一起，不说话便已处于下风。施航觉得斗不过他，从一开始便是。

如果他还有什么希望，那便是沁羽，好歹他还是沁羽的丈夫。

沁羽并不知道父母已经回国，更不会想到施航会用这种手段胁迫父母交出手中的股权。她一心一意地等待着父母。圣诞节快到了，父亲许诺的圣诞 Party 想必应该着手准备了。

可现在她被困在这里，连房门都不曾踏出过一步，她担心那些羊儿，海城的冬天冷得出奇，谁会去照顾它们呢？

宋屹池？她脑海突然闪过这个人的名字，只听得自己的心脏狂跳了几下。

他那么有爱心，为羊儿搭建了防寒棚，就一定不会不顾那些生命的死活，或许，那些小东西在他的照顾下，又肥硕了许多，等爸爸回来，这次的圣诞之夜必会是最幸福温馨的。

怎么又想起了他？那个人不该和自己有什么交集的，她不该奢望也不该幻想，她这一辈子只有施航，而且注定要一辈子。

沁羽有些失落，圣诞之夜的欣喜远不及这个人带来的忧扰。越是想要平淡却越是浓烈地缠绕，终归是无法摒弃的。

她挪到沙发前，肚子已经微微凸显，好在施航不曾问起，她也不想告诉他，或许，她并不希望这个孩子来到这个世界，她还不清楚和施航这一辈了要怎样继续面对。

孩子是无辜的，她希望他是健康的。

门开了，从脚步声就能分辨出是施航。她微微侧头，果然，施航又是一身酒气，正一步一步靠近她。

她本能地蹙紧眉头，他最近频繁醉酒，她害怕闻那一身酒气，那滋味常搅得她胃里一阵翻腾。

施航不以为意，好像宿醉一场，一切都会烟消云散，不再纠结，不再纷扰。

“为什么要躲开我？”施航扳过沁羽的脸，认真而小心翼翼地问。

沁羽被迫仰视他，那一刻，她看到的不再是昔日里温柔细腻的男人，他的眼神完全是陌生的，好像他们从未相识，如今更没有半点关系。

“你们一个个都在逼我，我累了、烦了、倦了。我好想大睡一场，不再醒来。”施航推开她的脸，那不是厌弃，而是一种绝望。

沁羽心都揪紧在一起，他什么时候开始变得如此自怨自艾？那个热情的永不知疲惫的男人，如今成了只能借助酒劲才会残喘苟活的人，他们之间的障碍究竟是有多难以逾越？沁羽湿了眼眶，却流不下半滴眼泪。

施航最不愿看到沁羽这般表情，木然得像与一个陌生人对视。

他苦心经营的爱情不过是自己的一厢情愿，她欲哭无泪的样子简直让他生不如死。

“我什么都没有了，我才是这天底下最倒霉的笨蛋。”施航咆哮起来，可手指却轻柔地绕过她的后颈，用力一带，将沁羽揽入怀中：“我还有你呢，只要有你，我就还没有输，我还有翻身的机会。”

沁羽被动地贴在他的胸口，这胸膛曾是她认为最踏实的地方，可如今却似摇摇欲坠、溃败腐朽的一堵墙，没了温度，没了可抵御风雨的支撑。

“爸妈回了海城，可他们执拗地不肯与我合作，在他们眼里，我终究是个外人，不及你父亲养的那几只羊羔。”施航抓紧沁羽的肩膀，丝丝疼痛，让沁羽紧闭了眼睛。

“我只是想要回二十年前本就应该属于我的东西，这难道有错吗？”他感觉到沁羽在他怀里瑟瑟发抖，他推开她的身体，看见两行泪珠挂在脸上。

他伸手去擦，沁羽扭过脸，他的手停在了空中。他犹豫着还是收回了手，如今连碰她一下，她都显得不情愿，他们之间到底还存有多少情分？

“爸妈为什么不来看我？”她的声音颤抖得厉害。

“你们还不能相见。”施航站起了身，俯视着仍不肯看他一眼的沁羽：“如果他仍一意孤行，我想你们这辈子都不会再相见。”

沁羽猛然转过头来，仰视他，带着难掩的怨恨：“你到底要怎样？爸妈没有对不起你，连我都是问心无愧的。”

施航挤出一丝冷笑，问心无愧？连帮她擦一下眼泪，都被厌弃着拒绝，倘若内心无隔阂，她又怎会有如此举动？

“他们不该将本属于我的据为己有，枉我这些年对他们的敬重，原来，这一切不过是对我的施舍，哪怕他们还有一丝愧疚，都不会拒绝我。”施航转过背去，他不愿沁羽看到他走投无路时的无望和心痛。

沁羽不知道究竟发生了什么事情，可他的每句话都指明是父亲亏欠了他，这该是上一代留下的恩怨吧！

“我要见爸爸，你让我走吧！”沁羽站到他的背后，求他。

“你不能走。”他说：“除非你能劝说他。”

沁羽摇头：“我不会，爸爸的选择自有他的道理，我不会干涉。”

施航半天不说话，他不想做得太绝，只要大家各退一步，又何必这般纠结？

“施航，和爸爸好好谈，到底我们还是一家人啊！”沁羽百感交集，她不愿看到亲人之间斗得你死我活的场面。

“让我想想，别逼我。”施航连头都不回，那决绝的语气真的叫人不安。

沁羽无奈地坐回到沙发上，他那么坚决，不愿退步，他和父亲的这场恩怨似乎很难化解。

失踪

几天下来，仍不见乔安的踪迹，那种不祥之感越来越紧迫地尾随着宋屹池。

他再次去了乔安的心理咨询室，在助理那打听到乔安的住址，便急匆匆地直奔而去。

房门紧闭，任凭门铃按了又按，可里面始终半点回应都没有。

他立刻报警，在等待警察到来的那段时间，他脑海里无数次闪现乔安干净、爽朗的笑脸。他一直不能忘记，最后一次见到乔安时，他看向自己的那双眼睛。如果，时间可以回转，他愿意向乔安坦诉一切。

如果，真的有如果……他只愿乔安能够平平安安。

警察赶到，破门而入，干净、整洁的房间并没有任何不祥征兆的痕迹，唯独放在书桌上仍停留在三天前的那本台历，让宋屹池及警察意识到，乔安已经三天没有回家了。

这或许真的是一起失踪案。

警察循例做了笔录，备了案。宋屹池仍怀有一丝侥幸，认为乔安只是出了趟远门而已。

警察收队离去，宋屹池仍不愿离开这间房，也许，他的侥幸心理，仅仅是自我安慰罢了，更多的是想留下来，感受乔安在这里生活过的气息。

屋子不大，收拾得整洁有序。乔安是个爱干净的人，从小便已经养成了习惯。

他依依不舍地流连于房间，每一处都仔细而认真地看过，似乎在寻找，却始终没有发现。这些年，什么都改变了，过去的统统找不回来了。

最后，他坐到书桌前，靠在椅背上，抬头，正对着一面照片墙。照片用精致的雕有花纹的木框裱起，错落有致地挂在洁白的墙壁上。

这或许就是记忆，定格在某一时间。

他起身，靠近点儿，看得真切些。

那些照片都是乔安不同时期的记忆，却同样绽放出一脸灿烂的笑容。

记忆像开了闸的洪流，瞬间淹没了意识。多年前的点点滴滴奔涌而至，像昨天，却永远地逝去。

隐隐地听到门锁转动的声音，他迫不及待地扯回飘远的思绪，一个箭步奔至门前。他以为是乔安，以为乔安平安归来。当房门从外面推开，立在门口的却是一脸急切的施施。

不是乔安。

施施看到宋屹池的一瞬，似乎意识到了不对，表情从急切转而惶恐。

施施的身子有些站不稳，倚在门边看宋屹池。

“他出事了，是吗？”

宋屹池扶住施施，将她带到房间里，让她靠在沙发上，他从冰箱里给她拿了一瓶纯净水。

“只是报了失踪。”宋屹池停顿了一下，眼前这个女孩子只比沁羽小两岁，看似坚强，却仍柔弱。他安慰似地拍拍她的肩，说：“别担心，也许他去了外地，没有来得及通知我们，我相信，他不会有事。”

这只是一句安慰的话，在他的心里，那丝不安越来越重。

施施放松了许多，仍满脸地愧疚，她说："他最近心事重重，我应该看住他，我真后悔没有跟着他。"

宋屹池的心情不比施施好，如果后悔就可以重来，他愿意坦白一切，而今，他唯一的希望就是乔安能够快点回来。

"你知道他有什么心事？"宋屹池轻轻地问。

"和他哥哥乔晋有关，他说，乔晋还活着，他要去找乔晋。"施施撑着额头，陷入极大的不安中。

宋屹池咬着嘴唇，力度让他有一丝的疼痛感。这个时候，说什么都晚了，那天，他就应该听乔安说完，也许一切都不会变得这么复杂。

"除了这些，他还说过什么？"他问得有些无力。

施施摇摇头，但又想到了什么，她抓过自己的皮包，在里面一顿翻找，最后找出一把钥匙。

"去韩国之前，他让我把这把钥匙亲手交给你。"施施递给他："这是保险柜的钥匙，他让你亲自打开，里面的东西，你看了就会明白。"

宋屹池慢慢接过钥匙，有一刻，他恍了神。这把钥匙就好似乔安留下的遗物，在给他最后的交代。

他深深地叹口气，鼻子有些酸，就连眼眶都有些潮湿的感觉。乔安做了最坏的打算，他把一切都锁进保险柜里，唯有这把钥匙才能打开真相。他早已预知了自己所要遭遇的命运，而这一切只因一个人——乔晋。

宋屹池再也无法控制自己，起身走到窗子前，推开窗，风从外面涌进来，他抹了一把脸，湿湿的，那是他的眼泪。

他再也没有多问，静静地立在窗前。

宋屹池把施施送回家，让她在家休息两天，画廊的事他会吩咐给别人。施施明显精神恍惚，乔安的失踪让她备受打击，她宁愿这只是一个梦而已，哪怕是乔安给她开的一个玩笑也好，只要他能够完好无损地出现在眼前，她愿意把一生都托付给他。

宋屹池的心忽地软了下来，心里念着一个人，连世界都可以忽略，爱情何尝不是一场飞蛾扑火的游戏，只是心甘情愿罢了。

他想到了沁羽，想到自己终其一生为爱所累，又何尝不是心甘情愿？

他狠狠踩下油门，如果这速度可以穿越时空，他多希望回到三年前，那个时候，他爱她爱得如此纯净，连两个人的呼吸都透着甜甜的香草味道。他们心无旁骛，他们理所应当地牵手拥抱，一切都那么顺其自然。他感谢老天，感谢这世上还有这么一个女孩可以让他忘乎所以地去爱，哪怕是用自己的生命做代价，这场恋爱都是值得的。

然而，在那个毫无异样的傍晚，什么都改变了，他用生命作为代价的爱情，终是抵不过一场大火，从此烟消云散，从此天各一方，从此只能默默祭奠曾经爱一回。

他的爱被火焰炙烤进身体血液中，无论生死，终将成为他的全部。

宋屹池在下班前赶到乔安的心理咨询室，打发了助理，一个人留下，看着墙角处的保险柜，却不敢靠近半步。

如果乔安做了最坏的打算，那么，这保险柜里的秘密极有可能是乔安留给他最后的遗物。想到遗物两个字，他的身子已经抖个不停，握着钥匙的手指深深地陷入皮肤里，一点疼痛都没有。

不知愣了多久，还是迈开了这一步，一步一步走得那么艰辛。

钥匙的齿痕发出声响，刺耳且冰冷，他的心跟着坠入了冰河。

这是折磨人的过程，逼近的真相竟是用生命换来的，他宁愿不要也不看，只要乔安能够平安，过往的恩恩怨怨都可以不计较，他不想失去唯一的亲人，这些年，他害怕一个人漂在异乡的孤独和隐忍，他需要亲情的温暖，即使他也有家，终不是自己的。

保险柜的门被打开，除了一台 DV 静静地躺在那儿，其他什么都没有。

交易

韩国方面的动作实在太快，施航已经被逼上了一条不归路，如果沈加俊再不做出表态，韩国方面会在极短的时间内对加乐公司进行全盘收购。

施航威逼利诱，沈加俊始终淡定自若，既不回应也不责问，任由施航一个人上演独角戏。

可这独角戏并不好演，他在沈氏夫妇面前将保持了二十年良好的品性彻底颠覆，暴躁、蛮横，甚至凶悍，几乎和那个温文尔雅的施航判若两人。沈加俊遗憾地摇头叹息，看来金钱利益真的可以将一个人推向邪恶的地狱。他想伸手拉一把，却被无情地拒绝。

乐佩不懂男人之间的战争，她更心疼她的女儿。她祈求施航善待自己的女儿，不要为难她，委屈她。施航早已失去了耐性，沁羽的置若罔闻深深地刺痛了他，他保不准会在失控的情绪下做出意想不到的事情，他告诫乐佩，最好说服沈加俊与自己合作，否则，后果自负。

施航会变得如此面目可憎，乐佩简直伤透了心，一直以为沁羽的苦难会终结在施航百般疼爱与呵护中，却不想这只是悲剧的开始。

乐佩忍了又忍，真想把往事一件一件地讲给施航听，无奈，沈加俊几次阻挠，终不得愿。

沈加俊无所作为，他只告诉乐佩："让他跌一跤，他才会知道人生这条路并不平坦。"

施航不管前路平坦不平坦，眼下这道难关他必须誓死攻破，否则，还有什么前路可言？

他想到了宋屹池，既然他是宋铮的儿子，就有可能力挽狂澜，救他于水深火热之中。不管他们之前有多么大的嫌隙，危难之时，能留下一口气，日后再作打算，仍有可能反败为胜。

当即，施航决定去找宋屹池，这一步，他非走不可。

施航在画廊等了很久，接待小姐打了几次电话给宋屹池，他的回答就三个字：马上到。

施航很耐心，茶水一杯一杯地续，画廊的佳作一遍一遍地浏览，一小时，两小时……直到画廊大厅的吊灯熄灭，接待小姐温和善意地提醒：“时间不早了，画廊的营业时间结束了，先生是不是……”

“我在这儿等，他一定会来见我的。”

他的笃定让接待小姐很为难，也许她正打算下班后和男朋友看电影逛街，可这个不开眼的男人让她美好的期待成为泡影，在转身之际，狠狠地白了施航一眼。

画廊门口，宋屹池的车就停在那儿。透过车窗，他看着在画廊里闲庭信步的施航，深邃的眸子里闪烁着火一样的光芒，这团火慢慢燃烧，直至瞳孔里的影像被吞噬，他才不忍地眨了眨眼睛，然后，发现自己的眼角湿润了。

他流泪了，不为别的，只为乔安。

当他从保险柜里取出DV，按了播放键，画面里出现了他再熟悉不过的面孔。那张面孔带着一如既往温和的微笑，那双眼睛却闪现着一抹固执和坚定，直到他看完整段画面，他才知道乔安固执坚定的眼神是带着一种视死如归的力量，这力量足可以震撼整个宇宙。

“大哥，请允许我以这样的方式和你对话，因为，你至今不愿与我相认，我却不得不真诚地叫你一声哥哥。”画面里，乔安有些激动，但笑容却一直挂在嘴角。

“即使你改变了容貌，也无法改变你善良诚恳的眼神，我熟悉它，就像熟悉我自己，所以，我们第一次见面，我就已经猜出你就是乔晋……尤其你带着沁羽去废墟，替她催眠，让她记起过去，难道，除了你，还有谁会更在意沁羽遗失的那些记忆吗？”

宋屹池闭了一下眼睛，他日夜记挂的亲人，何尝不想揽入怀中，一诉思念之苦，可他有他的难言之隐，他不想再多枝节。

“你选择三年后回来，一定有你的道理，我没猜错的话，你是回来找施航做个了断。三年前的大火烧得太离奇，你拼死救下沁羽，让我着实敬佩，可你三年来音信全无，你知道我有多恨你……你除了沁羽还有我这个相依为命二十年的弟弟啊！现在，我不恨你，我感到欣喜，你还活着，这比什么都重要。如果你坚持查出真相，我一定支持你并为你全力以赴。”

宋屹池眼眶湿润，他爱的弟弟可以为他全力以赴，他为什么就不能亲口承认自己的身份？

画面清晰，乔安犹如就在眼前，可此时，他究竟身在何处？

“施航是唯一值得怀疑的人，我在废墟里找到了一枚他曾戴过的玉坠。”

宋屹池盯着画面，看到乔安手里那枚成色上好的玉坠。他记得施施也有同样一枚。

“这枚玉坠是施航父母留下的，施施那块刻着‘施’字，而这块刻着‘航’字。听施施说，施航的这枚不知丢在了哪儿，我想一定是他去过现场，在仓皇中遗落下来的，而发现这枚玉坠的位置，恰恰在楼梯处，这就证实，施航曾进去过别墅。”

宋屹池屏住呼吸，他依稀记得，在和沁羽绵长拥吻的时候，似乎真的瞥见一个人影闪过，只怪当时他们太用情，才忽略了那个人影的真实度。现在想来，一切皆有可能。

“既然，你选择沉默，我也有权选择寻找真相。你有你的顾虑，我也有我的为难，如果我有什么不测，请替我好好照顾施施，她最无辜，却要承受最大的伤害，我于心不忍。”

画面里，乔安仓促地垂下头，几秒之后，重新抬起，眼角处闪着晶莹的泪花。他笑得有些勉强，却又真诚得不带任何掩饰。他握着拳头的手抵在薄而润泽的唇边，轻咳一声，接着说："哥，真的怀念旧时光，如今，什么都变了，只求各自珍重……"

画面突然消失，什么都没有了，满目的黑屏犹如一块黑色幕布遮蔽了眼前明亮的世界。

一切不言而喻，乔安去找施航摊牌。

事实证明，这一去，凶多吉少。

宋屹池坐在车里，紧握方向盘的手背青筋暴突，这一握，恨不得让施航粉身碎骨。

施航还能平静地等在画廊里，这个人内心是有多淡定？他究竟对乔安做了什么似乎很难下结论。不过，再淡定的内心总归有不可触碰的脆弱，他相信，脆弱一旦被撕裂，这个人的内心必会沦陷直至崩溃。

画廊内，接待小姐几乎耐不住性子了，她再次提醒施航，她要下班，关门了。

施航不理她，她的一张较好的面容此刻黑到极致，可想而知，她在心里骂了他千百回。

最后关头，宋屹池终于出现在画廊的大门里，接待小姐瞬间松了口气。

与此同时，站在沁羽画像下的施航竟然露出了微笑，正迎着朝他而来的宋屹池，连眼神都平缓得像是迎接等待许久的旧相识。

"有事？"他简短地问了一句。

接待小姐不情愿地去泡茶，宋屹池冲她挥挥手，她如释重负般地勾出一丝笑容，转身消失在门外。

待一切安静下来，施航开门见山，直入主题。

"如果你能劝说令尊大人收手，你提的任何要求，我都会满足。"

宋屹池几乎喷笑而出，多么幼稚的想法，既然做了，就没想过放弃，这不是他的风格。

施航看出他嘲弄的笑意，若不是走投无路，他又怎会低声下气来求他，男子大汉不拘小节，一时的低人一等不等于这一辈子不会趾高气扬。

“你还有什么资本来跟我谈条件？”宋屹池自顾自地在沙发上坐下，根本没有让他一起坐的意思。

施航原地立在那儿，似乎胸有成竹：“金钱、地位，根本入不了先生的眼，不过……有一个人，先生却不得不做考虑……”

宋屹池冷眼瞧着他，这个人能戳到他的痛点，此行大有势在必得的气势。

“说来听听。”

“沁羽……”

宋屹池挥手打断施航，他不愿再听下去，这种卑鄙的交易他觉得不堪一提。

“你用别的任何条件来跟我做交易，我都可以考虑，但唯独沁羽这步棋，你走错了。”宋屹池起身，不耐烦地看了一下腕表：“这里任何一幅画你都可以慢慢欣赏，走的时候帮我带上门。”

施航看着宋屹池转过去的背影，一股无名怒火在头顶燃烧。被拒绝得连讨价还价的余地都没有，这是有多轻视他？

“我已经做出让步，如果你还步步相逼，我可以告诉你，你这辈子别想再见沁羽一面。”他在宋屹池身后喊，竭尽全力，孤注一掷。

宋屹池顿住脚步，慢慢转过身。他面带微笑，眼神却犀利得像把利剑，锋芒毕现。

“就在此刻，现在，你已经输了，一个输得彻彻底底的人，除了他的命，你觉得他还有什么可以作为赌注，扳回一局呢？”宋屹池向他靠近几步，眼睛一直看向他瞳孔深处。

施航被这样的眼神盯得毛孔都竖起来，那眼神澄澈又深邃，凛冽又傲慢，足可以装得下全世界，又何足一个小小的他？

两人的距离仅仅半米，施航就已经感觉到对方带给他的压力足以让他顷刻窒息。他不禁打了一个寒战，冰冷从心脏一直蔓延至四肢，他感觉自己快要被寒冰封冻。

“加乐和沁羽我一个都不会放弃，”他拖长了声音，像折磨一个被执行死刑的人，不给施航痛快，“这是个公平的世界，而你，定会为自己所做的一切付出惨痛的代价。”

施航心里一沉，他坦露得彻底，向他宣战，怕这一战，必会血流成河，惨不忍睹。

宋屹池的电话突然响起，施航看着他背转过身去接电话。

此行已经没有任何意义，连最后一招都溃败得一塌糊涂。

电话是警察打来的，让他去认尸。

面对死亡

从画廊到停尸房，这一路，他走了足足两个钟头。几次哽咽，几次泪不成行，几次熄火下车，面对着茫茫黑夜祈求上天，这不过是警察给他开的一个小小玩笑。

没错，一定是弄错了！他逼迫自己想着，躺在停尸房里的那具尸体根本就是陌生人。乔安那么年轻，那么优秀，他还有大把的好时光，他绝不会丢弃这个世界和他热爱的人。

然而，再长的路终归有尽头，再美好的期许终归在现实面前变得面目全非。

当工作人员缓缓打开冰柜，冰冷的雾气飘散开来，躺在那儿的人一如睡熟一般，只是脸色惨白得没有一丝温暖，如这冷气令人寒彻心骨。

第一眼就已经辨认得出，第二眼就已经泪如雨下，哽咽在喉。

就这样，生死两界，就这样，天人永隔，就这样，最美的年华被冰冷冻结在此，一切已无法挽回。

宋屹池整个身体僵直麻木，胸口似塞满了沉重的石块，他张着嘴巴无声低泣，直至泪水干涸，双眼干涩。

他被带了出去，直到情绪渐渐稳定下来，警察才轻拍他的肩膀，以最好的语气开口："我们是在海滩景区附近的岩石滩发现死者的，法医初步鉴定死者死于内脏破裂，导致大面积出血，认定重物撞击，很有可能是车祸。"

车祸？人为还是意外？又为何尸体会沉溺于大海，这其中究竟有什么隐情？宋屹池脑中的疑问层层叠叠如海浪汹涌而来。

"我们已经对海滩景区一带进行地毯式搜索，据气象台给出的数据，这一个星期海面风力不大，涨潮幅度甚微，估计发现尸体的地方很有可能就是死者遇害的地方……"

宋屹池双手插进头发里，他自责、愧疚，根本没办法原谅自己。如果那天肯给他说话的机会，眼前的这场悲剧或许就会避免。可现在，就算自己懊悔得肝肠寸断，乔安终是不能再回来了。

这时，门被推开，一名刑警走进来，带来了一个好消息。

"在海滩景区码头，发现大量血渍，已经取样送去验证科，估计很快就有答复。"

"最快多久？"

"二十四小时之内。"

警笛声远远地传来，仍带着刺耳的尖厉。

沁羽站在阳台朝码头的方向眺望，那里人影绰绰，似乎出了什么事。

每天都有犯罪发生，每天都有人生有人死，对这一切，她似乎看得很淡，生命于她不过是在忍耐中耗尽自己的力气，除此之外，还有什么可求？可盼呢？

施航什么时候凑过来，她全然不知。直到他宽厚的手掌按住她的肩膀，她想躲却逃不开。

“这儿风大，还是进去吧！”他的视线同样落在远处的码头上，嘴角的弧线硬朗得没有一丝温度。

“大概死了人。”她喃喃自语，声音柔到一碰就碎。

“这是劫数，无法避免，更无法阻止。”他回应着她，目光依旧眺望着码头混乱的局面。

一阵风涌来，沁羽缩紧肩头。他的声音让她感到一丝寒意，尽管他的手掌带着些微的温度，也抵御不了发自内心深处对世事苍凉的悲叹。

“圣诞节到了，我可不可以回家？”她转过脸看他，他蓄了胡子，两颊深深地凹陷下去，他瘦了，憔悴了，不注重仪表了，而这些，在她看来已经微不足道，她更关心的是自己的父母。

“耐心点儿，我有我的安排。”他抽回手臂，转而牵住了她的手。

她的手冰凉，他用了力，她在他的掌心里痉挛。

“别再折磨大家,你想要的,我会让爸爸都给你,只求你让我们团聚。”她说得可怜至极，眼泪都快噙不住，却硬忍着不掉下来。

他凄苦地笑笑，肩膀都在颤抖。她终于肯哀求他了，却是要离开他，他注定输了这一局。

“我们都没有退路，却仍要朝前走，你只能陪我一起坠入深渊……”

“我死不足惜。”她一字一字说得绝望。

他挑起她的下巴，这张脸，从十岁那年就已经深入他的世界，以为拥有了她就是最大的幸福，十几年过去，他仍执迷地相信这辈子不会再失去她，她已经是他的全部，和他合二为一。但，终究想得太美，现实总是不尽如人意。他们之间已然渐行渐远，连背影都依稀看不清了。

“我会让你好好活着，我怎么会忍心失去你。”他的声线又回到当初的温柔。他用力一带，将她抱入怀里，低下头，去吻她。

她努力别过头，却还是被他的大手扳了回来。她睁着眼看他的脸逼近，连形象都模糊了。

突然，他推开她，她踉跄着后退。

“连和我接吻都那么不情愿，你心里到底在想什么？”他暴怒，压低了声线。

沁羽委屈，眼泪簌簌下落。

“装可怜？我全心全意对你，只换回你的厌倦和躲避，你太狠了。”他一步一步逼近沁羽，听她的心扑扑跳动的声音。

此时，吴妈的声音从门外传来：“先生，楼下有警察要见你。”

施航一怔，眉头蹙得更紧。

沁羽松了口气，因为她不用再面对他咄咄逼人的气势，哪怕听到“警察”二字。

楼下，两名警员笔直地立在那儿，不说话都透着股子威严。

施航揽着沁羽慢慢下楼，沁羽在他的怀里形如小鸟依人。

警察向施航讲明来意，原来码头发生了一起重大交通事故，造成一人死亡。现在警方正在收集有关死者的信息，希望市民全力配合。

施航忽地放松下来，脸上多了几分明媚。

警察向二人递过一张照片，问：“二位，一个星期前，有没有在附近见过死者？”

施航很快摇头，似乎连照片上的人都没来得及看清楚。然而，沁羽却惊出一口气，那照片上的人不就是施施的男朋友乔安？

施航用力搂住沁羽的肩，沁羽诧异地扭头看了他一眼。

“很抱歉，我们没见过，帮不了你们。”他微笑着说，眼里却噙着一抹阴冷。

沁羽忽然之间有种说不出的恐慌，明明认识，怎可视而不见？就算他讨厌乔安，可乔安毕竟是施施的男朋友，现在人已经死了，不该为其做点什么吗？

警察似乎察觉到沁羽的变化，刚要开口多问几句，却被施航打断：“不好意思，夫人身体不适，不宜被打扰，如果有什么需要，我愿意配合。”

警察见状，也不好勉强。

“吴妈！扶太太回房休息。”施航喊吴妈，声音大得让沁羽都觉得刺耳。

鉴定科给出的结果：码头上发现的血渍属于死者乔安。

根据现场环境和残留的血迹状态，警方断定，一辆时速超过一百的轿车猛烈撞击死者后，又将死者抛尸大海，应该是一起凶杀案。

目前最关键的是要找到目击者和肇事车辆。

宋屹池站在码头上，脚下就是乔安遇害的地方，尽管血迹早被清理，可终逃不过警察的天眼。

某个月高风黑的夜晚，乔安的最后一口气被这悲鸣嘶叫的海浪声淹没，走完了他这短暂的一生。

究竟有多大的深仇大恨，要置人于死地？

宋屹池的脑海突然浮现出施航面目可憎的影像，难道是他开车撞死乔安的？他不是刚刚换了一部崭新的宾利吗？难道这只是巧合？

远处，一辆鲜红的宾利缓缓停下，施施推开车门冲出来，那儿有警察拉起了警戒线，她被硬生生地拦了下来。

施航过来扶住她，她哭倒在哥哥的怀里，不死心，哀求着警察：“我认识死者，他是我男朋友，我要见他……”

警察见过比此刻更悲壮的场面，淡定地说：“尸体已经被认领，这是案发现场，是不允许进入的。”

施施声嘶力竭，整个身子已不听使唤，直往地上滑。施航心疼妹妹，努力撑住她的身体，告诉她：“人死不能复生，你要坚强啊！”

施施哪还坚强得起，前几天还活生生的一个人，如今却再也见不到他对着她微笑，听不到对她说的浪漫情话，再也不能拥着她给她甜蜜幸福的吻。一切像从她身上撕扯下的皮肉，疼得她天旋地转，生死不得。

施航一边拽着施施，一边问警察：“是谁认的尸，会不会搞错？”

警察仍旧淡定地回答：“死者的哥哥，这应该不会错吧！”

“哥哥？”施航的脸色倏地沉了下来，黑得透顶，阴得可怕。

乔晋？除了乔晋，他还有别的哥哥？

最不愿听到的消息还是冷不丁地穿过耳膜直入他的脑海，乔晋高帅俊逸的外形在他眼前放大，再放大，直至全世界都是他清隽的容貌，那似笑非笑的脸庞闪得他眼花缭乱，仅有几秒，那面孔便张开血盆大口，狠狠地朝他的脖子啃噬下去……

他一惊，连腿脚都软到无法站立，身旁的施施依旧挣扎着，他险些被她撞到，幸而一旁的警察及时扶住了施施。

施航再不愿待在这个令他浑身寒战不停的地方，尽管他不知道那个认了乔安尸体的人是不是乔晋，他都急需一个能让他温暖的地方，他太冷了，冷到骨髓，冷到血液中。

施航好不容易将施施拖上车，坐进驾驶位置，哆嗦着手脚发动车子。

远远的，宋屹池朝这边看过来，鲜红的宾利刺目得令人心惊肉跳。施航扭脸的一瞬，瞥见了站在远处的宋屹池，他就立在乔安倒下去的地方，像一座风化了的石头，坚硬得一动不动。

施航心头一紧，宋屹池居然出现在乔安遇害的现场，难道……

这是个可怕的念头，一经产生，就已经无法消退。施航不禁打了个寒战，如果这是巧合，却又巧得太过严密。只有一种可能，才能够解释这种巧合。

宋屹池隐约看见了施航，那辆鲜红的宾利在阳光之下，迅速地消失在码头一侧，如一道红色闪电，划开了他与时空的距离。

新换的宾利，DV里那枚裂开一道口子的玉坠，这些看似平常却又与乔安遇害有着千丝万缕的关联，不得不让宋屹池觉得施航的嫌疑最大。

只有找到施航之前开的那辆车，才有机会在车上找出杀人的真相。

偌大的海城，想找一辆被刻意毁掉线索的肇事车辆，难度可想而知。为了乔安能够安息瞑目，他必须迎难而上。

圣诞节的雨

码头恢复了平静，偶尔停靠的货轮都显得宁静安详。沁羽望着码头，想着那个失去生命的乔安，虽然只有几面之缘，却好似相识已久，竟也悲从中来，唏嘘落泪。

乔安死了，她的记忆有可能再也找不回来，遗落的注定拾不回来了吗？那个为她而死的人，可不可以托梦给她，告诉她全部的故事。

不知什么时候，天空下起了雨，雨水落入大海竟也显得微不足道，落入她的身上却带着丝丝凉意。

圣诞节居然下起了雨，去年的这个时候，天空晴得如同碧玉。父亲带着她和施航在湖边垂钓，两个男人的运气好到不行，不一会儿，竹篓里便盛满了活蹦乱跳的鱼。

她是个善良的姑娘，把最小、最瘦弱的鱼儿重新放回湖水里，看着它们重获新生满足而得意地游开，她觉得无比的幸福。

施航支好鱼竿，去搂她，也不顾父亲就在身旁，还是吻了她。她羞红了脸，满足地倚在他的怀里，这一刻，没有什么比拥有更让两人觉得知足了。

那天，他们满载而归，母亲做了一桌子丰盛的菜肴，可谓全鱼宴。

他们吃得尽兴，笑得畅怀，再没有比此间更其乐融融了。

忽而，脸颊湿漉漉的一片，她尝到了泪水无比酸涩的味道。

她伸手拭去眼泪，垂下眼眸时，不经意地瞥见楼下花圃里盛开的蔷薇。这个季节，蔷薇还开得如此恣意，她觉得生命如此顽强。

她还记得那个细雨淅沥的日子，她采着蔷薇花瓣，不忍它们坠入泥土，连衣角都盛不下了，最后头顶多了一把雨伞，她抬头，与那个人的眸子相遇。

从此，他成了她记忆里的一部分，总能在不经意间想起他。

如今，蔷薇花依旧盛开得极好，可那个人，想必再无缘见上一面了。施航把她软禁在这里，她成了一只困在笼子里的囚鸟。

此时，宋屹池淋在雨中。

他坚持要走遍整个海景区别墅，挨家挨户寻找目击者。

即使他早已有了怀疑目标，可在法律面前，没有证据绝对是枉然。

他坚信，世上每时每刻，每一角每一处都有一双隐形的眼睛窥视着万生万物，而他也坚信，一定能找得到那双眼睛，将一切如实呈现。

海景区的别墅分布在码头一侧，鳞次栉比，浑然天成。他只要沿着海岸线一直问下去，总有一家会给他想要的结果。

雨渐渐地密集起来，额上挂着水珠，黑色西装外套被雨淋湿就更显得黑的深沉。他已走访了两家，一家人还算和气，惋惜的同时还宽慰了他几句。另一家人却连房门都没打开，隔着门嚷了句："谁愿意看到这种事，丧气……"

宋屹池自嘲地笑笑，转身朝下一家走去。

这一家有一大片的花圃，栽满了蔷薇，蔷薇在枝头颤抖，雨水让花瓣更为剔透。他缓缓停下脚步，曾有一个人爱惜蔷薇花如生命，不忍它们坠入泥土，冒着雨收集满满一兜花瓣。

那个人身形娇小却总有说不出的一股子坚韧。她笑的时候，满世界都充满了阳光，她悲伤的时候，连宇宙都跟着一起哭泣。

他靠近了花圃，雨中的蔷薇散着淡淡的香气，他伸手轻拈花瓣上的雨珠，凉凉的。

海边的气候总是怡人的，连蔷薇都不忍凋零谢落。

他转到正门，却在下一秒顿住了脚步。只见施航双手举过头顶，正从前方轻快地跑过来，却也在下一秒停滞不前。

两个男人隔着雨帘四目相对，同样愕然，同样不知所措。

“你怎么会到这儿来？”施航黑着脸问。

“我是来寻找目击者的。”宋屹池一直盯着施航：“乔安的死，你应该知道了。”

施航勾了勾嘴角，笑容却没成型：“知道，挺轰动的，报纸电视接连报道。”

宋屹池上前一步，脚下有一片残叶，他试图踢开，却被雨水黏得更紧：“你住在这儿？”

施航瞥了眼别墅，一楼的窗帘掩得很实，里面半点动静都没有：“不，来看一位朋友。”

宋屹池明显察觉到他在说谎，因为他一直不敢直视自己。

“沁羽在这儿？”宋屹池突然问。

施航微愣了几秒，马上露出一抹不屑的笑：“开什么玩笑。”

“如果你是来看朋友，不可能空手而来，更何况你穿得很随便，可见，这个朋友跟你非常亲密……”

施航的面部一紧，下意识抬手碰了碰鼻翼，沉默片刻，问道：“你到底是谁？不妨以真面目示人。”

“我就是我，难道我还有第二个身份？”宋屹池揶揄的笑意挂在唇边，眼睛却牢牢地不肯放过他。

施航绝对不敢看他的眼睛，不管他是不是那个令自己闻风丧胆的家伙，自己断不能陷入对方的圈套。

“你对乔安的感情很特别，我记得你不是姓乔吧！”施航再瞥一眼别墅，静静的仍没有动静。

“我姓什么不重要，但惩治凶手，我在所不辞。”

施航挤出一丝嘲弄，抬眼轻轻瞥了一眼，说：“那是警察的事，除非你和乔安有着非比寻常的关系，不然，你不会在大冬天冒着雨挨家挨户寻找目击者。”

宋屹池冷眼一扫，施航的聪明显然已经猜出了他的身份，但施航并不敢确定，只因他有一张和乔晋全然不同的脸。

“乔安是施施的男朋友，施施是我的助理，我所做的一切，不仅仅出于对死者的同情，任何一个有悲悯之心的人，对杀人犯都是恨之入骨的。”

施航冷哼一声，居然朝宋屹池靠近一步：“算了吧！别再演戏了，乔晋，好久不见。”

他居然叫了“乔晋”，这个名字似乎已经被遗忘，但又时刻存在着。

宋屹池的面部表情丝毫没有变化，像听一个完全陌生的名字。

“你以为你换了张脸我就认不出了吗？你处心积虑地接近沁羽，难道只因你和沈加俊是忘年交？”施航的脸开始扭曲，他邪恶的眼神一如那晚开车撞向乔安，恨不得这个人立即暴死在他面前。

宋屹池无奈地摇摇头，转身朝回走。

施航哪里肯放过他，他猛地扑向宋屹池，转眼间，两人已经厮打在一起。

雨下得让沁羽越发的焦躁，她站累了，就算站到天黑，她也不会见到父母，和他们欢度圣诞了。

这个圣诞节注定要一个人静静地度过。

忽然，花圃外的小径上，两团黑乎乎的影子扭打着纠缠在一起。她定睛看过去，只那么一眼，她的心倏地悬了起来。

她终于看到了那个人，居然是在如此环境下。

施航和宋屹池扭打在一起，满身满脸早已被雨水和泥土沾染，污浊得像从煤矿里走出来的工人。两人滚在地上，谁也不肯放开谁，他们都觉得这是场攸关生死的战役。

沁羽激动万分，她在阳台上不知所措。

“屹池……”她居然喊了他的名字。

哪怕这声音柔弱到被雨声淹没，宋屹池还是清晰地听到有人呼唤他的名字。他努力抬起头，寻找着声音的来源。

忽地，就在他头顶，就在那片阳台之上，他苦等多年的身影真真实实地出现了。她挥舞着手臂，情绪激动异常，她从阳台这头跑到那头，又从那头跑回这头，她不知所措，寻不到出路，她眼睁睁地看着施航的拳头像密集的雨点不断地砸在他的头上。

宋屹池就这样望着沁羽，他早就放弃了还击，只要能看着她，看到她平平安安，他所承受的痛苦其实是那么微不足道。

一股股鲜血从宋屹池的鼻孔里涌出，施航半点停下的意思都没有，他疯狂地一拳一拳，像打在沙袋上，发泄着内心积蓄许久的悲愤。

“啊！不要，不要再打了！”沁羽惨烈地哀求着，她的心疼到痉挛。

她居然替他求情？施航越发地失了控，拳头更猛，更紧了。

沁羽拎着裙角翻过栏杆，她挂在那摇摇欲坠。

“不要，沁羽，危险……”宋屹池嘶喊着，用尽力气将身上的人推开。

施航跌在地上，抬头望去，却只见沁羽的身子像断了线的风筝飘然坠落……

“啊！不……”施航抱着头嘶吼，直至声音哑到无声。

“沁羽，沁羽……”空气中回荡着宋屹池凄厉的呼喊声。

第九章　我的记忆，你曾来过

眼前忽而闪过的画面有山有水，有咖啡有红酒，有笑亦有泪，有拥抱也有热吻……然后便是那漫天漫地的大火和她被他推出窗外时，她眼前如同白昼的火光，一瞬，什么都没了，在她落地的那一刻，她的嘴里呼喊着乔晋的名字。

错在一念，恨在一生

沈家别墅后院的围墙突然翻过两道人影，只见守在铁门一旁的人无声倒地。两道人影迅速朝小径一侧奔去，不带任何声响。

乐佩从楼上下来，显得憔悴不安。沈加俊坐在沙发上看报纸，尽管施航囚禁了他们，可日常生活一如往常。

“今天是圣诞节，沁羽一点消息都没有，我实在担心得不行啊！”她的声音永远都温柔如水，即使是在这样的状况下。

沈加俊反而没那么紧张，他放下报纸，看着妻子，说：“我一天没做出决定，施航就不敢轻举妄动。”

“狗急跳墙，万一……”她有些哽咽，拭了一下眼角。

“没有万一。”沈加俊摆摆手：“韩国那边既然做了，且看看他们的动静再说。”

乐佩在丈夫身边坐下，收好报纸：“施航这孩子能这么做，我们也有责任，如果一开始就告诉他真相，何必要等到今天这局面？”沈加俊眯起眼睛，似乎往事就在眼前，可他却不愿多回忆。

“这也许是他的劫数，一切都是注定好了的。”

“当初你也说是注定好了的，可事在人为，不努力怎么会有结果？”乐佩第一次反驳丈夫，也许谁都有做错的时候。

“施振鸿不一样，他可比施航阴险万倍不止，如果当初我能站出来说出实情，你和沁羽……”乐佩伸手按住沈加俊的手背，冲他摇摇头：“别说了，我不想提过去。”

沈加俊反手握住乐佩，露出一个暖心的微笑："都过去那么久了，提不提还有什么好顾虑，我们这辈子能幸福地在一起，这就够了。"乐佩心安地微笑，靠向沈加俊的肩头。

这时，有人推门进来，他们以为是施航派来把守的人来送生活用品，都没有理会。直到进来的人恭恭敬敬叫了声沈先生、沈太太，他们才抬眼看过去。来人身材高大，身穿黑色西装，脸上的大墨镜遮挡了面部三分之二，一看就知道此人绝非正道。

沈加俊一向不与这帮人打交道，施航居然动用这种人来与之谈判？不免心生不悦。

"先生，太太，我们可以走了。"声音一点温度都没有。

"去哪？"乐佩率先问。

"宋先生吩咐，带你们去他的别墅。"

"宋先生？"

"对。"

沈加俊的表情缓和不少，原来宋先生就是他新结识的那位邻居。当沈氏夫妇跟着黑衣人走出房门，竟发现那些看守他们自由的人均倒在草地上。

"他们这是……"乐佩愕然地问，生怕他们已是死人。

"放心，他们没有死，一小时后自然会醒。"

"宋先生果然安排得周详。"沈加俊的脸上露出一抹赞许的微笑。

"请……"

沈氏夫妇在宋屹池的家里等了一整天，直到天色渐晚，黑衣人才再次出现，说带他们去医院。

而此时医院里，沁羽还在抢救，宋屹池和施航等在门外，两人垂头丧气，懊恼不已。若不是只有三米的高度，沁羽这一跳，极有可能再也醒不来。

当宋屹池将沁羽抱在怀里，她还意识清醒地为他擦去脸上的血液，问他疼吗。这一问，宋屹池几乎崩溃，内心千回百转，唯有紧紧地搂住她，他才不至于失控到不能抑制。

施航看着紧紧抱在一起的两个人，他的戾气瞬间化为乌有，他颓废地瘫在地上，眼睁睁地看着宋屹池抱走了沁羽。他跟在他们身后，哪怕只是跟着，也觉得离沁羽还不是那么远。直到沁羽被送进抢救室，发生的这一切似乎还是梦一场。

走廊上响起凌乱的脚步声，沈氏夫妇远远赶过来。宋屹池简单地处理了伤口，嘴角贴着胶布，脸颊上一大块瘀青，看上去触目惊心。他率先迎上去，乐佩早已吓得浑身发抖，只顾着抹眼泪，一句话也问不出口。

沈加俊握着宋屹池的手，焦急地问道："怎么样了，进去多久了？怎么会出这种事？"

与此同时，抢救室的门打开，医生走出来。一群人围上去，急切地等待着结果。

"孩子没保住，大人还处在昏迷状态，需要二十四小时观察……"

"啊！"乐佩发出一声哀鸣，捂住了嘴巴。

"沁羽有了身孕？什么时候的事，我们怎么不知道？"沈加俊悲从中来，眼泪一下子涌了出来。

沁羽隐瞒了怀孕的事，最终还是没能保住这个来得不是时候的孩子。一切好似注定了一般，他第一次救她，发现了她已怀孕，他救她第二次，孩子就这样无声无息地离开。他强忍着内心巨大的悲伤，却还是没能忍住，掉下了眼泪。

"施航呢？这个畜生哪去了？"沈加俊暴跳如雷，别的他都可以忍，唯独让沁羽伤成这样，他实在咽不下这口气。

然而，哪还有施航的身影，当听到"孩子没保住"时，他几乎觉得生不如死，觉得整个世界都已经离弃了他。他什么都没得到，什么都没抓住，唯一的孩子也因他的执意失去得猝不及防。

当他冲出医院，倾盆大雨从天而降，灌入他的身体，灌入他的神经，他跪倒在地，仰天呐喊："老天爷！为什么要这样对我，我究竟错在哪里？"

错在一念，恨在一生。他以为的爱竟成了伤人的利器，他以为的执着竟成了这一生不可回转的过错。他悔恨，他绝望，假如一切可以重来，他宁愿什么都不要，只要沁羽能够原谅他。

他多希望还可以陪着她看日升月落，彩霞满天，多希望可以拥着她，感受她的唇亲吻过他的唇际留下的那一丝丝芳香。然而，还可以吗？还能够吗？当宋屹池不顾生命去保护沁羽时，他知道三年前的悲剧又重新演绎了一回，只是这次没有漫天的火焰，而是无边无际的雨幕，冲刷掉了他内心唯一的期许。

他撑起身子，跌跌撞撞，一路向前，直至消失在茫茫的雨雾之中。

病房里，各种仪器的指示灯不断地跳跃着，除此之外，一切静悄悄，连三人的呼吸声都能分辨得出。

家人不愿离开，盼着沁羽早点儿醒来。宋屹池更不肯离开，他要看着她睁开双眼，知道她一切安好。他怕她醒来时，突然连现在的自己都忘记，那时候，他不知道自己还能不能活下去。

被忘记一次，已属遗憾，再被忘记，只能怪自己此生不济。许久，沈加俊拍了拍他的手，问他："可不可以出去，我们聊聊。"

宋屹池会意地点下头，他的眼里除了对沁羽的担忧，便再无波澜。两个男人来到走廊尽头，这里空阔宁静。沈加俊掏出香烟，递给他一支，他还是接了香烟，却并未点燃。

烟雾喷出很快被风带走，沈加俊深深地呼吸，像背负了太多。

"谢谢你今天的出手相救……"他的白发在医院的白炽灯下显得更为刺目："我想，你跟沁羽一定是发生了什么，在一个父亲的眼里，女儿的幸福比什么都重要。"

宋屹池没吱声，静静地听着，等待他接下来的话。

“若没猜错，你是韩国SONG公司的少董吧！你来中国不仅仅是开画廊这么简单，事实证明，你们已经出手了。”沈加俊的声音带着些许的薄凉，却字字压在宋屹池的心口上。时至今日，什么都可以放下，唯独对沁羽他始终悬着一颗心。

“如果家父不有所作为的话，今天的加乐恐怕早已换了主人。”

听着确实是这样，但总归是自己辛苦打下的江山，如此便轻而易举地落入他人之手，未免叫人无法释怀。

“施航这么做，的确令我很失望，可毕竟他是沁羽的丈夫，公司迟早是要他来接手的。”沈加俊一提到施航，胸口的那口气就闷得他喘不过气来。

“沁羽今天的遭遇不是偶然，这些年，你们一直困着她，终还是害了她，施航如果真的是个合格的丈夫，今天的悲剧将永不会发生。”宋屹池转动手中的香烟，这的确是个能让人宣泄心中郁结的好东西，可他却不愿尝试。

沈加俊微侧着头看宋屹池，也许他错过了一些什么，女儿的病一直拖了这些年，能做出异于寻常的事情并不足为奇，可今天，看到宋屹池的表现，他断定，这一切和女儿是有关系的。

“施航是沁羽认定的丈夫，除非她亲口告诉我，她不再爱他。”沈加俊说得一点底气都没有，当施航不辞而别，抛下生死不明的沁羽时，他这个做父亲的就已经感知到，女儿的婚姻可能走到了尽头。

“所以，我联合父亲先施航一步拿到主动权，否则，你失去的不只是公司……”宋屹池咽下了没有说出口的话，因为他看到沈加俊那双不再年轻的眼里蓄满了泪水。

也许，他这一生做的唯一错误的决定，便是将沁羽嫁给了施航。

我还记得你的吻

宋屹池坦白地告诉沈加俊，之所以让父亲的SONG公司收购加乐其他股东的股份，是怕施航狼子野心，吞并了公司不说，还会连累沁羽。

他已经和父亲商量好，愿意将股份全部赠还给沈加俊，这样，既化解了加乐的危机，又能看清一个潜伏在身边多年的亲人其面目究竟有多虚伪。

沈加俊恍然明白，这一切都是宋屹池为施航设下的套。

当初宋屹池花重金收买了施航认为最靠谱的合作人，将施航的计划和行动全部出卖给了他，于是他请求父亲施以援手，给了施航一个措手不及的打击。

事实证明，施航的确没有广阔的胸怀，他自乱阵脚，孤注一掷，在最关键的时刻，居然用囚禁亲人来达到目的。他彻底失算，以为这样，沈加俊就能丢车保帅；以为这样，沁羽就能替他说服父亲。聪明反被聪明误，施航注定徒劳一场。

沈加俊由衷地佩服宋屹池的机智和果敢，从相识的第一天，他就觉得这位青年浑身上下都闪着无限潜能的光辉，只是当时，他并未觉得他们之间会有今日这般的交集。一切天注定。

当两个男人以各自的角度去欣赏对方时，他们之间的情谊是纯粹和谐的。

突然，走廊另一头，乐佩的呼喊声惊动了两个男人，他们不假思索，一秒都不敢停留，便急匆匆地奔了过去。

原来，沁羽产生了药物反应，急剧地咳嗽，加之体温骤降，她冷得浑身发紫。

宋屹池率先冲到沁羽的床边，她并未清醒，咳嗽几乎成了阻碍她呼吸的屏障，再这样下去，她极有可能因窒息而死。

医生闻讯赶来，检查后，说了一句 :“一口痰卡在了她的喉咙里，只能……”

医生的话还未说完，只见宋屹池俯下头，整个脸都贴在了沁羽的脸上。他用自己的唇努力撑开她的唇，用尽力气，猛吸一口……

沁羽的咳嗽终于渐渐平缓。

但沁羽骤降的体温还是让家人束手无策。医生建议打一针，但此药物对人体有极大的副作用。宋屹池不愿沁羽再遭受药物反应的折磨，情急之下，宋屹池想到了一个办法，他让医生准备一只大木桶，盛满热水送过来。

不到十分钟，盛满热水的大木桶被推进了病房。

宋屹池抱起沁羽将她送入木桶内，但此时的沁羽毫无意识，身体软到没有力气撑在水里，木桶里的水几次差点淹没了她的头顶。

看着木桶里荡漾着的热水，宋屹池咬紧嘴唇，深吸一口气，义不容辞地跨了进去。

他抱着沁羽，紧紧的，用尽自己全部的力气。

雨过天晴，大好的阳光斜斜地射到洁白的床铺上，白得像崭新的生命，纯洁透亮。

沁羽静静地躺着，她已经过了危险期，那一晚的折磨之后，她的体征逐渐恢复正常，只要她能尽快地醒来，一切安好如初。

远远地传来阵阵旋律，一直在她的耳边盘旋。她微微动了眉，想听真切，原来是她大学时最爱的一首歌 :

If I should stay,I would only be in your way.So I'll go, but I know I'll think of you every step of the way.And I will always love you.I will always love you.you my darling you !

“于是我将永远爱你哦！我将永远爱你，你，我亲爱的你！”

她记得，这首歌是他教她的。

那天，他们逛街，发现了这张唱片，他跟他说，他最喜欢惠特尼·休斯顿，于是，他们买了下来。之后的一个星期，她陪着他在老宅里把这张唱片听了无数次，她居然也能完整地唱出来。

学校举行的歌唱比赛，他替她报了名，首选曲目便是这首 I Will Always Love You。

她记得，登上舞台的那一刻，她紧张得心脏都快跳出来，她看到台下的他，他冲她微笑，给她打着“胜利”的手势，她微闭了一下眼睛，伴随着音乐渐入佳境。神奇的是，那次的比赛，她居然得了冠军，这是她有生以来拿到的第一个冠军。

以后的日子，他总是带她去各种播放这首歌曲的场所，咖啡馆、西餐厅，就连买一只发卡、一瓶洗发露，他也要让她听见这首歌。我将永远爱你！这是他对她最长情的告白。

那天傍晚，他给她庆祝，在学校后面的那片湖水边。那里彩霞似锦，湖面如缎，绿树鲜花如画，晚风拂面温柔得似他的双手抚过她脸颊。他们相拥在一起，他第一次认真而虔诚地吻了她。这是她的初吻，有着蜜一样的甜蜜、奶油一样的柔滑、芳草一样的芳香。她陶醉其中，激动不已，她面颊嫣红，连呼吸都失了节奏。

很久，很久，他依依不舍地离开她温湿柔软的唇，看着她眼里亮晶晶地闪着激动的泪光。这一刻，他只想永远捧她于掌心，做他永生不弃的宝贝。

这以后，他们总是依偎在一起，不管是图书馆的角落，还是长长的林荫小径上，他总是趁其不备，送上他绵长而温暖的吻。她早已习惯了他的吻，哪怕是一天没有吻她，她都会失眠到天亮。有时，连她自己都鄙夷自己，再这样下去，她一定会变得越来越贪婪。

她努力地睁开眼，白色的天花板，白色的床单，就连窗帘都洁白得一尘不染。

她静静地眨着眼，刚刚听到的旋律似乎飘向了另一个世界，在她的耳边，她听到熟悉温暖的呼唤。

“沁羽，你醒了？你可算是醒过来了……”

是的，是她熟悉的声音，她的妈妈！

“妈妈！”她伸手过去，接触到乐佩温暖细腻的手。

乐佩太激动了，整整守了她三天三夜，以为她再也醒不过来，以为她又会像三年前那样，什么都不记得。如今，她终于醒了，终于认得乐佩并叫了声妈妈，这些守候的日子再艰辛都觉得值了。

“我想喝绿豆百合汤，妈妈……”她微笑着。

乐佩的手一紧，难道她的记忆恢复了吗？绿豆百合汤是她以前最爱喝的，可失忆后，每每做给她，她总是说绿豆的味道让她胃里不适，不肯尝一口。而今，她居然提出要喝绿豆百合汤，天哪！奇迹终于出现了，宝贝女儿的记忆重新拾回来了。

乐佩热泪盈眶，紧紧地握住女儿的手：“感谢老天，你真的什么都记起来啦？”

沁羽含笑着点头，她等待这一刻已经等了三年，这三年，她患得患失，总也不能开怀地笑，畅快地哭，只因记忆里少了那个他。

“真是太好了，真是太好了！”乐佩的眼泪根本停不下来，这幸福来得太突然了。

然而，沁羽却忽地流下了眼泪，即使所有的记忆都恢复了，可肚子里的孩子却再也无缘与她相见。直到此刻，沁羽才发现自己的母性根本从未消失过，哪怕怀的是施航的孩子，真要面对这样残忍的结果，她依然品尝到了割肉流血的滋味。世上没有一个母亲不喜爱疼惜自己的孩子。

“我对不起孩子……”

乐佩一听，便再也抑制不住自己的情绪，母女俩抱头痛哭。

哭累了，也哭麻木了，她推开女儿，强装坚强地说：“这孩子跟咱没缘分，你们还年轻，将来一定还会再有的。”

沁羽摇摇头，说不出内心究竟是何滋味：“我伤心的是，孩子还没来得及看看这个世界，我想，我和施航不会再有孩子了。”

乐佩从心底不愿接受这样的事实，但施航的所作所为，真的有失一个做父亲、丈夫的责任，时至今日，她仍不相信，施航会变得如此无情无义。

“也许，于孩子，于我，这都是最好的结果，至于施航，我欠他的，我会还给他。”沁羽抹干了眼泪。孩子没了，她和施航的情分也随之结束，他们彼此相欠相累这些年，终是要有个了解。只可惜，他们用了一个无辜的生命才能划清彼此的界限，这代价的确是惨重的。

乐佩似乎已经看开了，如今再没有比女儿恢复记忆更值得庆幸的了，她还有什么不知足的呢？

“我想见他……”许久，沁羽突然提出这样的要求。

乐佩一愣，问：“谁？乔晋吗？”

“不，宋先生……”她还是选择叫他宋先生。

“他……”乐佩支吾着，“他有急事，回韩国了。”

沁羽有些失落，但还是微笑着问：“妈妈，你相信乔晋还活着吗？”

乐佩一怔，摇摇头，说：“傻孩子，他要活着，这三年，早应该回来找你，别瞎想了，你需要好好休息。”

“不，妈妈，他还活着。”沁羽冲口而出，“我记得他的吻，我永远都记得，那天，我分明感觉到他在吻我，真真实实的！”

乐佩有些糊涂了，那天明明是宋先生不惜用自己的嘴吸掉了她喉间的痰液，怎么可能是乔晋？

“妈妈，我要见他，我有好多话要问他，直觉告诉我，他就是乔晋。”

宋心池

韩国首尔RM整形医院。

年迈的宋铮先生，在女儿宋心池的陪伴下，焦急地等在手术室门外。

三天前突然接到沈加俊的电话，让他尽快联系宋屹池的私人医生，他们会在十小时之内飞抵韩国。

如今，第三次手术正在进行，宋屹池的私人医生Miracle告诉他们，目前病人三分之一的皮肤受到感染，如有需要，他们会进行植皮手术。

宋屹池怎么会突然病得如此严重？当他抱着沁羽进入木桶时，他就已经预知了自己可能要遭遇的灾难。

当初的劫后余生，医生警告过，让他永生不得接触温水，否则定会有生命之忧。但为了沁羽，他还是铤而走险。在从木桶里出来的一刻，沈加俊夫妇看到他身上的皮肤红得像撕下了一层皮，惨不忍睹。

宋铮一边安慰女儿心池，一边望着手术室的指示灯。这个儿子是老天赐予他的一份礼物，他怎会不心疼，怎会不珍惜？

三年前，他痛失了另一个儿子，他几乎觉得自己快要活不下去了，若不是宋屹池的存在，他有可能早就结束了自己的生命。

这个儿子给了他继续活下去的希望和动力，除此之外，他还有一个需要他保护的女儿，他不能死，他要坚强地活着。

女儿心池一直是他的心头肉，妻子临终前，叮嘱了他千百次，一定要照顾好他们的女儿，让她嫁给这世界上最优秀的男子。

妻子的遗愿他必须努力遵从，三十年前他只身一人来到韩国，若不是得到妻子全家人的关照，现在的宋铮极有可能是个乞丐或者早已化为灰烬，远离了这个世界。他感恩，他感激，他所努力的结果就是为了这一家人过得更好，更幸福。

他努力地做着，并给了这一家人极其幸福的生活，然而，十年前，妻子突然病故，岳父岳母相继离世，他继承了这个家族，传承着这个家族的血脉和荣辱。

如今，整个人生都快过去了，他再禁不起亲人离别的痛苦，他只求用自己的余生来延续年轻人的生命，仅此而已。

手术终于结束，Miracle 微笑着走出来，宣告手术成功。

宋屹池被推进无菌病房，宋铮和心池只能隔着玻璃看一眼仍在昏睡的亲人。

宋心池红肿着眼睛走出医院，身旁的父亲只是默默地陪着，什么都没说。司机远远地就打开了车门，宋心池却放缓了脚步。

宋铮对司机说："远远地跟着就好，我陪小姐散散步。"

宋心池有着清秀的面容，她披着一肩长发，高挑而匀称的身形，立在人群总能吸引一些人的目光。

她的样子轻柔恬静，性格却直率坦诚。她在父亲的公司占据一席之地，工作起来比那些男人还要有拼劲儿，这些年全靠她的努力和掌控，SONG 公司才能一直持续较好地发展。宋铮视她为自己最得力的助手和接班人。

"听说他是为了救一个女人，才会让自己皮肤过敏感染的？"她的声音柔而清脆。

宋铮迈着稳健的步伐，与女儿并肩而行。听心池这样问道，他略微顿了顿，说："放心吧，他会没事的，三年前伤得那么重，他都能挨过来，如今这点儿伤不算什么。"

宋心池停下来，转身面对着父亲，问道："他这次回来，您不打算把他留在身边吗？"

宋铮的脸上泛起了笑意，他的眼睛仍旧明亮，他的精神仍旧矍铄，他仍旧有年轻时的帅气和此时岁月留下的持重。他说："三年前我勉强将他留下，从未考虑过他的感受，如今，他再次经历生死，我想，我还是劝服不了他。”

宋心池违心地一笑，不得不面对现实的无奈，她抬头望了眼天空，首尔的天空总是那么蓝，蓝得连白云都可以忽略。

“如果这次他仍坚持回中国，我打算同他一起，我想知道，在中国，什么样的女人能够让他情愿放弃自己。”

宋铮的眼底有一丝心疼，若不是自己一厢情愿地将女儿许诺给宋屹池，女儿便不会从此放不下。事实证明，自己的决定是多么的幼稚。宋铮可以救他，却不能给他全世界，他的世界不在首尔，而在中国的海城。

“是爸爸对不起你，当初……”他欲言又止。

宋心池再次为难笑了：“这是我的决定，不论如何，我都要去趟中国，如此，我才可安心。”

事到如今，唯有了解，才能寻求到解决的办法，女儿不能一直带着不安等下去。

宋铮不再说话，像已经默许。

两天后，宋屹池终于苏醒过来，他睁开眼说的第一句话便是呼唤沁羽的名字。守在床边的宋铮和心池早已对这个名字耳熟能详，但他在清醒的第一时间用尽全部感情来呼唤这个名字，带给宋心池的依旧是难以承受的震痛。她为他不眠不休，为他殚精竭虑，更为他茶饭不思，可到头来，他心心念念的仍是那个从未谋面的女人，她所做的这一切简直就是多余，甚至是愚蠢的。

沁羽，听起来多么轻柔，婉约的名字，想必本人如名字一般清雅淡然吧！宋心池的内心五味杂陈，一口郁气闷结在胸口，久久不能纾解。

接下来的几天，他可以吃饭，可以下床行走，可以站在医院顶楼的天台上，面对着中国的方向，一站就是一个钟头。他面对着故乡的方向，祈求着那个命在旦夕的女人能够平安无事，能够脱离苦海。

每当宋心池看着他站在天台上的背影，她的眼泪就不争气地流淌下来。果然，她仅仅是他的“妹妹”，他给她的永远不是她想要的。即使她小心翼翼地牵扯着他们之间那根微妙的绳索，却终是不能如愿以偿。

宋心池问他：“你还打算回中国？”

宋屹池半天没有回应，他侧脸的轮廓清晰且硬朗，他挺拔的身体，不说话都透着股子令人窒息的威严。宋心池永远记得，她第一次亲吻这张脸时，自己心跳的是如何猛烈。当时，他喝多了酒，她守着他，情不自禁下，她吻了他的脸颊。仅仅是轻轻的一触，他便猛然惊醒。他毫不客气地将她推开，怒视着她，憋红了脸。她几乎被他的样子吓到，她的吻竟令他如此抵触和排斥，他的心里到底装的不是她。从那以后，她再也不敢轻举妄动，只能这样仰慕地注视着他，希望有一天，他能够良心发现，拥着她，给她梦寐以求的一吻。

“带我去中国吧，如果你忘不了你的故乡……”宋屹池一震，猛然转过身，瞪着她。

她知道自己的要求触及了他的底线，可她宁愿一试。

“你想多了，这根本不切实际。”他淡淡地说，一丝表情都没有。

“我想见见沁羽，如果这一面，真能让我死心，我绝不会再纠缠。”宋心池已经放下了作为女人的尊严，只求自己输得心甘情愿。

宋屹池微微扯动了嘴角，想说什么，却终是没有说出口。

“你非要忤逆爸爸的意愿？如果非要这样，我想知道，我到底输在哪里。”心池仍心存点点希望，不到最后，谁赢谁输很难说。

“你何苦为难自己，我本就不属于这儿，不属于你们宋家，我是中国人，我一定要回到我的祖国。”他说这句话时，表情充满了极为坚定的态度，不容任何人有任何质疑。

宋心池怔愣了半天，突然笑了起来。她从未被拒绝得如此彻底，这简直有辱她的人格，她靠近一步，说：“我必须见沁羽，否则，我是不会让你离开首尔，离开这个家的。”

宋屹池抬起眼，望向她的一刻，他看到她眼底流动着怨恨般的寒气，直入他的心脏。

爱有多深，恨就有多深。这道理他懂，他宁愿被她恨这一时，也不想她这一辈子都在恨意中生活。他还没有忘记宋家对他有再生之德，他不是一个忘恩负义的人。

“我倒要看看那个让你心心念念的女人，究竟比我优秀多少，不然，我一定不会轻易放弃的。”她有些失控，声音都有些颤抖。

宋屹池似乎已经没了忍受力，他低吼道：“你敢做伤害沁羽的事，我绝不会放过你。”

宋心池仰天大笑，好似这是多么可笑的笑话：“但愿你不会放过我。”

宋屹池愣了一下，还想说什么，却看到宋心池已经转身离开了。

也许，他再回中国，需要付出一番努力，因为，横在他和沁羽之间的不是千山万水，而是人心难测的波涛澎湃。

只愿你平安

沁羽出院后，被父母接回家中，她恢复了记忆，人也显得活泼起来，但她仍喜欢发呆，对着窗外另一栋别墅，一望就是一下午。

她对那天所发生的一切仍心有余悸，眼看着宋屹池被施航打得头破血流，她却无计可施，那份焦灼、恐慌、万般不忍、千般心痛的感觉时至今日仍狠狠地戳着她，让她难以纾解。

当时，她也不知道哪来的勇气，只要跨过栏杆，她就能接触到他，只要跳下去，她就能阻止战争，只那么一秒，她纵身一跃，像无数个梦里从楼上坠落的感觉一样，她并不害怕，她唯一的信念就是要制止施航如急雨一般落在宋屹池身上的拳头。

下坠的速度极快，可她却好似经历了一个世纪之久。眼前忽而闪过的画面全是她和乔晋在一起的日子。有山有水，有咖啡有红酒，有笑亦有泪，有拥抱也有热吻……所有过往的点点滴滴，她都清晰地看到，然后便是那漫天漫地的大火和她被他推出窗外时，她眼前如同白昼的火光，一瞬，什么都没了，在她落地的那一刻，她的嘴里呼喊着乔晋的名字。

泪水溢出了眼眶，她轻轻地擦拭。

一切恍如隔世，三年前丢掉的，如今重新找回来，她发觉，这段情从未因她的忘记而平淡，似乎比以前更加炽烈。

她的世界一下子完整了，可宋屹池却迟迟不归来，如果他真的就是乔晋，那么这世界将会多么的美好，想想都觉得幸福。

她竟然笑了，而且笑出了声。她摸着滚烫的脸颊，第一次觉得思念一个人也有这般的邪恶之感。

楼下，母亲在喊她，她轻快地跑下楼梯，脸上绽放出乐佩久违的喜悦。乐佩伸手拥抱了女儿，她这辈子再无任何遗憾了。

“你爸爸太忙了，所以，我要回公司帮他，你一个人留在家里，可以吗？”乐佩温温柔柔的声音里满满的都是幸福。

沁羽猛烈地点头，好似这项任务必须坚决地完成。

乐佩轻轻抚摸着沁羽的长发，由衷地感叹道：“感谢老天爷让你健康快乐，你一定要快乐啊！”

沁羽弯下腰，在母亲的脸颊上亲了又亲：“我不是好好地站在你面前吗？放心，有这么温柔的妈妈，有这么能干的爸爸，我一定会幸福快乐的！”

乐佩满足得合不拢嘴，此生夫贤子孝，别无他求。

沁羽送母亲出门，将她精致的小包交给她，笑着说：“加油，爸爸的贤内助！”

乐佩在她的屁股上轻轻一怕，犹若回到她孩提的岁月。

沁羽撒着娇，在乐佩身上蹭来蹭去，借此提了个小小的要求：“妈妈，我想出去走走。”

乐佩微微一愣，这是这些年她惯有的习惯。如今她却觉得有些多余了，于是告诉她：“别走远了，晚上到公司来，我们一家到外面吃。”

沁羽满口答应着，飞快地奔回房间，她要把自己打扮得漂亮些，去迎接崭新的世界。

沁羽在街上逛了半天，看哪都那么新奇。从前的街道比现在的窄，比现在的旧，就连百货公司的外墙都涂上了“土豪金”，她和他最喜欢去的那家咖啡馆如今竟成了洋快餐的天下，就连音乐书店也搬迁到了偏僻的街角。一切都以飞快的速度前进，而她却停在原地不知往左往右。

新建的摩天大楼，高耸入云，楼下开着五花八门的店铺，她在其中一间精品店的橱窗前停下脚步，因为她被一只水晶猪吸引了目光。

他属猪，她属牛，他们都属于忠厚诚恳的那一类。那一日，她发现了一对亲嘴猪，看着两只憨态可掬的小猪相对而来，居然狠狠地吻在了一起，她简直笑翻了。她说：“瞧，那只公猪多像你，连亲吻都那么笨笨的。”

话音未落，她眼前一暗，他的嘴巴已经黏住了她的唇。他一边吻，一边问：“我接吻一流，还敢说我笨？”

她求饶，他不放，两人就这样在光天化日之下吻了足足一刻钟。

最后，他为她买下了那对亲嘴猪，从此，只要她一拿出亲嘴猪，他的吻就会铺天盖地而来，让她陷入无限的温柔与刺激中。

她下意识地摸了一下自己的唇，薄而软。

那只水晶猪被一对小情侣买走，看着他们紧紧依偎的身影，她无比羡慕和向往，如果此刻，他能够在身边，她一定会主动献上她的吻。

忽然，橱窗的玻璃上映出一张脸，那张脸是阴郁的，连眼神都带着一股阴郁的冷。

她猛然转身，下一秒却被一只有力的手推在了橱窗上。

她的喉咙被卡住，她呼吸困难。她努力地看清对面的人，却发现，竟然是施施。

“施施……放开我……你要干吗？”她断断续续地说。

施施根本没有松手的意思，她的眼里是无尽的恨意：“你这个害人精，害了一个又一个，你为什么不死？”

沁羽突然明白，乔安死了，施施一定是受到了刺激。

“对不起，施施，乔安的死，我也……”

“闭嘴！如果没有你，谁都能好好的，三年前，你就应该和乔晋一起死，害了乔安，害了哥哥，害了乔晋，你就是一个扫把星。”施施嘶喊着，带着血海深仇。

沁羽不知所措，却觉得喘气越来越困难。

最后一刻，施施还是放了她，她拍着胸口，大口喘气，这滋味比她坠楼时更可怕。

“你现在满意了？哥哥不知去向，宋屹池命在旦夕，而你，居然好好的，你身边的男人都被你逼上了绝路，你究竟想怎样？想怎样？”施施一把抓住沁羽的肩头，疯狂地摇撼着她。

沁羽瞬间泪奔而下，施航怎么了？宋屹池又怎么了？她什么都不知道，什么都没听说，难道她在跳下楼的那一刻，这两个和她息息相关的人都已经出了意外？

“收起你的眼泪，看见你这张脸我就恨不得撕碎它，祸害！”施施停下来，狠狠地对她啐了一口，转身离开。

沁羽惊魂未定，但还是追了几步，在施施身后喊：“究竟出了什么事？我什么都不知道啊！”

施施不理会，继续朝前走，忽地停下，只是冷冷地抛下一句：“你就应该去死，替他们赎罪……”

沁羽掩面，眼泪无声地滑落。

她缩着肩蹲下去，蹲下去……直至整个身子瘫倒在地上。

沈家父母并没等到沁羽，他们心急如焚，急忙赶回家中，却发现偌大的房子空无一人，一丝不安瞬间笼罩而来，乐佩失声痛哭，埋怨自己不该留沁羽一人在家。

那晚，他们终于在山顶的废墟旁找到了沁羽，她就蹲在那儿，浑身冷得发抖。当乐佩抱住瑟瑟发抖的沁羽，她终于失声痛哭，嘴里不停地说着：“我是不祥之人，我是不祥之人……”

折腾了一夜。

第二天一大早，沁羽恢复了平静，她披着外衣下楼来，要和父母好好谈谈。

父母本不想告诉她实情，可再这样瞒下去，保不准她还会做出什么更可怕的事情来，于是，围着她坐下，原原本本、一五一十地说给她听。

“我们先说施航吧！”父亲开口。

沁羽点头，做倾听状。

“施航的事很简单，他勾结他人，想私吞加乐，结果，意外连连，迫于无奈，他囚禁了我们，以此作为条件，逼我让出股份。”

沁羽眨着眼睛，完全不相信这是真的。她从小到大太了解施航了，他那么温文尔雅，那么独立自强，就算内心有不被人知的心事，他也绝不会恩将仇报，做出背叛他们的事情，一定是弄错了。

“这件事被宋屹池提早发现，他将计就计，联合远在韩国的父亲先他一步收购了加乐其他股东的股份，这才确保我们还有翻身之力。”

父亲讲得从容淡定，这或许不像是假的，可沁羽还是不愿相信。

“在你坠楼后的那几天，你因药物反应体温骤降，宋先生为了救你，抱着你在热水里待了两小时，事后，我们才知道，宋先生因一次意外，从此不能再沾染热水，否则浑身红斑尽显，如同揭掉一层皮。可他为了你的安危，宁愿不顾自己的生命，最后，不得不送回韩国医治……”

沁羽听得有些激动，原来迷迷糊糊中感觉乔晋在抱着她，其实那是宋屹池的怀抱。他能为她做这些，她一点不意外，可真听说他命在旦夕的消息，她还是紧张得不能自已。

当一个人什么都不顾地去为你做一件事，这世上还有什么比这份付出更感动，更伟大，更令人心生感激的呢？

沁羽此时就已经被感动得稀里哗啦，那些泪不是为自己而流，是为了宋屹池的这份执着。从他们相识，到相交，再到彼此不能自拔的心念，她就知道这一切终是逃不开的，哪怕她纵身一跃，也永远逃不开他的世界。

“他现在怎么样了？我想去看他……”她抽泣着，浑身都软掉了。

沈加俊同情地看着女儿，她这一生似乎太过艰难，小小年纪就已经尝尽生死离别之苦，他心疼得恨不得永远将她保护在自己的身边。

“他父亲来过电话，一切平安。”

仅仅一句平安，她就彻底沦陷了。

心有不甘

施施整理好乔安的东西，一样一样细心地收纳进纸箱里，巡视一遍这间不大不小的心理资讯室，然后，走出去，锁上了门锁。在抬头之际，她瞥见门上那块牌子，上面有乔安俊逸的照片和他亲笔书写的名字。他的字和他的人一样潇洒隽秀，似乎早已刻进了她身体的血液中，永远分割不开。

在楼下，她遇上了房东，交了钥匙和房费，然后头也不回地走了。一切如风亦如雨，无根无际，终是带不走一丝一片。

施施是在无意识的状态下回到自己的小公寓，愣愣着去开门锁，却突然有人猛地推她一把，借着力，她和那个人迅速闪进了门里。

施施什么都不想，即使是遭遇了劫匪，她宁愿就这样失去生命和世界另一头的他相见。

那人不说话，却将她抱在怀里。

施施的心头瞬间融化，这是她感到最温暖的地方。

“傻妹妹，你怎么会弄成这样？”他哑着声音，心疼地问着。

施施抬眼瞧着他，他也好不到哪里，胡须密密地布在他白皙的下颌上，面颊消瘦，双眼暗淡，头发凌乱，连身上的气味都不似从前那般的清新怡人了，他像一个亡命天涯的逃犯，浑身上下散发着苍凉的风尘味道。

他是怎么了？遇到了什么麻烦事吗？

当施航冲完凉，刮了胡子，梳顺了头发，换上干净清爽的衬衫，重新站在施施面前，他又容光焕发，又似从前那般自信有力了。

施施把一碗刚刚煮好的汤面端到他的面前，说：“吃完再说，你一定有很多话要跟我说。”

施航太饿了，闻着诱人的面汤味道，他几乎狼吞虎咽，不到五分钟，一碗热腾腾的汤面被他一扫而光。

而后，他满足地靠向椅背，意犹未尽地舔了舔嘴唇，说：“这几天，我都快要疯了，连顿像样的饭都没吃过，真是穷途末路啊！”

施施递给他一杯水，问道：“究竟出了什么事？你怎么会变成这样？”

施航瞥了她一眼，怏怏地说：“还不是为了爸妈的遗产？我千辛万苦设好的局，居然被你那个死面老板搅黄了，这口气实在难平。”

施施在他身边坐下，握住他的手，问：“这么说功亏一篑？”

施航垂下眼角，他的沉默已经是最好的回答。

“沈家是什么态度？”

施航抬起头，眼里是无尽的悔意，他反手拉住她的手，几乎差点哭出来：“沁羽流产了，我们的孩子没了。”

施施心头一紧，这回的局面似乎更加混乱了。

“我不敢回公司，更不敢回沈家，我那样愚蠢地对待他们，他们绝对不会放过我。”他突然抱住自己的头，似有千般懊悔和自责。

施施也陷入了恐慌之中，如此，父母的遗产问题恐怕再无天下大白的机会了。

“我见过沁羽，她现在很好，已经记起过去的事情，她简直幸运……”施施愤愤地说，眼中的仇怨似乎更深了。

施航低着头，含糊不清地说：“我欠了她三年……如今总算是还给她了……”

施施并不懂这话的意思，在她看来，沁羽生就含着金钥匙，她不费吹灰之力就能得到最好的东西，就连男人都心甘情愿为她牺牲，这一点，自己永远学不来，而且永远无法企及。

“她不会一直走运下去，她欠了乔安一条命，这笔账我会慢慢跟她算。”她几乎咬牙切齿。

一想到乔安，她的心就无比的疼，她怕这辈子再也遇不着像乔安这样令她欲罢不能的男人。这辈子她只能缅怀，在回忆里过日子了。

看着施航垂头丧气的样子，她的心就更疼。世上两个她最重要的男人，如今竟走到了这一步，这世界还有什么公平吗？为什么沈沁羽就能安然无事，而她却要承受这份无奈？她不甘心，不甘心……

事到如今，只能走一步算一步，先安顿好哥哥再说吧。

“你先住我这儿，以后的事，我们兄妹二人一起面对。”

施航不说话，只是撑着头，肩头微微地抖动着，他在哭泣。

施施走进卫生间，将哥哥换下的衣服丢进洗衣机。突然一声清脆的响声传来，她低头，发现一枚玉坠从施航的裤兜里滑落在了地上。

她弯腰拾起，这玉坠和她胸前挂着的一模一样，她翻过另一面，上面刻着的却是个“航”字。

他不是说这玉坠几年前弄丢了吗？怎么会失而复得了？

人生的很多东西总是这样，当你拼命去找却总也找不到，当你不以为意时，它却出其不意地重返你身边。

唉！失去的人啊，你也能够重回我身边，与我同朝共暮吗？

施航出门的时候，施施并未睡着，她躺在床上辗转反侧。从哥哥的只言片语里，她差不多理清了头绪，大概是哥哥的做法太极端，太强硬，才遭到沈加俊的拒绝。如果哥哥能够采取迂回战术，凭着沁羽这层关系，别说是父母的遗产，就算是整个沈家的产业，哥哥想要都如探囊取物，轻而易举。

如今，什么都乱了。沁羽流产，沈家能轻易原谅哥哥吗？哥哥还有机会再回到沁羽身边吗？可怜爸妈从不托梦来，告之她二十年前，究竟发生了什么。

迷迷糊糊中，她听到了脚步声，施航回来了。

房间的灯忽地亮起，她眯着眼坐起来，只见施航整张脸黑到了极致，眉心紧紧地拧在一起。

她披了外衣来到哥哥面前，施航无助地抬头望着她，眼泪就在眼眶里打转。

“怎么了？”

“韩国方面已经把股份还给了沈加俊，公司的人员也发生了变动，我的心腹全被免职……”

看来沈加俊已经做出了反击，而他已经被踢出了局。

“你还打算去见沁羽吗？”半天，施施问了一句。

他摇摇头，眼泪已经掉了下来：“还有必要吗？孩子没了，我们之间唯一的联系也就断了。”

施施搂住了哥哥，他像个孩子泣不成声。这样一个坚强自负的男人，脆弱时如同大地崩裂，恐怕不是一朝一夕就能够抚平的。也许，这辈子都将在心灵深处留下这道难以填补的沟壑。

第十章　才下眉头，却上心头

忽然之间，全世界都沦陷在无边无尽的黑暗浑浊之中；忽然之间，她的眼前再没有阳光，再没有蓝天、白云、鲜花和湖水，一切的一切，统统被这个突如其来的消息震碎得不留痕迹。

尘归尘，土归土

一直再没有宋屹池的消息，沁羽便觉得这日子漫无边际地难熬。每天都在期盼中醒来，却又在失落中睡去，醒来睡去，周而复始，这日子折磨着她，让她无比的厌烦和寂寞。

除了宋屹池，她还惦记着另一个人，施航。如果说，宋屹池是她的期盼，那么，施航则是她胸口间那抹挥之不去的疼痛。

当她重新拾回了记忆，和施航朝夕共处的这三年，她以为可以云淡风轻，可以挥之即去，但是，她的内心却不愿这样对他。他爱她，如此真挚地爱她。她怎会轻易忘却？她仔细地回忆着他们的点滴，原来，她那么依赖他就像儿时的岁月，他疼她，保护她，她在他的疼爱保护下习惯了这份感情，离不开这份感情。可这根本就不是爱情，没有怦然心动的一瞬，没有炽烈的情愫涌动，有的只是相互间的尊重，彼此间的包容。她恍然明白，这三年，她错误地将感情寄托给了施航，耽误了他，也为难着自己。

如此，她便觉得对不起施航，对不起他陪伴在她每个噩梦醒来的午夜；对不起他一点一点渗透给她的爱意；对不起他曾经许下的要陪她生生世世的诺言。

可惜，她再没有施航的消息，即使她曾有过他的孩子，但她欠他的一辈子都还不清，那是他至死不渝的执念，却在她那里成为了一个错误，成为了一生都画不圆的符号。

想到这些，沁羽觉得施施的话不无道理。她的存在扰乱了这么多人的生活轨迹，为她伤，为她累，为她死……她何其有幸，在人生之中能够遇见他们。

沁羽决定去见施施，也许只有施施才知道施航的消息。

她凭着印象找到了宋屹池的画廊，因为出门前，她给施施打过电话，施施告诉她，她在宋屹池的画廊。

她第一次来画廊，即被这里的艺术气息所感动。她从未想过看似那么冷傲，刚毅的男人，居然有一个如此纤细微妙的内心世界。他的笔就是他的内心，他的色彩就是他的世界，每一笔，每一种色彩交融出的便是最美的。

画廊里并无一人，她很快就在一个明显的位置看到了自己的画像。她拎着裙角踩在水里，她的脸上飞扬着喜悦，有风拂过，吹起了她如锦缎般的秀发。太美了，她第一次以欣赏者的目光看自己，才发现，原来，在艺术家的笔下，所有的美都那么的自然，那么毫无瑕疵。

她沉醉其中，仿佛又回到那个湖边，他伸手给她，她却有所顾忌地躲开。

"你一直都在？"

"是的。"

"你偷窥我？"

"是你突然闯进了我的画里，而我只是用画笔记录下来，不经意的，才是最动人的，你和这风景浑然天成。"

他说得多美！

她的嘴角慢慢浮上了笑意。

正在她出神回想的时候，里面的房门打开，施施陪着一个高挑的女人走出来。

沁羽下意识地扭脸看过去，正好迎上那女人如寒冰一样冷冽的目光。

沁羽心头一震，这女人的眼神太冷，太锐利。

连施施都没有跟她打招呼，竟视她为空气一般，从她身边走过。倒是那个女人在与沁羽擦肩而过后，停下脚步，回头看了她一眼。

沁羽本能地回视她，却在下一秒被她的眼神击退，仓皇地避开了。

女人的目光从沁羽的脸上移开，慢慢落在了那幅画像上。她细细地欣赏，嘴角边勾出了一抹淡漠的笑意。

“你就是这画像中的女人？”她居然开口问沁羽。

沁羽不知道怎么回答，竟有种被人质问的窘迫感。

“的确很美，人比画更美。”

沁羽有些不好意思，更不知道如何回应她，只是冲她善意地一笑。

女人没再理会沁羽，视她为一般的顾客，径直朝前台走去。

沁羽居然松了口气，这女人的气势有说不出的强悍，她第一次在陌生人面前怯怯的不敢说话。

不一会儿，施施带着几名工人走过来，吩咐工人把画像取下来。

沁羽诧异地看着自己的画像被取下，然后装进一只很大的木箱中，随后，工人陆续地将画廊里的画作一一取下，依次装进了木箱中。

沁羽不明所以，这些画不是应该挂在墙上等待有缘人将其买回家中吗？为什么统统都被收了起来？

沁羽还在纳闷中，施施走到她身边，告诉她：“宋先生结束了在中国的画廊，他以后都不会再回来了。”

沁羽有些蒙，好端端的画廊说不开就不开了？难道他还没有康复或者清醒过来吗？她越想越着急，迫不及待地追问施施：“你告诉我，这不是真的，他还会回来，画廊还会继续开的，对吧！”

施施退开一步，厌弃地瞪着她。

“没错，宋屹池不再回中国，他所有的画作，我会带回韩国……”

是那个女人，是那个冷得让沁羽不舒服的女人。此刻她双手抱肩，正一副高高在上的架势，鄙夷地盯着沁羽，似乎沁羽是她的一个敌人。

“你是谁，我不要听你说，我要宋屹池亲口告诉我。”沁羽明显是太激动了，她的身体抖个不停。

“你以为你是谁？你不过是宋屹池在中国的一个模特罢了，而像你这类的女人，在韩国，根本入不了画家的眼。”

她说得如此尖刻，如此不留余地，几乎将沁羽贬得一文不值。

沁羽只觉得胸口郁着一口气，从小到大，她从未受过如此不近人情的奚落和嘲讽，她简直快要被气疯了。

“我可以告诉你我是谁。”女人靠近沁羽，眼底有一抹幸灾乐祸的笑意：“我是宋屹池的妹妹，宋心池，如果他欠了你什么劳务费，我会开给你，放心。”

她的每一句话都犀利地戳痛沁羽的心，在她面前，沁羽不过是个廉价的模特，是来讨要她的劳务费的。这简直可笑至极，简直是在侮辱宋屹池一个画家纯净真诚的心。在沁羽心里，她之所以能被画进画里，全是宋屹池对她的欣赏，赞美使然，她绝不相信，他视她仅仅是个模特而已。

“你代替不了他，就算他的父母也不能这么做。”沁羽必须回击，她唯一的期盼就是宋屹池。

冥冥之中，神的旨意告诉她，他就是她的乔晋，他绝不会有什么妹妹，而眼前这个女人极有可能是上天派来考验她对宋屹池的真心的，她必须挨过去，必须挺过去，她和宋屹池的未来才会相依相伴。

宋心池冷冷地一笑，似乎达到了她的预期，眼前的女孩已经怒不可遏，再经不起一点点的刺激。

“实话告诉你，我是宋屹池的未婚妻，我们的婚礼会在下个月举行，如果你愿意，我诚邀你来首尔观礼……”

忽然之间，全世界都沦陷在无边无尽的黑暗浑浊之中；忽然之间，她的眼前再没有阳光，再没有蓝天、白云、鲜花和湖水，一切的一切，统统被这个突如其来的消息震碎得不留痕迹。

她几乎撑不住自己的身体，那种摇摇欲坠的感觉就像那天的纵身一跃，纵使离弃了这个世界，也会有一双臂膀为她撑起最后的希望。而今，再不会有这双臂膀，再不会有希望，她会随着这无边无尽的黑暗飘向一个不知地界的另一端，孤独地流亡。

宋心池和施施眼睁睁地看着沁羽的身体倒下去，那一刻，她们的笑竟成了这世上最恶毒的花，一碰就会毒发身亡，万劫不复。

沁羽醒来的时候，发现自己正躺在医院的病床上。

她还活着？她还能看到窗外的阳光和蓝天？原来只是个梦？原来她从未见过那个女人？

一晃而过，她知道，这一切都是真实的。宋屹池有了未婚妻，他们的婚礼就要在下个月举行，他不会回来了，他把所有的一切统统带走，只留下默读伤悲的自己。

有人走进来，脚步很轻，怕惊扰了她。

眼前忽地暗下来，一张脸出现在她的上方，她拉拢了飘忽而远的思绪，去看那张脸。

施航！

是他！

她分明看到他脸上挂着的泪水，他却给了她许久未曾见过的温暖而静谧的微笑。

她伸出手为他擦拭眼泪，却在半空中被他擒住了手。当他的手心浸透出来的温暖包裹住她，他从心底溢发而出的柔软彻底将她的心碾碎。

他对她还是那么温柔，他对她还是那么好。

算了，求你不要这样，你这样只能徒添我的罪恶感，让我彻底不能原谅我自己。

沁羽狠狠地咬下自己的嘴唇，疼痛让她清醒了意识，让她明白，她和他终是一场错误，一场没有终点的旅途。

施航轻轻拨开她额前的发丝，手指不经意触碰到了她的脸颊，他的手指冰凉，让她一惊。他犹豫着抽回手，看着她瞥向一边的眼神。

再也回不去了，他在心里无数遍告诉自己。

她扭向一边的脸，是对他最好的回答。

他挨着她坐在床边，只是静静地看着她。

“回去吧！”她低吟着，心里被狠狠地揪着。

“回哪儿去？”他问得毫无力气。

“回到从前的你，回到我初相识的那个你……”

她的话还未说完，他的吻就已经覆盖住了她的唇。

一阵窒息，一阵心酸，一阵无由的悲凉，除此之外，什么都感觉不到，麻木的，冷却的，早已成为了另一种滋味。

他依依不舍地放开她，她一动不动地凝望他，四目相对，如此陌生，如此平淡，像之前从无任何的交集。

“我错了，我把最好的你拱手让给了别人，我把我们最好的时光全辜负了，我真不是人……”他的话字字泣血，句句噙泪。

她摇头，只想终结心底涌起的万般滋味和千般不忍。可惜一切都太迟，迟得连回头细想的时间都不够了。

“对不起，请原谅我的自私，我以为能够跟你执手到老，可我终骗不了自己，我的心始终忘不了他，尤其在我什么都记起来的时候，我发现，我对他从未忘怀过。”

如此，他早该想到会如此，他本就想到会如此。他那么千方百计阻止她找回记忆，却还是不能和天意违抗。一切天注定，但老天却对他太过残忍，这几乎是在要他的命。

“三年前，不，可能还要早，我就告诉自己，我一定要娶你为妻，这是我这些年不懈努力的动力，果然，我终于得到了你，我欣喜，我骄傲，我满足，我以为我拥有了全世界，我以为我是天底下最幸运的人……但是，他曾来过你的世界，并在你的世界深深地刻下了痕迹，于我，终将是挥不去的一道阴影。每每看你睡下，我便知足，可第二天醒来，我又开始各种担心，生怕某一刻你突然想起了一切，而我，可能就真的失去了你……”说到最后，他终于泣不成声，这些话，他憋在心中整整三年。

原来他的内心曾是这般的纠结和无助，她从未细想过找回记忆会带给他多么大的伤害，如今看来，这伤害岂止是痛过、怨过、骂过便能了事？这几乎是一杯毒药，能置人于死地。太残忍了，她怎么会如此残忍地对待他？

“算了，沁羽。”他低沉地呼唤她：“没有什么比你的幸福更重要，只要你觉得离开我，能真的投入崭新的生活并快乐着，我真的可以放开手，给你更广阔的天空。”他还是许下了承诺，一如当初许给她生生世世在一起。

她无法开口回应，因为泪水已经淹没了她全部的思想。能有一个如此奉献、牺牲的男人成全她的将来，她何其有幸？何以报答？她终欠了他一辈子，还也还不完。

施航走的时候，还是吻了她，只是在她的额头上。

次日，她再次去了画廊，大门紧锁，早已是人去楼空。望着空空如也的墙壁，杂物散落的地面，一种尘归尘土归土的宿命感，让她再无奢求，再无期盼了。

血还情，肉还恩

首尔。

一阵玻璃碎裂的尖锐声从楼上传来，接着便是各种东西的撞击声，整个楼上已是一片震动。

宋铮不安地抬眼瞧着楼上，身旁的宋心池却一脸淡然地等待即将发生的一切。

“你做得太过分了，未经他的允许，擅自关了他的画廊，难怪他会如此大发雷霆。”宋铮无奈地指责着女儿。

宋心池竟一脸的不以为意，淡淡地说：“他那个画廊不过是他寻找过去的寄托，我不想他对那个女人念念不忘。”

宋铮摇摇头，女儿做事一向知轻重，这次的确有失水准，他拍了拍女儿的手，说：“那是他最刻骨铭心的一段回忆，你竟将它连根拔起，痛的是他啊！”

“那我怎么办？假装不介意，任由他心里装着别的女人？”宋心池赌气将脸扭到一边，在她的人生信条里，是她的，就是她的，别人别想分享半点。

宋铮真的无可奈何，女儿的果敢和任性使她在生意上大有可为，但在儿女私情这方面迟早会害了她。

几分钟后，楼梯上传来脚步声，宋屹池提着偌大的行李箱走了下来。

宋铮站起身，朝他走去，宋心池也慢慢地站起来，朝那边移了移脚步。

“不能坐下来，好好谈谈吗？这样赌气离开，你让我情何以堪啊！”年迈的宋铮先生，一百二十个不愿放走这个儿子，一想到自己有生之年无人养老送终，他的心就一阵阵的悲凉。

已经愤怒到极点的宋屹池，根本听不进任何劝，尽管他对宋铮心存感激，并视他为自己的亲生父亲，但在沁羽和宋铮之间，他还是会选择沁羽，因为，只有沁羽才是陪着他共度以后岁月的人，对父亲，他只能尽可能地照顾、疼惜、尊重和感恩。

“心池是有做得不对的地方，看在她对你的这份情意上，能不能心平气和地坐下来，我们好好谈谈？”宋铮极力挽救这混乱的局面，语气诚恳且带着满满的歉意。

宋屹池看着宋铮，他心头有着不忍和无奈。三年前，若不是宋铮把他救下来，带他来到首尔，眼前所拥有的一切恐怕都将烟消云散，荡然无存。这份恩情无以为报。

这些年，他时刻提醒着自己，他欠宋铮一条命，如果可能，他愿意为宋铮赴汤蹈火。

宋铮伸手接过他手里的行李箱，拍拍他的肩，说：“来吧，坐下来。”

宋屹池对宋铮总是毕恭毕敬，他不愿违抗宋铮的意愿，只因他不忍。

“你也坐下！”宋铮回头冲女儿呵斥道。

宋心池不敢吱声，乖乖地坐了下来。

宋铮坐在儿女中间，他的脸上难得的平静，似乎之前的局面已是迎刃而解。他捋了捋银白色的胡须，略微迟疑，却还是开了口：“没想到这件事会给你造成这么大的伤害，都怪我当初考虑得太少，才让今天的你们如此为难，我这个做父亲的，着实做得不够啊！”

宋屹池依旧黑青着脸，听父亲如是说，他的心竟然有了些许的自责。他最看不得宋铮埋怨自己时的那份忧郁和无奈。

“我这一辈什么都不缺，可唯独留在我身边的人越来越少，我怕孤独，怕一个人在家没人陪我说话，好在，我还有你们两个。”他说着便拉起儿女们的手，脸上的笑意却一闪而过，匆匆，太匆匆。

“心池是我最疼爱的女儿，我一直把她留在身边，的确有我的私心，我希望她能永远陪着我，直到我咽下最后一口气。而你……”他转过头看着宋屹池："而你是唯一可以帮我实现希望的人，我把一切都寄托在你身上，幻想着你和心池结婚生子，延续这个家族的血脉，让我尽享天伦之乐。"

宋屹池的内心好似被什么东西重重地撞击了一下，有些疼，有些闷。

"请原谅我一个垂暮之人最简单的想法吧！无论心池做了什么，我拜托你，原谅她。"

多么诚恳又多么令人难以拒绝。

宋心池坐在一侧已是尴尬不已，她从未想过父亲会说出这样一番话，完全打乱了她全部的预想和期待。她可没觉得自己做得有多过分，她只是向别人强调了一下，宋屹池是属于她的。

坐在另一侧的宋屹池，一直不曾看她一眼，他的脸上仍坚定着最初的决定。

片刻，他开口缓缓地说道："爸爸！请理解我的为难，从被你救起的那刻起，我就知道，我终将会失去一些东西，可唯独我的沁羽，我没办法从我心里将她剔除出去，她已经在我心里生根发芽长成参天大树，那是我们多年前培养孕育的，已经是我生命的全部，我的心再容不下任何人。"

宋心池猛地站起来，她像遭受到莫大的侮辱，狠狠地瞪着宋屹池，"如果是这样，当初你就应该拒绝爸爸的提议，而不是三年后回了趟中国之后拒绝。"

宋铮完全理解女儿怒不可遏的心态，可他还是及时拉住了女儿，安抚她坐下来。

宋心池坐下后，依旧狠狠地瞪着他，好像不瞪着他就难解心头恨之似的。

宋屹池低下头，沉默了片刻，说："我心里有太多的不忍，对爸爸，对你，对我自己，更有对沁羽的不忍。这次回国，我才知道她过得有多糟糕，而我，在见到她的那一刻，终于明白，我之所以活着，就是为了她而活……”

多么至死不渝的对爱情的剖析？

宋心池冷冷地“哼”了一声，说道：“她已经结婚，有个爱她、疼她的丈夫，你的出现，难道不是破坏别人家庭的第三者吗？别堂而皇之为自己找借口。”

宋屹池抬头看向她，没想到往日里那个热情、善良、率性的心池，会突然变得连他都不认识了，她像一个怨妇一般丑陋着嘴脸质问、指责劈腿的男友，只因她也深深地爱着他。

有一刻，宋屹池真的很想抛下一切，什么都不挂念，远走他方，他真的不愿看见两个女人因他的存在而痛苦、绝望。

“如果现在的她幸福快乐，伉俪情深，我绝对不会去打扰她，可她现在生不如死，我必须拯救她，因为我对她由始至终都是那么的热爱和疼惜……请理解我……”

他最后的请求带着轻微的颤抖，他的面颊挂着两行滚烫的热泪。

宋心池微微一怔，她从未见过他流眼泪，他在她心中一直是坚强、勇敢、有担当的男子汉，可如今为了另一个女人，他竟柔软、脆弱得像个孩子，唉！多么深的感情才能让眼泪成行？

这样的谈判已经毫无意义，是去是留，终不是人力可能挽回的。

宋心池转身便走，她不想看一个男人的眼泪不是为她而流。

当天晚上，宋铮做了一桌子饭菜，算是给宋屹池践行。

宋心池很晚才来，她居然买了酒。

餐桌上的气氛一直很沉闷，大家都不说话，连筷子都没动过一下，只是静静地坐着。

少顷，宋心池开了酒，第一杯便给了宋屹池。接过酒杯的一瞬，他看到她的眼里噙满了泪水。

第二杯便是父亲，她将半瓶酒留给了她自己。

她举着酒瓶，挤出一丝笑，泪光在微笑中颤抖，她说："既然要走，就走得洒脱点儿，今天晚上痛痛快快地喝酒，什么都不说，什么都不想……"

话音刚落，她一仰头，"咕嘟咕嘟"灌了几大口。

宋屹池想拦下她，却见宋铮一摆手，说："让她喝吧，这样她会好受些。"

他沉下身子，端起酒杯，一饮而尽。

这顿饭终于结束，大家几乎什么都没吃，只有心池喝了太多酒，此刻已经有些微醺。

宋屹池上楼收拾东西，心池突然敲门，摇摇晃晃倚在门口。

"要我帮忙吗？男人做这些总是笨手笨脚。"她扯过他手里的衣物，仔细认真地整理开来。

他就站在她身边看着，以前她也为他做过类似的事情，那时，什么都是和谐融洽的，他理所应当地享受着这个妹妹体贴细心的照顾。

如今，什么都觉得陌生，不自然。以前的她温婉如水，平静如云，热情似火，快乐得像只小鸟。自从她从中国回来，整个人都变了。也许他也在改变着，所以看到的一切都不一样了。

"她的确楚楚可怜，需要像你这样的人保护她……"她突然说了一句，声音轻得风一吹就散。

他下意识地看她一眼，她也正朝他看过来，两人微怔，却很快跳离了目光，各自装作若无其事的样子。

"那幅画还在中国，施施会把它还给你，只可惜，你从没有为我画过半幅……"她有些心酸，想想都觉得自己委屈。

这或许是他的疏忽，却成了她永远的遗憾。

宋屹池收起她手里的东西，蹲下身，双手按在她的肩膀上，诚恳地说：“听我说，心池，无论什么时候，你都是我最亲的人，这三年，我们朝夕相处的这份情意我永远都不会忘记，即使我回到了中国，这里永远都是我的家。”

宋心池静静地看着他，怕一动，自己就会忍不住哭泣。他的手掌温热而有力，目光明亮而皎洁，可这些统统将成为过去，不再专属于她，她只能在此刻深深地凝望才有可能铭记一辈子，怕忽然有一天，什么都没了，什么都淡了。

“我必须回中国，不仅仅是为了沁羽，还有我的弟弟……”他的眼眸忽地暗沉下来，似乎蒙上了一层雾气：“他死了，为我而死，死得不明不白，我必须回去查明他的死因，否则，这辈子我都不会原谅自己。”

她听着，眼泪悄无声息地滑落。

他轻轻地为她擦去眼泪，他辜负了她一片真心，也辜负了宋铮倾注在他身上所有的感情，无论他将来身在何处，这份情始终是还不清的。

“我舍不得……真的舍不得……”她终于控制不住自己的情绪，扑进他的怀里。

他拍着她，轻轻的。

“可不可以吻我一回……”她低声地祈求，可怜到让人心碎。

宋屹池愣了很久，终是摇摇头：“别这样，心池，我做不到。”

她猛地推开他，无比绝望地说：“这一点回报都不可以吗？”

他继续摇头，眉心处的无奈越来越深。

“你欠了我们宋家太多，不只一个吻，还有一条命，我看你这辈子怎么还？”她似乎突然间失了控。

一个吻便可以终结一切，可他却吝啬地不要这机会，那就怪不得她步步紧逼了。

她说得没错，他要怎么还才能还得清还得彻底呢？

忽然，他瞥见行李箱中放着一把水果刀，他想都不想一把抓起，将锋利的刀刃直直地抵在自己的手腕上。

宋心池几乎吓呆了，眼看着殷红的血液顺着刀刃流淌下来，她不禁尖声惊呼 ：“不！不……”

“我这一身的皮都是爸爸给的，如果真要还，我只能割下来还……”他再用力，刀刃再深入，她的尖叫声几乎冲破了屋顶，直冲云霄。

我要去巴黎

沁羽去了老宅，茂叔老泪纵横，感叹一番便悄悄地退到一旁，把空间留给沁羽，让她慢慢回忆和怀念。

老宅有太多的回忆，最初的几年，乔晋总陪着她回来这里，一待就是一整天，说无尽的情话，谈将来幸福甜蜜的二人世界。他们许下承诺，彼此不离不弃。这里的每一角、每一处都留有他们的足迹和欢声笑语，就连茂叔都觉得他们是天造地设的一对。

老宅的后院依旧空旷宁静，沁羽记得那年的夏天，后院种满了向日葵，她和乔晋在一人高的向日葵里席地而坐，看着向日葵金灿灿的大圆盘，这是这个季节最大的希望，等待秋天丰收硕果累累。

阳光透过向日葵照射在他们的身上，两人彼此依偎着，暖烘烘，懒洋洋。乔晋很快就要大学毕业，他已经接到海大的任职书。当他把这一消息告诉沁羽时，她几乎惊喜地跳起来。她一直认为乔晋的优秀是一种天赐，他能进海大，就意味着这四年的大学时光没有白白虚度，不像她，整日里只会沉浸在浓浓的爱意里。

沁羽揽下他的身子，在他的唇上轻轻一吻。乔晋哪里肯轻易放过她，在她放开手的一瞬，他的嘴巴结结实实地落在了她的唇上。

向日葵的花香萦绕着他们唇际里的甜蜜，引来蜜蜂嗡嗡地响……

如今，后院什么都没种，荒废了这些年，早就没有了昔日的蓬勃生机。

沁羽流连了一番，觉得有些累，后院有一截楼梯，可直达阁楼，如今，楼梯已经弃用，木质已经腐朽。她抬头望向阁楼，那里应该是她和乔晋消磨最多时光的地方。

她第一次收到乔晋的情书，她就把它藏在阁楼的抽屉里。

那年的舞会她本来不想参加，可她偏偏抽到了舞会公主的签，老师和同学都不同意她弃权，她才勉为其难地接受了这项殊荣。

舞会公主是海大建校以来一直延续的惯例，建校五十年，五十位舞会公主的照片张贴在校宣传栏最显眼的地方，成为海大最耀眼，最瞩目的历史进程。

沁羽不会跳舞，老师便安排了乔晋做她的舞蹈老师。当时的乔晋就很会跳舞，成为大一新生最受瞩目的人物。

那天，他们约好放学后在舞蹈室学跳舞，可沁羽却和同学去校外的冷饮店里吃冷饮。当她意识到自己已经迟到一个钟头时，她以为那个骄傲、帅气、倜傥的风云人物不会耐着心等在舞蹈室里，所以，她又和同学一起逛了街，直到天黑后，她才回到寝室。

刚一进寝室大门，她就看见一个人影立在昏黄的路灯下。直到她走近，才发现是那个教她跳舞的乔晋。

乔晋明显很生气，瞪着她一句话不说。

沁羽很不喜欢这种表情，不过是耽误了学跳舞，并不是什么十恶不赦的罪过，干吗用这种表情看她?

当时，沁羽并没理他，跟着同学继续往寝室里走。

没走几步，自己的手臂突然被人狠狠地拽住，沁羽一惊，扭脸看去，只见乔晋红着脸，站在她身后，说了一句话：“我等了你三个小时，而我们的舞会剩下还不到三天。”

沁羽几乎被他的眼神迷幻了，那眼睛犹如黑夜里一轮明月，当空悬照，明净澄澈。她没见过这么爱脸红的男生，羞惭中夹带着某种不容拒绝的强势态度，让人一看，就会情不自禁地依从他。

他带她去了舞蹈室，偌大的房间就他们两个人。旋律在耳边萦绕，他的手掌揽在她的腰间，温热而有力。她不由得看着他，他耐心地教她舞步，让她跟着旋律起伏旋转。

那一晚，他教得很认真，她学得很用心。她几次踩了他的脚，他连埋怨都没有，脸上一直挂着平静的微笑。

三天后，舞会终于举行，沁羽一袭白色礼服，在乔晋的陪伴下，在舞池中央翩然而舞，成为所有人眼中最亮的风景。

从那以后，她和乔晋越走越近，两人的恋爱已经成了校园里公开的秘密。

离开老宅，沁羽去了海大，校园依旧有着浓浓的青春痕迹，那一排常年青绿的藤萝下边，依旧有情侣相拥的身影。唯一改变的便是寝室外那片青草凄凄的草坪，而今已经林立着一座座教学楼。

沁羽去了教导处，当年她的助教还是一位青春靓丽的少女，三年不见，她已经嫁人生子了。

看到沁羽，她有些惊讶，三年前，沁羽突然失忆，学业被迫中止。沁羽成绩斐然，她的意外曾令学校倍感遗憾。

如今，从简短的交谈中得知她一切如常，助教深感欣慰。

临走前，助教交给沁羽一张表格，告诉她：“如果你想出国深造，这是个不错的机会，凭你当年的成绩，去这所学校绝不成问题。”

沁羽接过表格，原来是巴黎著名的设计学院佳思迪坦，当年，她可是对这所学院情有独钟，如果没有发生那次意外，她大概早已学成归国了。

沁羽有些小激动，但很快就变得淡然了。离开课本这么多年，她实在对自己没什么信心了。

助教似乎看出了沁羽的疑虑，笑笑说："如果你愿意，我愿意给你辅导辅导。"

这的确是个好机会，错过了恐怕再也不会有了。

"谢谢，我回去再考虑一下。"

助教不勉强，只是给了沁羽一个鼓励的微笑。

沁羽猛地从梦中惊醒，除了她一个人孤零零地躺在床上，没有宋屹池，没有寒气逼人的刀光。

她梦见了宋屹池，他站在悬崖边上，面对无数个围堵他的敌人，他没有退缩，没有胆怯，他拎着把锋利的刀，一步一步迎着敌人而上。

敌人无数，已经将他逼上了绝路。

风雨交加，电闪雷鸣。他的一张俊逸的脸在闪电与刀光中淡定得如同一具雕像。

只见他猛地将刀横在自己的脖子前，仰天狂笑，那笑声震碎了河流山川，大地长空。

只那么一瞬，刀刃逼进了皮肉，一股鲜血迸发而出，他仍面带着狰狞的笑容，转身，纵身一跃，跳向那深不见底的万丈深渊……

沁羽捂住了脸，这梦太真实，真实得都能嗅到那血液的温度和咸腥的味道。

她逼着自己狠狠地甩头，好似这一甩，便将这可怕的梦魇甩向九重天之外。

过了很久，她光着脚下地，拉开掩得严严实实的窗帘，向对面的别墅眺望。

那儿黑乎乎一片，一点光，一点生气都没有。

无数个夜晚，她总是凝望，却总是满眼的漆黑，满眼的失落。

她记得，那窗口总是站着一个瘦削的身影，他们彼此远远地对望，却能感受彼此心跳的温度。

如今，什么都没有了，那个女人的出现将这一点点的等待都带走了。她坚持地等了一天又一天，对面窗的那盏灯却再没有亮起过，她的世界全部是黑得无边无际的夜，连阳光都失了光芒。

“唉……”连她的叹息声都像这黑夜的风，呜咽着，盘旋着不肯离去。

当黎明的第一道曙光穿透云层射在她的脸上，她才茫然间发现自己就这样站了一夜。

心都静了，静得不曾跳跃过。

她动了动有些僵硬的腿，转过身，一滴泪，滴在了她的手背上。

吃早餐的时候，她跟父母说：“我想去巴黎……”

父母抬起疑惑的眼睛，看着她。

她冲他们笑笑，说：“我浪费了三年的时光，我想把它们找回来，只有去巴黎，才能够实现我这个愿望。”

父母都愣住了，一时不知如何回应她。

她依旧一脸轻柔的微笑，把手递给了父母。夫妻俩赶紧抓住，无比疼惜地攥了又攥。

“我想继续完成我的学业，未来做一名伟大的设计师，爸，妈，你们会支持我的，对吗？”她问得如此令人心碎。

沈加俊含着泪笑了，他说：“我们没理由不支持你，你的愿望也是我和你妈妈的愿望啊！”

乐佩也是一脸激动的样子，只是，她实在舍不得女儿去那么远的地方，她凄凄地说：“要不然，我陪你一起去吧，你不在我身边，我会失眠的。”

沁羽摇着母亲的手，有些撒娇，有些认真地说：“妈妈，我应该独立了，你们守了我三年，还不嫌我烦吗？”

乐佩轻轻地打了一下女儿的手，说：“守你一辈子，都不嫌烦。”

“好了，好了。”沈加俊赶紧打圆场：“眼下，便要着手准备了，签证啦，给学校寄资料啦，你们娘俩有的是时间腻在一起呢！”

一听这话，乐佩的笑容比先前灿烂了很多，倒是沁羽，收敛了笑容，一本正经地说：“那边的学校已经回复我了，现在就等签证下来，差不多就这几天。”

一时，整个房间都安静下来。一想到女儿马上就要离开自己，乐佩的眼泪一下子就涌了出来。

“干吗这么急啊，你是有多不愿意待在妈身边啊！”

沁羽心疼，赶紧去搂妈妈，亲着她，哄着她：“两年半的时间很快就会过去的，你放心，我一定会好好照顾自己，等回来，你数数我的头发，称称我的体重，保证不少一根，不掉一斤。”

乐佩哪受得了这个，一时心痛，哭得更加厉害了。

转眼间，沁羽去巴黎的日子就到了。

一大早，乐佩就开始忙绿，这个也要带，那个也要拿，弄得沁羽哭笑不得，频频向爸爸求救。

沈加俊埋怨乐佩这是在帮倒忙，到了那边什么都有，搞这么一大堆东西，过不了安检，上不了飞机，到时候，麻烦可就真大了。

乐佩赌气说不管了，不管了，到那边人生地不熟，缺这少那，到时候别哭鼻子。

沁羽和沈加俊现在才是真的想要哭啊！

一上午的时间就这样在零零碎碎中过去了，临出门前，乐佩突然改了主意，苦着脸说：“我就不去送机了，我最受不起这种场面，免得我临时改了主意，拉你回来。”

可怜天下父母心，儿行千里母担忧，妈妈啊，妈妈！你可知道，你的女儿已经长大成人，外面的风雨总要经历才会知道你的臂弯才是这个世界上最温暖的港湾啊！

当下，沈加俊决定一个人开车送沁羽去机场。

临走时，乐佩隔着车窗，不肯放开女儿的手，那种离别的痛苦只有经历了才叫人刻骨铭心。

乐佩跟着车跑出去很远，直到再也看不见车子了，她才抹着泪往回走。

空寂寂的房子，乐佩越坐越心烦。她想找些事儿做，可提起这个，又忘记了那个，总是心不在焉，做啥错啥。她苦笑，自言自语道："算了算了，没有分离，哪来的团聚，团聚总是会让人快乐的吧！"

她深深地呼吸，总算是能够平静了。

忽地，门铃声响起，她一惊，难道沁羽也舍不得离开她，半途回来了？

她兴冲冲地赶去开门，可门一开，她就愣住了，因为，站在她面前的不是沁羽，不是沈加俊，而是那个让女儿伤心欲绝的男人——宋屹池。

她什么话都不说，用力关上门。可门被他的手硬生生地再次推开，他急切地说："我要见沁羽，求你，让我见见她！"

"她不想见你。"乐佩冷着眼说："自从那个莫名其妙的女人走后，我的沁羽整个人都垮了，现在，她好不容易重新振作起来，我求你，别再来打扰她了，好吗？"

宋屹池似有千言万语，可他怎么重头说起，才能消除对他的偏见呢？他想都不想，直接跨步进来，就要往里冲。

乐佩一把扯住她，拼劲力气往外拽，可他纹丝不动，她已筋疲力尽。

半天，两人都冷静下来，站在那儿不知如何自处。

"我会解释给你们听的，我只想见沁羽，告诉她，我是如何经历千辛万苦才能够回来的……"宋屹池满脸不可抑制的激动，说得情真意切，动容万分。

犹豫了半天，乐佩终是憋不住，告诉他：“你来晚了，沁羽下午的飞机，她要去巴黎……”

话音未落，只见他飞步而去，人已经消失不见了。

乐佩摇摇头，喃喃自语：“不是冤家不聚头啊！”

请把我留下

人来人往的机场，宋屹池疾步匆匆，东张西望，他多希望下一秒，沁羽就站在他的眼前啊！

大厅里他转了一圈又一圈，那个娇小的身影并未出现，他赶紧去问咨询台，巴黎的登机时间马上就到了。

他流着汗，转目四处，除了人来人往，还是人来人往。

登机口，沁羽挥别父亲，父亲叫住她，给了她一个长久而有力的拥抱。

“照顾好自己，常打电话，不要勉强自己，不行，就回来。”父亲的叮嘱听起来那么的温暖，像一缕午后的暖阳，萦绕在她的身边。

她在他的肩上点头：“你和妈也要好好的，等我回来，我哪都不去了，就陪在你们身边。”

If I should stay,I would only be in your way.So I'll go, but I know. I'll think of you every step of the way.And I will always love you.I,will always love you.You, my darling you……

机场的广播里传来熟悉悠扬的旋律，她怔了一下，浑身都僵住了。

“于是我将永远爱你哦！我将永远爱你，你，我亲爱的你。”

她默读着歌词，泪水就在眼眶里打转。

“听到这首歌的沈沁羽小姐，请您马上停止登机准备，您丢失了一份重要物品，请您马上联系安检人员。”广播里传来温婉清亮的女声，她听得真切，是在呼唤她的名字。

沈加俊也听到了，不解地看着沁羽，问：“我们丢了什么？”

沁羽痴痴的，脸上的笑意越来越明显，最后，连泪花都成了一朵朵盛开的花瓣，晶莹娇嫩。

“我丢了灵魂，丢了思想，丢了一切可以让我活下去的信念……如今，他帮我拾了回来，我要去找他……”

沈加俊眼睁睁地看着女儿跑出登机口，他也仓皇地跟上去，却在下一秒，看见女儿正和宋屹池紧紧地拥抱在一起。

“你哪都不能去，我的宝贝，有我在，我便是你的全世界……”他整个脸都陷在她那柔软细滑的发丝间，嗅到的芳香是他这辈子闻过最美的味道。

“我哪都不去，就在你身边，有你在，我的眼里再没有全世界……”她紧紧地抱着他，揉搓着他浓密的头发，那一丝丝都是对他的思念和热爱。

当乐佩的眼里出现沁羽的身影，她就知道，这场爱情，终是有了结果。

一切都来得太突然，一切都来得像一场梦。直到宋屹池的吻真真实实、温柔甜蜜地缠绕着她，她才如梦方醒。原来他没有离开过，一直都在，只是他们绕了很远的路，才走进彼此的世界里。

那一天，他们就这样黏在一起，谁都不想放开对方的手，他们等待这一天像等了一个世纪那么长久，又岂愿再分开？

他陪她去了银湖，波光粼粼的湖面依旧很美，一如那天为她细细临摹的日子，连风都透着丝丝甜意。

他陪他去了街边咖啡馆，那里依旧有着学生年轻的笑脸和浓情蜜意靠在一起的肩头。

他陪她去了老宅，茂叔激动得不得了，带着他们看遍了老宅的一砖一木、一花一草。夜晚，他们坐在阁楼的地板上，抬头数天上的星星，每一颗都亮得璀璨，亮得心动。他告诉她，那颗最亮的就是他爱她的那颗心，永远灿烂。

最后，他陪她去了山顶，风大而柔嫩，连层层叠叠的树影都像被水轻轻洗过了一样。她靠在他的怀里，望着那片废墟，良久，良久，她幽幽地问："那天你怕吗？"

"我怕，我怕从此会失去你，我怕再也不能照顾你，疼爱你，怕再也吻不了你，再也不能拥抱你……"他的声音温柔得像一片羽毛，轻轻地滑过她的心头，带来一阵阵痒痒的麻。

她笑，眼里却闪着泪花。

"我还能活着，还能再次拥你入怀，我非常满足，那天的灾难不过是一次重生，让我重新再爱你一遍。"他亲着她微烫的脸颊，一点点，一丝丝，亲得如此痴迷。

"我究竟是该爱乔晋，还是应该爱宋屹池？"她用手抵住他的唇，瞳孔亮得晶莹而剔透。

"你那么可人儿，值得拥有更多的爱，不论是乔晋还是宋屹池，你统统装进心里面，让他们一直爱你、疼你、宠你，让你成为这天底下最幸福的女人。"

他说完，俯下头送上火辣辣的吻，她满足地迎合着他，释放内心全部的情愫和激动。

这一天，他带她去了画廊，新换的匾额以她的名字命名。"沁羽"这两个字熠熠生辉，连太阳都被掩去了光芒。

室内焕然一新，红色与金色交相呼应，取代了之前一片灰蒙蒙的色调，看上去一切都是那么朝气蓬勃。

她一眼就看见挂在正中央那幅自己的画像，他重新裱了框，水晶的，晶莹剔透，衬着波光，衬着轻风，衬着她一袭白裙，一肩乌发，整个画面的气质宛若仙境，淡雅脱俗，不容半点瑕疵。

她幸福地冲他笑，得意地抿抿嘴，说："你就宠我吧，我会被你宠坏的。"

他立刻揽住她的肩，也是一副得意的样子，说："拥有如此绝色佳人，把你宠得无法无天都情愿。"

她向他怀里拱了拱，满足而喜悦。

那天也是在这间画廊里，那个女人几乎粉碎了她全部的希望，她以为什么都结束了，她心灰意冷，觉得海城已经再无可恋，留下来，哪都有伤心的过往，不如离去，不如离去。

半天，宋屹池得不到沁羽的回应，俯下头，问她："想什么呢？为什么不说话？"

"想那个女人……"

"你是说心池吗？"

"嗯……"

"怎么忽然想起她？"他推她起来，让她直视他："记住，不管什么人，什么事，都无法阻止我们在一起。"

她相信他，此刻他能站在她面前就是给她最好的承诺。

她再次扑向他的怀里，那里的温度让她迷恋一辈子。

忽地，窗外闪过一个人影，她分明看到了那张脸，阴沉得犹如暴雨前灰蒙铅厚的天。

"施航！"她脱口而出，迅速离开他的怀抱冲向门外。

门外除了车来人往，那个瘦高的身影早已不知了去向。

宋屹池轻轻地站到她身边，拍拍她的肩："你看错了。"

她转过身仰视他，一脸的焦虑："是他，他盯着我们看了很久，好像……"她在努力着思索，想着一件很久以前的事。

忽然，她瞳孔扩张，露出惊讶的神情，不确定，但又很坚决地说："那天，在大火烧起来之前，我也看到了这双一模一样的眼睛，没错！我看到了！"

宋屹池一把抓过她的肩头，无比期待地问："你真的看清楚了？是施航？"

她拼命地点头，眼里袭满了无尽的恐惧和悲伤。

"火是他放的？"他自言自语道。

"会吗？他连我也要烧死吗？"她紧张地掉下了眼泪，一直以为温文尔雅的施航是她这辈子最对不起的人，没想到，在三年前，他率先对不起了她。

世事啊，世事！你怎会如此折磨人，怎么会给人几乎灭顶的打击？

却上心头

宋屹池将乔安留下的那段影像放给沁羽看，看过之后，沁羽沉默了好长一段时间。

他不打扰她，静静地看着她。

她心底翻起了无数的巨浪，层层叠叠，搅得她五脏六腑疼痛难忍，到最后，她哭了，哭得那么伤心，那么绝望，还有一点点的不忍。

她不忍相信这一切都和施航有关，不相信他会亲手断送一个人的生命。从未有一刻，她对施航的心绪会如此刻这般复杂而烦乱，她几乎痛到了骨髓。

她默默地起身向外走，宋屹池跟在她身后，小心翼翼地陪着。忽然，她转身，面对他，眼泪纷飞，情绪激动。

“别跟着我，我想一个人静静……”

宋屹池担忧地望着她，这段影像对她的打击是致命的，他后悔让她看。

“我们三人之间的恩怨太复杂、太纠结，我快要承受不住了，让我静静吧！”她说得那么可怜，他怎忍心不答应。

“我送你回去……”

她摇摇头，什么都没说，转身走了出去。

沁羽回到家，连灯都没开，就把自己扔进了床里。她瞪着大眼睛，看着黑乎乎的天花板，一眨不眨，像失了灵魂，失了思想。

施航十岁来到他们家，从此她多了玩伴，多了一位小哥哥。

那个时候，她和施施都抢着和他一起玩，她信任他，依赖他，总觉得身边多了个男孩就再无人敢欺负她。她视他为自己的保护神，为自己的大将军，只要有人得罪她，她一定会让他替她出口气。事实证明，他的确时时刻刻保护她，守护她。

初中那年，就有男生给她递过字条，她红着脸去找他，他像一只发了威的小狮子，把那个家伙堵在胡同里，一顿拳打脚踢，直到那家伙跪地求饶。从那刻起，她对他既佩服又尊敬，他俨然一位勇士，保护着自己的公主。

可她并未把自己当成他的公主，她心里的白马王子也绝非是施航。

直到遇见了乔晋，她才知道，她等的人终于出现了。

那时，施航就已经半工半读，他每日忙忙碌碌，弄得自己狼狈不堪。而她的少女情怀总是被神话一般的情景迷惑，让她在幻想的梦境里渴望着那个人如神一般的出现。

乔晋就符合她全部的少女心思，他英俊、挺拔，一笑花都能开，一动便袭来阵阵春风。他是学校里很多女生仰慕的对象，而只有她才是那个入了他眼，进了他心的一株茉莉，小小的，却纯净洁白。

当施航第一次听说她有了男朋友，她还记得他眼里那抹深深的失落。

那晚，他喝了酒，她扶他的时候，他的手抓得她好疼，疼得她差点哭了出来。

施航第一次见乔晋，他正穿着修理行的工作服，躺在车底下，对站在他身边的他们说：“把扳手给我。”

乔晋随手递给他，他接过去，却愣了一下，随后从车底爬出来。那一刻，他满脸尴尬，满脸羞愧，满脸自卑。他连乔晋伸过来的手都不敢去握，生怕弄污了齐晋白嫩纤长的手。

乔晋第一次去沈家做客，施航故意回来得很晚。虽然他换了干净清爽的衣服，可身上还时不时地散发出机油与汽油混合的气味。

从那以后，施航主动提出搬出去住，一来工作方便，二来离学校也近，其实，最主要的原因是他不愿再以尴尬的形象出现在乔晋的面前，那样，他会越来越自卑。

那天她把父母答应大学毕业就给他们举办婚礼的事告诉他时，他拧紧了眉心，攥着衣角的手指深陷皮肤里，后来，他发现居然出了血，自然，这些她并不知道。

她不知道的远远不止这些，可能从她渐渐忽略他时起，他们之间两小无猜的情意就已经开始变了，变得让两人越来越陌生，越来越疏远。直到大火过后，她意外地还记得他，他也终成了乔晋的替代品，生活在她的身边，成为她最依赖的人。

所有的不幸皆由她一人而起，怨不得谁，恨不得谁，她必须一个人承担。

她再也躺不住，她要见施航，欠他的，还给他，欠乔晋的也一并还给乔晋。

只是，她拿什么还？已成的伤害还能弥合吗？已成的悲剧还会逆转吗？

外面的风从开着的窗涌进来，她起身，去关窗，对面的那扇窗口立着人影，她静静地站着，与他隔着漫漫黑夜遥望……

第二天，一阵尖锐的警笛声将她从睡梦中吵醒，她以为又在做梦，却在下一秒清醒过来，那警笛声就在不远的地方，清晰且嘶鸣。

她推开窗，对面别墅的那条小径上，停靠着一辆闪着警灯的车，有人影闪动，一晃而过，眼看着警车慢慢后退。

她来不及思考，光着脚跑出卧室。推开大门，她往机动车道的方向跑去，身后跟着不知所以、神情紧张的父母。

警车迎面而来，刺耳的警笛声不停地嘶叫着，那声音刺得沁羽浑身抽搐。

她张开手臂拦下警车，警员探出头，呵斥她不要妨碍公务，快让开。她不听，让警员打开后备车门，她有话要跟车里的人说。

警员哪里肯？下车将她往路边拖。

后备车厢里有人拍着车窗，她看得清楚，那是宋屹池。

她不顾一切，冲开警员的束缚，扑上去，隔着窗子想要握住他的手。他冲她微笑一下，摇摇头。

她声泪俱下，他怎么突然会被警察带走？他做了什么错事？是不是搞错了？

父母及时拉住沁羽，警员才上车，重新发动车子。

车子绝尘而去，他在车窗里一直对她笑，一直，一直……

用了一天的时间，沈加俊才托熟人打听到，宋屹池被人告了，居然还是被告杀人。

怎么可能？他杀人？一定是弄错了，一定是。

沁羽激动得不能自已，她央求着父亲带她去警局，他一定是被人冤枉了。

还没等他们出门，警察却找上门来，要带沁羽和沈加俊去警局接受询问。

当父女俩坐在警察局的询问室，看着警察铁面无私的表情，他们隐隐觉得此事并不那么简单。

警员准备就绪，开始问话。

“你跟嫌疑人宋屹池什么关系？”

“他不会杀人！”沁羽脱口而出。

“我问你，你和宋屹池什么关系？”

她沉默片刻，才开口说：“男女朋友。”

“资料上说，你是已婚人士，你和他……”

“他们是正当的男女朋友……”沈加俊及时补充，却被警员无情地打断。

“你们知道他还有另一个身份吗？”

沁羽和沈加俊对望一眼，同时点头。

“他的真实身份和你是什么关系？”

“情侣关系。”她不再犹豫，坚定回答。

“你知道他在韩国的工作、生活、社交等情况吗？”

沁羽摇头，但又补充说：“他是画家，一个搞艺术的人怎么会是杀人犯？”

警员瞪了她一眼，冷冰冰地说：“据我们了解，他以宋屹池的身份在韩国生活了三年，那么真正的宋屹池哪儿去了？”

父女俩频频摇头，这的确是个问题。

“好了，如果有什么需要，我们会再联系你们，你们可以走了。”

这就问完了？这些问题跟他是不是杀人犯有什么关系吗？沁羽迷迷糊糊，却又庆幸，好在目前只是怀疑。只要韩国那边可以证明，还是会有转机的。当下，父女俩便决定，尽快联系远在韩国的宋铮老先生。

第十一章　往事随风，情深如许

当她吻累了，伏在他身上，他的手撩开她的长发，他们的目光在黑暗中相撞。那一刻，什么都不用说，什么都不用做，只是这样静静地望着彼此，他们都觉得这世界与他们无关。

死里逃生

施航醉醺醺地回来，一屁股坐在沙发上，目光呆滞，却燃烧着火焰。施施倒了杯水给他，问道：“你真去报案了？”

施航半天才舒了口气，脸上居然笑吟吟的，他一把抓起妹妹的手，说：“他们到处秀恩爱，而我就像只老鼠，只能在黑暗里苟活，我会让他们得意吗？”

施施只觉得背脊一阵阵地凉，却又心疼哥哥如今竟完全变了一个人，这无底的深渊终会将他吞灭。

“只要宋铮和宋心池一来，你的计划就会破灭，宋屹池毫发未损。”施施抚摸着哥哥乱而蓬松的头发，在鬓角处，竟然藏着些许的白发。她一阵阵的心酸，一阵阵悲凉。

“让他们难过一会儿是一会儿，我总不能什么都不做，任由他们戳我的痛处我还要默默承受？”施航几乎把眼睛陷到一种可怕的深度，那样逼出的目光是慑人的。

“算了，哥哥，沁羽始终是要离开你的，何必把自己逼得如此狼狈，你这样，爸妈看了不知会有多伤心，你可是他们唯一的希望啊！他们泉下有知，一定会不安心的。”施施终于发觉哥哥的所作所为是有多可怕，他一点点弥足深陷，一点点不能自拔，到头来终是会害了他自己。

“你不是也恨沁羽吗？你不是也盼望着沈家还你一个公道吗？我做这些是在为爸妈鸣不平，他们拿了我们施家的钱，却当成大善人收养我们，你知道那些年我是有多自卑，有多嫌弃自己吗？我受够了，受够了！”他几乎是咆哮起来，那眼里的丝丝血丝都是带着对家族之怨不可忘却的悲痛。

施施抱住了他，他的激动，他的极端，生生是在拿自己的命来博弈啊！

“我不要遗产了，不要公道了，我们离开海城，外面的世界那么大，我们总可以活得好好的，哥哥，放手吧！”她突然顿悟了，之前自己不懈的坚持，原来是最可怕的杀人利器，她眼看着哥哥如此沉沦，却一点办法都没了。

“放手？”他冷笑，推开她，用很大的力：“你退缩了？懦弱了？要不是当初苦苦相逼，我会弄成这步田地？现在你想放手？你当我是什么？任由你摆布？错了，施施，我们都错了……”他抱住了头，头疼得让他说不出话来。施施早就泪如雨下，她错了，统统都是她一个人的错，当初的坚持，如今的退缩，她生生将他推向了万丈深渊。

宋铮老先生接到沈加俊的电话就开始准备各种资料，儿子出车祸时的笔录，医生开的各种体征监测数据，连死亡证明都一一准备齐全。他还把 RM 整形医院，为宋屹池做整形的医师，包括宋屹池的私人医生一并邀请跟他一同来中国。

宋心池一心惦记着宋屹池，极力说服父亲让她同来，宋铮年岁已高，正好身边有女儿悉心照料。当天晚上，他们便搭乘最后一班航班，飞抵中国海城。落地后，他们没有联系沈加俊，直接去了警察局。

沈加俊没想到，第一次与宋铮老先生见面会是在警察局这样极为严肃又极为避讳的场所。

宋铮老先生已是八十高龄的老者，但岁月在他脸上并未留下过多的痕迹，他依旧矍铄，依旧满面红光，甚至连头发都不曾白得如霜染。他有一双锐利的眼睛，可想而知，这双眼睛目睹过人世间多少的风云变幻和商场尔虞我诈的惊险。时到今日，他仍保留着年轻时的警醒和精神，只因他这一生都不曾失败过。

沈加俊与宋铮老先生大有相见恨晚的感觉，只因在警察局这种场所，他们尽量抑制如见故友一般的心情，坐在一处，等待宋老先生的律师。

而此时，沁羽和宋心池都陪在一侧，两人只用目光彼此打量一番，便再无任何交流。直到韩国的律师匆匆赶到，一行人才径直走向警局为其安排的接见室。

这起案子，涉及两国，警察局长尤为重视，并破例允许警方和相关家属进行一个简短的碰头会，尽可能和平友好地处理此案件。刚一落座，宋铮的代表律师便将准备好的资料一一呈给了中国警方。顷刻，会议室只闻翻阅资料的窸窣之声，其余便半点动静都没有。

资料之详细、缜密，足可见宋铮老先生救子心切。而这些资料的内容在警方看完后，一切的真相似乎已经浮出水面，但为了保险起见，警方决定让宋铮老先生亲口讲述，以求做到翔实无误。

宋铮老先生正正了坐姿，微眯起眼睛，回忆着三年前来中国海城的那段奇遇。三年前，宋铮决定扩展在中国大陆的市场，首选便是沿海城市——海城。

海城最大的电子公司“海大”当时在中国可是行业的领头羊，并在亚洲甚至美洲都有一定的业务往来。宋铮便看好了与“海大”的合作，决定亲自来海城进行业务洽谈。

当时的“海大”绝对处于高高在上的姿态，对韩国市场并不热衷，于是便安排新进公司的高才生乔晋与之谈判。

宋铮一生阅人无数，“海大”高层的鄙夷和轻视并没有被他放在眼里，他决定先交朋友后谈生意，这样，“知己知彼”才能“百战百胜”。于是他收集了乔晋全部的信息，以求做到百无一漏。

那天，他得到消息，乔晋休息，会一整天都在银湖山顶的别墅里，于是他和助理便动身前往银湖。银湖的风景吸引了宋铮，他坐在湖边惬意地欣赏着自然风光。一时兴起，他居然让助理去买鱼竿，他要钓鱼。

助理驱车折回市里，买了老先生说的那款鱼竿。

钓鱼是需要时间和耐性的，助理明知有重要的事情办，但只能干着急，却不能打断老先生的雅兴。就这样，一下午的时光便在鱼鳔的一起一落间慢慢地流逝。

当天色渐渐暗下来，宋铮这才恍然，居然错过了与乔晋见面的最佳时间。于是他们决定从悬崖一侧的近路上山，这样，便会在短时间内见到乔晋（他们出发前，曾看了地图）。

与此同时，山顶已是火光冲天，他要去的那栋别墅在烈火中熊熊燃烧，腾起的烟雾都被映得通红一片。忽然，助理愣住了，头顶的一棵大树上，似乎挂着一个人，黑乎乎的看不真切。宋铮也看到了，赶紧吩咐助理上去看看。

果然，不一会儿，助理便在树干上对宋铮喊："先生，是个受伤的人，已经昏迷了，浑身都是血，好像还被火烧过。"在助理的努力下，终于把那昏迷的人从树上救了下来。宋铮挤压他的人中，并做了人工呼吸，那人才喘着微弱的气息，睁开了眼睛。

宋铮已经认出他就是乔晋，因为宋铮有他全部的信息。他为何伤成这个样子，为何他们的见面会在这种生死边界呢？此刻，他抬头，看到山顶的天空已经被火映得通红。

原来，他选择了跳崖，也不愿葬身火海。

乔晋一直处在昏迷之中，海城的医院都束手无策。而且他被烧伤的皮肤开始慢慢溃烂，再这样耽误下去，极有可能会丢掉性命。于是，宋铮决定带他回韩国。

乔晋浑身上下到处是伤，胸口、后背一条条深浅不一的伤口密密麻麻，触目惊心，大概是从山崖上摔下来时刮伤的。但最严重的却是右侧脸颊，几乎没有了完好的脸皮，血肉模糊，让人不寒而栗。

当 RM 整形医院的医师 Dave 看到这样一副伤痕累累的身体时，他几乎倒吸一口凉气，对宋铮说："但愿上帝能够保佑他平安无事。"

治疗一步步进行，这期间，乔晋昏昏醒醒，承受着极大的痛苦，医生、护士包括宋铮，经常会听到乔晋梦呓一般地念着一个人的名字——沁羽。

宋铮的这次中国之行，虽没有谈成他想谈的生意，却拯救了一位年轻人的生命。女儿心池和儿子屹池对父亲的行为表示出极大的赞同和钦佩。

然而，天有不测风云，人有旦夕祸福，宋铮的儿子宋屹池却突遭横祸。他的跑车狠狠地插进一辆卡车的尾部，车体粉碎，扭曲地成为了一堆废铁。当救护人员将宋屹池从那堆废铁里拉出来时，他已经停止了呼吸。

这绝对是对宋铮老先生最致命的打击，他老泪纵横，颤抖着手揭开尸体上蒙着的那块白布，他以为儿子还在熟睡，以为当儿子醒来后，依旧会叫他爸爸，依旧会陪着他晨跑、登山、垂钓。然而，他触不到儿子身上的温度，得不到呼唤的回应，儿子静静地躺着，惨白得没有一丝血色，他忽然意识到，这将是他最后一次看到儿子的脸。

宋铮老先生再没有心情去看乔晋，他把自己关进书房一整天一整天不出来。女儿心疼，却又无计可施，她怕爸爸终有一天会撑不下去。宋屹池的私人医生 Miracle 来看望老先生，却意外地得到了宋铮的允许，让他进了书房。

他们在书房待了一整天，直到夜色降临，宋铮才拉着 Miracle 的手走出书房，脸上是许久未见的微笑。

原来，Miracle 向宋铮提议，将儿子宋屹池的脸皮植皮给乔晋，因为他们的血型天意般的吻合。如此，宋铮便能天天见到儿子，即使是不同的肉身，却有一张同样的脸，在情感、心理上，这或许是另外一种补偿吧！宋铮想了很久，他救了乔晋，却失去了儿子，他们的血型吻合得天衣无缝，难道这不是天意吗？于是他点头答应，只要能看到儿子的脸他便满足。

很快，RM 整形医院开始对两张脸进行手术，五小时后，Dave 面带微笑，心情大悦地走出手术室，这应该是他做得最成功的一次手术。

一个星期后，第一次换药，乔晋仍不知道他的脸已经换成了另外一个人的容貌。

两个星期后，头上裹着的层层纱布让他面部灼热地痛。

三个星期后，他可以出来走走，呼吸新鲜的空气。他第一次见到了宋铮，这位老人的脸上满是疼惜的表情，像是他的一位亲人。他也第一次见到了宋心池，一位漂亮的女生，有一头和沁羽一样乌黑的秀发。

四个星期后，他脸上的纱布只有一层，他不再疼痛，不再奇痒难耐，一切平淡得一如从前。

五个星期后，拆掉纱布的那一天，当镜子里出现一张完全陌生的面孔时，他惊呆了。他望着镜子中的自己愣了很久，终于发疯一般地用手撕扯着自己的脸皮。这不是他，这不是他的脸，他不要做别人，他要做回他自己，因为这张脸，沁羽不认识，乔安不认识，他不想失去他爱的人。

医生给他打了一针镇定剂，他昏昏沉沉地睡着了。

当他再次醒来，面前坐着那位慈祥的老人。用了一下午的时间，宋铮把所有的一切都讲给了他听。乔晋默然了，他不再激动，不再抗拒，只因眼前的这位老人不但是他的救命恩人，更给了他一张无比俊逸的脸。他还能活着，还能如此潇洒地站在人群中，他还有什么不知足呢？

他记得，当他推开沁羽的那一刻，身后的大火吞噬了他，他浑身是火，辨不清方向，摸不到可以救命的稻草，他只是本能地后退，直至被火烧裂的玻璃成了他逃命的出口，他才一头扎进了悬崖，急速坠落。那一刻，他只想到沁羽，只要她平安，他死不足惜。

如今，他还活着，那天的大火成了他这一生都无法挥去的阴影。他胸口和后背上那条长长的伤疤是他对那场大火最刻骨铭心的痛。

宋铮将乔晋接回家中，给他安排了最宽敞明亮的房间，一壁橱的衣物，一鞋柜的鞋，都是宋心池精心挑选的。他的身材跟她的哥哥几乎是一样的，他站在那，她真的有种错觉，哥哥没有死，他还活着。

乔晋住了下来，成为了宋家的一员。他接受了新的名字——宋屹池，也接受了爸爸和妹妹。

宋铮拉着儿女的手，将他们交叠地放在一起，他有私心，如果乔晋有天离开，他还是会失去儿子的，他不想再有离别，所以，他希望乔晋能娶自己的女儿，照顾女儿一辈子。

乔晋懂宋铮的意思，可他心心念念的只有沁羽，他实在没办法再将心池装进心里。于是他对宋铮说："我答应你，会好好照顾心池，可我爱的人在中国。"

一年后，当宋铮开口请他去公司帮忙时，他拒绝了，他说他要回中国。

两年后，他进修了绘画，并在首尔举办了个人首场画展，取得了成功。他一直记得对沁羽的承诺："一定要画出世界上最伟大的作品。"

在一起的日子

宋铮老先生轻咳一声，停了下来，这段回忆让他的眼睛明亮起来，那是他的眼泪，他却不肯让它掉下来。

这便是事实。

警察局长立即召开了临时会议，最终决定将宋屹池无罪释放。宋屹池平安无事，大家的脸上终于露出欣慰的笑。

沈加俊尽地主之谊，在"海天阁"宴请大家，席间，谈笑风生其乐融融，韩国来的医生和律师频频称赞中国菜色香味俱全，简直棒棒的！

沁羽吃得很少，对面而坐的宋心池也是少少地吃了几口，便放下碗筷，起身离席。沁羽随后跟了出去，在楼下的"听涛台"，宋心池凭栏远眺，海风吹起她的长发，飘飘扬扬，温温柔柔。

沁羽顺阶而下，来到她身边，跟着她的视线，极目远眺，那一片海天相接之处渺渺茫茫，望不穿，也看不透。

“你终于如愿以偿，得到了他。”宋心池冷冷地说。沁羽垂下眼眸，思忖了片刻，说：“我们经历了很多，还能够在一起，这就是中国所谓的缘分，缘分天注定。”

她淡淡地笑了两声，转过身与沁羽对视，怀疑而又肯定地说：“我和他的缘分算什么？不过是泡沫罢了。”她自问自答，让沁羽觉得一阵难过。爱情面前，没有对错，只怪错爱了一回。

“当他割血割肉来还我们的恩情，我就知道，他不属于首尔，不属于宋家，更不会属于我。他连命都不要了，却对你念念不忘，我还有什么资格跟你争？还没较量，就已经输了。”她有些激动，声音微颤，连身体都在不停地发抖。沁羽的心被什么东西碰了一下，不是疼，而是感动。

“我把他完好无损地交给你，除了他换了容貌，一切都和你熟悉的一样，我和爸爸也就问心无愧了。”她咬着唇，极力控制自己的眼泪，怕掉下来，连自己都后悔做出的决定。

“谢谢你的善良，包容会让你得到更多，会让你遇上一个比他更爱你的人……”

“我只能这样期望，除此之外，我还能做什么呢？”她打断沁羽，说得有些勉强，但又不得不这样期望下去，因为，每个人的爱情都经历过错过和等待，才会显出它的弥足珍贵。第二天，她便和父亲宋铮老先生飞回韩国。一切都静了下来，一切似乎都已经过去。

当沁羽再一次投向宋屹池的怀抱，他们经历的苦难似乎真的结束了。

她亲吻他身上的伤疤，只想用她的温暖平复一切的伤痛；她亲吻他那张熟悉却又陌生的脸，只想用她的细腻让他一辈子都铭记。当她吻累了，伏在他身上，他的手撩开她的长发，他们的目光在黑暗中相撞。那一刻，什么都不用说，什么都不用做，只是这样静静地望着彼此，他们都觉得这世界与他们无关。

他将脸凑向她，轻轻地咬噬着她的耳垂，发出低吟："我再不会放开你，再不会离开你，我每天都要看到你，听到你……"她的耳边一阵痒痒麻麻的，她想推开他的脸，他却压得更低了，直至他们的唇紧紧地黏在一起。

"不要逃,你终是我的……"他再发不出声音了,因为吻一旦灼烈而来,他们都忘乎所以，将万事万物抛于脑后，尽情在肆意的疯狂与缠绵中。

太阳暖暖地照在他们的脸上，宋屹池微微一蹙，睁开了眼睛。外面的天空晴好得让人喜悦，全新的一天开始了。他轻身下床，悄悄地掩上了房门。许久，熟悉悠扬的旋律在沁羽的耳边响起：

If I should stay,I would only be in your way.So I'll go, but I know. I'll think of you every step of the way.And I will always love you.I,will always love you.You, my darling you, you……

沁羽懒洋洋地翻身，伸手到另一边，却摸了空。她不情愿地睁开眼，却看不到他。这时，耳边的旋律清晰悦耳地传来，她痴笑，抱着膝满足而愉快。

门开了，他走进来，黑色笔直的西裤，天蓝色的衬衫，领口和袖口松松地敞开着，潇洒随意，带着暖暖日光的金边，像多年前初见他时的怦然心动，她已经融化在他那甜甜微笑里。

他俯下身，将她横抱起来，还故意掂了掂，玩笑着说："还好，没有长肉。"她嬉笑着去掐他的鼻子,娇嗔道:"再胖你也得抱,抱一辈子。"

他一边应着，一边朝外走，来到餐厅，将她放在高背椅上，然后替她围了餐巾，又将她的手端正地摆在桌前，最后，他走到她对面的位置上，慢慢坐下。

她一直美美地看着这一切，他像位绅士，替他的女神服务。

“可以吃了，开始吧！”他习惯了刀叉，潇洒自如地吃起来。

“这首歌越听越喜欢。”她居然用手抓了芝士蛋糕直接送入嘴里，吃得津津有味。

宋屹池看到她的吃相，向她摇摇手：“NO，一点儿也不淑女。”她笑，笑得前仰后合。宋屹池有些小愤怒，低低地警告她：“吃饭的时候要注意礼仪……”只见沁羽冲他指了指下巴：“你的吃相不比我好到哪儿去。”

宋屹池伸手到自己的下巴，一摸，竟然黏着一块番茄酱。他没有及时擦掉，而是起身朝她走去。沁羽意识到不对，想逃，可来不及了，他的脸已经逼近，然后，便是一顿在她的脸上乱蹭，直至她的脸满是番茄酱。沁羽尖叫着跑进卫生间……

和心爱的人在一起的日子总是快乐的，他们一起散步，一起登山，一起看夕阳西下，一起仰着头和星星说话。夜里，他们躺在大床上，她用脚趾拨弄他的大腿，他受不了痒，会伸手到她的腋下抓她的痒，她笑得泪花闪闪，求饶，却在下一秒被他狠狠地吻住，于是关了灯，黑暗里急切的喘息与低吟声便充塞了房间，沉醉了夜。

沁羽一直放不下的是自己与施航的夫妻关系，她觉得一天没有离婚，就不能踏踏实实地跟宋屹池在一起。宋屹池不在乎这些，他们经历得还不够多吗？这小小的问题，在他对她的爱中已经显得微不足道了。

他拥着她，告诉她：“我们分开了这么久，再没有任何人和事能够阻挠我们在一起，即使你一辈子没和施航离婚，你都是我的妻子。”沁羽激动得说不出话来，他爱她的信念如此深刻，她还有什么可顾虑的呢？就连爸妈都希望她和宋屹池能够白头偕老。

在宋屹池的一再说服下，沁羽才答应搬到他那儿去住，他们俨然成为了真正的夫妻。然而，就在他们住在一起的第三天，发生了一件奇怪的事情。

那天，沁羽早早起床，自从恢复了记忆，她就再没有被噩梦纠缠，睡在宋屹池的身边，感受到前所未有的安全和踏实。宋屹池也有晨练的习惯，此时，他应该在通往山顶的小径上。他没有叫醒她，让她多睡会儿。

沁羽推开了窗子，对面便是她的家。她和宋屹池多少次隔窗对望，如今他们之间再无距离。她伸了个懒腰，阳光正慢慢地投射过来，多么惬意的早晨啊！她觉得无比的幸福。

门铃突然响了起来，这么早会是谁呢？沁羽没来得及换衣服，便匆匆地去开门。门外站着一个穿快递服的男人。他戴着一顶鸭舌帽，帽檐压得很低，几乎看不清脸。那人递给沁羽一个包裹，让她签收。

沁羽随口问了一句："哪寄来的？"

"银湖别墅 A 区 8 栋。"那人不假思索，脱口而出。沁羽点点头，在签收栏里写下了自己的名字。银湖别墅 A 区 8 栋？这不是自己家吗？爸妈怎么会寄包裹给她？沁羽突然觉得有些奇怪，再去看那个快递员，人已经消失不见了。

太奇怪了！沁羽满腹狐疑，抱着包裹折回屋里。打开包裹，里面居然放着一张光盘，她打开电脑将光盘插入，立刻，播放器里传来了画面。

蔚蓝色的大海，白云朵朵的碧蓝天空，她穿着洁白的婚纱，和施航面对面而立。画面太美，沁羽几乎惊呆了。如今再看，恍如隔世，她和施航的婚礼就像发生在上一个世纪，已经久远得失去了当时的光彩。

沁羽瞪着眼睛，连呼吸都不能顺畅。她还记得她对他的许诺：今生今世，生生世世在一起！这才过去多久？她就已经背叛了他们的诺言，那场她期待已久的婚礼，终是一场用泡沫堆砌的美梦，破碎得太快、太彻底。沁羽终是没能抑制住自己的情绪，失声痛哭。

当宋屹池晨练归来，看到的竟是这样一幅画面：沁羽对着电脑抽泣不已，画面上，记录着她和施航那场唯美浪漫的婚礼。

沁羽沉浸在悲痛之中，根本就没感觉到身旁站着的宋屹池，直到他的手掌按住了她的肩膀，她才恍然而醒，抬起水雾迷蒙的眼睛看着他。

两人对视了几秒，宋屹池一把将她揽入了怀里，紧紧地拥抱这一生的最爱。

“想哭，就痛快痛快地哭吧！你无须压抑自己，过去的终将是过去，我们还有美好的未来。”他的声线温柔低缓，把无限的温暖传递给她。

沁羽哭肿了眼睛，她埋下头，在他的肩上狠狠地咬下去。他忍着疼，好似这一咬便咬住一生一世，他情愿自己疼痛，也不想看她如此难过。

“我终是不能给你一个完整的我，你介意吗？”这个问题，她问了无数次，可这一次，她问得毫无自信，她怕这一切还会像一场泡沫般的美梦，一碎，便什么都不存在了。

宋屹池低头去吻她，吻干她的眼泪，吻去她脸上的愁容：“傻瓜，你在我心里永远都是完整完美的，我怎么会愚蠢地计较这些，真要是计较，我还怕你接受不了改了容貌的我呢？”

沁羽伸手抚摸他的脸颊，从第一次见这张面孔时，她就有了异样的感觉，或许是心灵相通，或许是早已注定，他们兜转了一圈，还是走在了一起，他们从未分开过，现在，以后都要在一起。

“好了，我们经历了千辛万苦才能够在一起，沁羽，我一辈子都不会丢下你不管，我们要一起走过以后的每一天，直到我们老了，动不了了，我们还是要相扶着看日升日落……”宋屹池的话还没说完，沁羽就已经吻住了他的唇。两人紧紧地相拥，绵长而热烈地吻下去。

这件事以后，他们的爱变得愈加浓烈，他们在一起的时候总有说不完的话，总有吻不够的激情，总有看不尽的眼神交融。他们整天腻在一起，享受着彼此依靠时的温度和激动。

几天后，警方传来消息，在一个废弃的修理厂里找到了那辆肇事车辆。经过警方勘察，发现车头存留着死者乔安的血迹。在警察抽丝剥茧，层层追查下，锁定了最终的嫌疑人。

果不其然，当嫌疑人的资料交到宋屹池的手上，他终于长长地呼出一口气，施航！这一生你亏欠给我的，终是要偿还的。

原来，施航撞死乔安的当天晚上，他就联系到外地一个黑车购买方，本以为这辆车从此消失在海城，驶向茫茫不知边界的地方，不料，在途中，这辆车居然发生了车祸，车体严重损坏，已经毫无修理的价值。购买方自认倒霉，以废铁的价格卖给了废品站，于是，这辆肇事车便被堆放在废弃的修理厂，等待警察找上门来。

起初,追查的难度相当大,施航也怕暴露身份,经多人才卖出了车辆，而由始至终，施航从未出面。但天网恢恢，废品站的工人在堆放肇事车辆前小便时，发现了这辆正在被通缉的车辆，于是报警，真相才得以大白天下。

宋屹池将此结果告诉了沁羽，她听过之后，沉默了数分钟，眼眶里渐渐蓄满了泪水，好似对施航的恶性心存一丝遗憾吧。施航怎么会变成十恶不赦的杀人犯？怎么会弥足深陷不能自拔？一想到施航以往对她的千般疼爱，万般呵护，沁羽越发地难过起来，最后身体竟缩成一团，抖个不停。

宋屹池搂紧沁羽，轻拍她的肩膀，她在他怀里慢慢变得平静下来。她是个性情中人，毕竟施航曾那么深爱她，如果真要刻意根除，她做不到，他也不想勉强。

“他会不会被判死刑？”她轻声问道。

宋屹池能看出沁羽内心的不忍，可施航罪孽深重，法律面前，他应该承受应得的惩罚。他沉默了几秒，说：“他杀了我的亲弟弟，曾对我们痛下杀手，如果宽恕是一种美德，那么纵容就成了人性为魔的深渊。我们无权审判一个人，但法律会给他一个公平的判决。”

沁羽微微抖了一下肩，下意识地垂下眼眸，好似伤心又仿佛松了口气，。她不愿看到身边的人有如此悲惨的下场，尽管施航咎由自取，她仍相信，他是善良的。

“别难过，如果可能，我会让你见他一面，这些年，他的确深爱你，并诚心地保护你，我感谢他对你的这份痴心，但是，我不能原谅他杀害我弟弟的事实。对不起沁羽,请你理解我。"施航吻了她的额头,久久的，深情的。

沁羽仰视着他，他的脸平静得不曾有任何波澜，他已经看淡了一切，从自己的死里逃生，到施航的罪恶滔天。

"我理解你，所以，我不会见他，我欠他的，三年前，就已经还了。"沁羽依偎在他的怀里，她现在很满足，宋屹池什么都不说，也无须再说什么。他们能够幸福地依偎在一起，比什么都重要。

天网恢恢

警方的通缉令一夜之间在海城乃至全国铺天盖地地袭来，人们在议论猜测的同时,对生命的注解有了深刻的感叹。沁羽和父母一边担心着施航，一边无可奈何他所犯下的过错。一切都是宿命，怨不得谁，恨不得谁。

通缉令下达数十天，施航就好似人间蒸发一般，一点消息都没有。除此之外，宋屹池心里一直有一个疑问，他换了宋铮儿子容貌的这件事，海城的警察是怎么知道的呢？思来想去，只有一个可能，便是施航。果然，当宋屹池约施施出来见面，她不得已把所有的事情告诉了他。

当施施从宋心池口中得知，乔晋并没有死，只是改了容颜变成了宋屹池，她激动异常，因为乔安临死前唯一放不下的就是哥哥的生死，如今哥哥依旧活得好好的，他总算可以安心了。

施施在乔安的骨灰前，将事情原原本本地讲了出来，希望他泉下有知可以安息瞑目了。谁知，这件事竟被施航无意偷听，于是，便想了这一出陷害之计，虽不能让宋屹池锒铛入狱，却能打击一下他们秀恩爱的热度，他的心也许会好受些。

施航的心理如此变态，宋屹池只觉得一阵心寒。

施施离开后，宋屹池便跟踪而上，转了几条街，在施施上楼前，他闪进对面的一间小吃店里。施施上楼后便再没有下来，他在小吃店里已经吃了两大碗云吞。

夜色完全黑下来的时候，他终于看到跌跌撞撞、摇摇晃晃的施航从另一条巷子里出来。他几乎快要认不出施航来了，这还是那个温文尔雅、高挑挺拔的施航吗？他怎么会弄得如此灰头土脸、狼狈不堪？

施航的身边走过几个年轻人，无意撞到了他，他骂骂咧咧，与年轻人纠缠在一起。宋屹池赶紧上前解围，劝走了年轻人，将施航带到僻静的角落里。

施航醉眼看他，怎么看都不舒服，一张嘴，从胃里翻腾出来的食物混合物，不偏不倚尽数吐在了宋屹池的脚下。宋屹池一动不动，好似那些污物并不存在，他只是勾了勾嘴角，显得有些难以接受。

施航瞪着他，眼底涌动着对他极大的怨恨，施航冲他嚷道："你怎么不躲？我就是要恶心你，恶心你一辈子。"多么幼稚的想法，宋屹池觉得好笑，但他笑不出来，一个被仇怨缠身的青年就这样自暴自弃，生命于他还有什么价值？

"你终于还是来找我了？你怕我了？你怕我坏了你们的好事，是不是？"施航扑向他，可他却没有力气与施航纠缠。

宋屹池一直平静地面对这一切，好似施航的垂死挣扎已于事无补。施航最后还是松开手，垂头丧气，靠向墙壁，他面露难过，竟然暗自落泪。

"你做了太多的错事，也该收手了，不然，你会害了你自己。"施航"哼"了一声，无奈且心虚。

"你怎么害我，我都可以原谅你，因为沁羽，我不愿和你计较。"宋屹池一步步逼近他，脸上带着不可抑制的悲愤："可你为什么要害死乔安？他那么善良，还有那么好的前程，而你却终止了这一切，你于心何忍？"

施航抬眼看他，灰蒙的眼眸里闪着恐慌，他摇头，喊道："我没有，我没有！”

宋屹池一直将他逼近墙角，他无奈地与宋屹池对视，逃不开，躲不掉。

“你把你最重要的东西落在了火灾现场，却被乔安拾到，他怀疑你就是放火的人，你怕事情败露，把他杀了，对不对？”宋屹池眼里布满了血丝，那是无尽的仇恨。

施航看着他，他的眼仁黑得像深夜里的一潭水，深幽而波澜不惊。他依稀记得，那晚乔安的瞳孔也乌黑得犹如漆黑的海面，深邃到不可测。他看到乔安掏出香烟和打火机，按下火石，一下一下，火苗一明一灭。

他听到乔安的声音缓缓地传来：“这小小的火苗，也有吞噬世界的可能，你觉得呢？”

施航在宋屹池的逼视下，只觉得头脑昏沉，连眼皮都要抬不起来了。他又看到乔安，他在笑，无声地一闪而过，连嘴角都不留丝毫痕迹。他听到乔安的声音就在耳边，清晰而有力：“你为什么要放火烧死他们？他们那么相爱，你为什么要拆散有情人？”

“胡说！我没有放火，是他们该遭此劫难，和我无关！连警方都找不到证据，你凭什么来质疑我？”

“你要证据，是吗？我给你！”乔安一手抓着他，一手从衣袋里掏出那枚玉坠。“这是你掉在火灾现场的，这么多年，你一定想不到，它竟成了指正你是凶手的唯一凭证吧！”

他更加恐慌，那枚玉坠在他眼前晃来晃去，晃得他的头越发沉重……

宋屹池看着施航闭着眼，身体在墙壁上不停地转动，那样子是痛苦的、绝望的，更是惊惧的。

一切又回到了那个夜晚，他看到乔安的背影在夜风中如一道鬼影，他只想让这道鬼影消失不见，他一脚油门下去，殷红的血液瞬间染红了夜色，染红了世界……

施航顺着墙壁不断下滑，直至瘫倒在地上。

一切都无法挽回，他撞死了乔安，又把尸体推进了大海，这一幕幕可怕的画面不断地在他的脑海里浮现，几乎将他折磨得生死不能。宋屹池一脸的严肃，他终于看到了真相。只可惜，他亲爱的弟弟再也回不来，再也不能叫他一声大哥。

施航慢慢地清醒过来，他撑起身子，用血色的眼睛盯着宋屹池，他该满意了，这全世界都该满意了！他冷笑起来，好似在掩饰自己内心的恐惧。

他一句话不说，转身就走，走得那么坚定。宋屹池想追上去，可身后一只手及时拉住他，他转身，发现是施施。施施眼里的一汪水雾，彻底让宋屹池心软了下来。

“他杀了乔安？”施施的声音抖得不行。他点点头，没有说话。

施施从衣兜里掏出那枚有了缺口的玉坠，看着它，竟慢慢地笑了起来：“我就知道这枚玉坠失而复得，背后一定有事，没想到，居然和乔安的死有关。”

“法网恢恢，疏而不漏，这就是他的结局。”

施施抬眼，水雾已经凝结成泪珠，就挂在她的眼睑之下，摇摇欲坠：“哥哥错爱了人，也错走了一条路。”

宋屹池按住施施单薄的肩头，她依旧颤抖着。

“你不一样，你的世界不应该有恨，好好珍惜……”宋屹池移开脚步，朝另一侧的马路走去。

施施突然喊：“放过他，用我的余生来弥补这一切！”宋屹池没有停下来，坚定的背影就是给施施最好的回答。

我要拿回属于我的一切

宋屹池从画廊打来电话，让沁羽打扮得漂亮点，三点准时出门。他们约好晚上在外面吃饭。

沁羽一向不喜欢打扮，但最近心情不错，捯饬捯饬，锦上添花岂不是更好？她翻箱倒柜，终于选了一套浅蓝色印着碎花的长裙，再搭一条镂空纯白色的小披肩，看上去淡雅素洁，清秀怡人。

海城没有春天，直接便跳入了夏季，人们似乎刚脱下冬衣便可以短裙短衫，尽显迷人风采。沁羽尤为喜欢这个季节。

三点，宋屹池的车准时停在了别墅外，沁羽欢快地走出来，在他的车前竟然来了个三百六十度旋转，裙摆上的碎花如纷飞的蝴蝶，迷醉了宋屹池的眼。

他迫不及待地下车，抱住她，在她的唇上轻轻一吻，说："你简直美若天仙，简直美不胜收……"沁羽推开他的嘴，笑吟吟地说："油腔滑调，讨厌！"两人上了车，车里的音乐开着，是那首他们最爱的歌。

If I should stay,I would only be in your way.So I'll go, but I know. I'll think of you every step of the way.And I will always love you.I,will always love you.You, my darling you, you……

"屹池，我也永远爱着你。"沁羽突然转头，一本正经地说。

"当然，我那么优秀，不爱我，是你的损失。"他得意地哼着旋律。

"爱你一辈子不够，要爱你下辈子，下下辈子，下下下辈子……"说着，她探过身，在他的侧脸上亲了一口，满足地坐回去，笑盈盈的不再吱声。

吃饭的时间还早，他们索性去商场逛逛，顺便买些生活用品带回去。他们上了二楼，二楼专卖儿童用品，各种商品，琳琅满目。他们在一家专卖婴儿车的店铺前停下，宋屹池看得出神，沁羽却有些难为情，催促着他去三楼。

宋屹池随手揽过她的腰，不怀好意地说："要不要买一辆，以备不时之需？"沁羽羞红了脸，立刻推开他，转身就走。

宋屹池及时追上去，在她额上亲了一口，说：“早晚要给我生一堆的娃娃，买一个在家看着都高兴。”

沁羽扭头瞪他，赌气地开口：“谁说要跟你生了，自己生去……”

宋屹池为难地摊摊手：“我不会啊！”两人对视着，几乎同时大笑了起来。就在两人幸福地笑在一起的时候，三楼的玻璃围栏里，一个戴着鸭舌帽的男人正用一双凌厉的眼睛看着他们。

沁羽笑够了，便说要去洗手间，让他在这等她。宋屹池本想陪着，却被沁羽制止了。于是，他依依不舍地看着沁羽朝洗手间的方向走去。

三楼的人影迅速闪去，一眨眼，便不见了踪影。

时间一点一点流逝，宋屹池等得有些心焦，他看看腕表，已经进去半个钟头，宋屹池实在等不下去，便朝厕所走去。他在女生厕所外喊沁羽的名字，里面没动静。他再喊，仍没有沁羽的回应。

不对！难道出了什么意外？

宋屹池的神经一下紧绷起来，他想都不想就冲进了女厕所。厕内隔板的门紧闭，他一个个推开，均无人。只剩下最后一道门，他小心翼翼地靠近，用力一推，还是无人。

忽然，他的眼角瞥到地上那枚闪着亮晶晶光芒的戒指，他快速拾起，啊！是沁羽的，是他送给她的。戒指无端遗落，一定是遇上了突发事件，不然，她那么心爱的东西怎忍心丢下不管？

沁羽醒来的时候，发现自己被人捆住了手脚，眼上和嘴上都被胶带死死地粘着，动不了，也喊不了，只能缩在那儿任恐惧侵袭着自己。

她努力地回想发生了什么，思绪似乎被拉回。当她推开厕所最里面那间隔板的门时，身后突然有人用力推了她一把，她没站稳，险些摔倒，一只手狠狠地拽住他，将她带到他的面前。那人戴着鸭舌帽，脸上缠着一块黑布，她看不清他的样子，却熟悉躲在帽檐下那双黑漆漆的眼眸。

她几乎脱口而出就要喊出他的名字，却被他用手死死地捂住了嘴，她睁着惊恐的眼睛望着他，他俯下头凑近她的脸，隔着那块黑布，贪婪地嗅着她脸上的味道。

她一阵心痛，他何时变得如此狰狞，如此猥琐，他的样子简直像个变态杀手，将她一点点折磨。她用尽力气推他，他却冲她笑："跟我走，我不会伤害你。"

她闭了闭眼睛，如果非要一个人终结所有痛苦，她情愿这个人就是她自己。她点头，答应他。他笑得更扭曲，这是她见过人世间最可怕的笑。在被他推出去的一刻，她扭下那枚戒指，扔在了地上。她希望宋屹池能看到，能来救她。

有人推开门，她听到脚踏地板发出的声音，"咚咚咚……"直戳她的心脏。脚步声就停在她身边，她眼前漆黑一片，什么都看不到。那人蹲下，捏住她的下巴，撕掉眼上和嘴上的胶带。一阵刺眼的白光让她紧紧地眯起眼睛，不一会儿，她适应了光线，才慢慢睁开眼。

她看清楚了他，他没有戴帽子，脸上没有遮着黑布，他白皙清秀的脸上连一根胡须都没有，一如从前白白净净，整整洁洁。

他替她松了身上的绳索，动作轻柔得怕弄疼她。她看着他，以为是她的错觉，难道他是来救她的？她胡乱地揉着发麻的手脚，却在下一秒被他拎了起来。

他把她抵在墙边，脸凑近她，近得连鼻尖都擦到了。他从兜里掏出电话，以命令的口气，说："给你爸爸打电话，让他准备三千万来赎你。"

沁羽摇头，他这是在犯罪，在走一条永远回不了头的路啊！

"不肯吗？那我把妈妈请来，她老人家可承受不起这样的招待！"

"施航，别再错下去了，没人逼你要这样，何苦把自己毁了？"她心痛地求他放手，这一错，可就再也回不来了。

"走到这一步，我没想过回头，你们把我的路统统堵死，我还能往哪走？”他冷笑着，语气冷得令人寒彻心骨。

“终是我一个人对不住你，我的命就在你手里，你拿去吧！”她说得坚定，好似这命再不是自己的。他笑，那笑带着泣血般的悲怆。

“你爸爸私吞了我爸妈的遗产，今天让他如数返还，难道有错吗？”

沁羽愣了一下，她从不知两家还有这段恩怨，只以为收养他们是爸妈的同情心使然，如今看来，更多的可能是爸妈真的存了私心。

“枉我这些年那么敬重他，他满口的仁义道德，竟也是背信弃义之人，我拿回本属于我的，难道他都不舍得？”他在她面前开始拨号码。

“不，等等，这之间会不会弄错了？”沁羽多希望这都不是真的。

他不听她，继续拨了号码，然后递给她。

宋屹池疯狂地找遍整座商场的角角落落，他恨自己没能守护好沁羽，他恨自己把沁羽弄丢了，他攥着那枚戒指，狠狠地用尽所有的力气。

突然，电话响起，是沈加俊打来的。他听到沈加俊颤抖的声音传过来：“屹池，沁羽……沁羽被施航挟持了，他要三千万……”

当宋屹池赶到沈家，乐佩已经哭得上气不接下气，沈加俊也是急得在客厅里踱来踱去。宋屹池立刻打电话报警，沈加俊却阻止了，他说：“不能报警，我怕他会伤到沁羽。”

“他还说过什么？”

“唉！”沈加俊无奈地叹口气：“他心里一直对爸妈的遗产耿耿于怀啊！我真后悔没有把真相告诉他，都是我的错，我的错啊！”

此时，电话铃声悚然响起，大家都屏住了呼吸。宋屹池率先冲到电话旁，毫不犹豫地接起。他静静地听着电话，那头的声音刺人耳鼓：“我知道你是宋先生，好吧，带着三千万，来沈家老宅，如果敢报警，你将再也无法见到沁羽。”

“咔嚓”一声，电话挂断，施航低沉暗哑的声音依旧响在他的耳边。

往事不堪回首

沈家老宅孤寂宁静地卧在夜色之中，显得有些疲惫，有些荒凉。昏黄的路灯拉长了三只人影，轻飘飘的风一吹就散。

沈加俊拉着装钱的大行李箱，旁边的宋屹池全神贯注地盯着老宅的大门，眼里竟有种视死如归的悲壮。另一边竟然站着大律师顾秉承，他眯着眼睛，冷眼而去，叹着气，似乎一切都已在他的预料之中。

三人同时迈步，坚定而有力。门轻轻一推就开了，院子里静悄悄的，连虫鸟的叫声都听不到半声，死寂寂的一片荒芜。沈加俊没有见到茂叔，或许已被施航控制。

正房客厅里有暗沉的灯光，一缕一缕透过方格玻璃射出来，在地上洒下一片静静的光。忽地，门打开，一条瘦长挺拔的身影立在门口。逆着光，他们看不清那人的容貌，但他们知道那一定是施航。果然，施航的声音在寂静的夜里突兀地响起，带着阵阵的寒意："来得人不少，钱准备好了？"

沈加俊指着行李箱，示意钱就在里面。施航露出淡淡的笑容，侧身一边，请他们进来。室内一如当初，清洁，素雅，连壁画、字幅都一尘不染，茂叔的看护绝对是尽职尽责。

施航请三人在正中央的八角桌前坐下，动作轻盈、熟练地为大家沏了一壶上好的大红袍，浓淡适宜的茶汤在杯中晶莹剔透，散发着阵阵清淡的香气。

顾秉承的出现，让施航不免心里一动，看他的眼神也就显得有些玩味。顾秉承依旧一脸的沉静，但施航扫过他时，他微微欠了欠身子，眼神里闪着些许的不安和不自然。

宋屹池按捺不住急迫的心，问道："沁羽在哪？我们要知道她是否安全。”

施航今天格外的神清气爽，他换了一身笔挺的西装，领带夹上的宝石闪着璀璨的光芒。他冷冽地笑了一声，然后端起茶杯啜了一口，缓缓地说：“你觉得我会为难她吗？我舍得吗？”他挑衅的目光定定地落在宋屹池的身上。

宋屹池愤恨地握紧拳头，关节处响起清脆的响声。

施航将视线落在沈加俊的脸上，他看着沈加俊竟满眼的疼惜，他摇摇头，撇了一下嘴角，说：“爸爸，为难你跑一趟，你今天可是主角，这一切都因你而起……你怨不得谁。”

沈加俊满心都在女儿身上，施航这样一说，他更加懊悔当初隐瞒了事实。

施航坐正了身子，轻咳一声，说：“当初我父母留下的遗产，在座的只有两位是最清楚的，我想听听你们怎么说。”他扫视着沈加俊和顾秉承，眼里的期待和怨恨同样的交错而来。

“没错，你父亲是留下了一千万的财产，我和顾大律师都可以证实。”沈加俊轻轻地说，过往的事正慢慢地在他的脑间形成画面。

施航咧着嘴，笑了笑，笑里竟然充斥着嘲讽：“你私吞了，并假装善人收养了我和妹妹，让我们日后对你感恩戴德？”

“没有，我没有私吞，我只是……只是把它物归原主……”沈加俊急切地补充，又犹豫不决。

“物归原主？”施航刻意重复这句话，嘴边的笑更冷，更怨，“你的意思，那些钱本就是你的？”

沈加俊摇摇头，叹着气，慢慢地说：“是沁羽亲生父亲的……”话一出口，施航、宋屹池均被震撼了。沁羽亲生父亲的？难道那么疼爱沁羽的沈加俊居然只是一个继父？

这一消息宛如一道闪电，长长地划过两人的心头，却同样带着极大的震动，让两人不知所措。

四十多年前，海城还是一个小得不起眼的渔村，沈加俊、施振鸿、廖永贤也就是沁羽的亲生父亲，他们三人从内地辗转南下，凭着年轻的气魄想在外地异乡闯出一番新天地。

可三人来到海城，施振鸿就大病了一场，他们身上的盘缠几乎都用在了看病上，但病情却依旧毫无起色。

施振鸿愧疚难当，决定自己留下，让他们两个各自去寻找新的出路。

沈加俊和廖永贤岂肯放下患难与共的兄弟，他们决定就在海城扎根落户。

当时的海城正在开发，机会与风险并存。沈加俊有胆有识，很快就在海城开了第一家餐饮店，说是餐饮店，其实不过就是在一个简易的木板房里卖一些汤面米粉之类的小吃。

廖永贤天生文弱内向，却是一个绘画天才，他只能在街头巷尾为人临摹画像，代写家书，一天忙忙碌碌，却赚不到几个钱。

施振鸿的病慢慢好了起来，他生就争强好胜，抱打不平，很快就结识了一帮街头小混混，整天东游西逛，却总是有花不完的零用钱。

沈加俊曾提醒他，千万不要跟那帮人混，小心惹祸上身。他却不以为意，说：你和永贤拼死拼活，一个月也没我一天赚得多，你不想想这是为什么吗？

沈加俊无奈，只好任由他继续下去。

很快，他们在海城生活了一年。这期间，沈加俊的小吃店因拆迁，政府将他们集体安置在东区，那可是当时的繁华地带。沈加俊一不做二不休，贷了款开了真正意义的大酒楼。

廖永贤的绘画得到一位华侨的赞许，将他带去了国外。分别时，他告诉兄弟两个，他一定会再回来的。

施振鸿的境遇就更加传奇了，他误打误撞，居然救了黑帮老大一条命，从此扬名立万，风光无限，在海城也算一个人物。

日子就这样过去，各自在各自的生活轨迹中前进着，转眼十年流逝。沈加俊开酒楼赚了不少钱，之后就自己开了家公司，生意做得顺风顺水。

施振鸿跟着老大，打打杀杀，提着脑袋过日子，时间一久也觉得无趣，便有心金盆洗手，归入征途。但他的钱不过是过手之钱，十年过去，积蓄甚微。

廖永贤突然一日从海外归来，摇身一变成了千万富豪。原来，那位赞许他的老华侨，无儿只有一女。廖永贤照顾陪伴了老华侨十年，老华侨归西后将家产全部留给了他，并把女儿嫁给了他，也就是现在的乐佩。

三兄弟再次相聚，把酒言欢，不醉不归。

施振鸿金盆洗手后，在街边摆摊，他渐渐地疏远了沈加俊和廖永贤，只因他们太成功，跟他们在一起，他自卑得无话可说。

廖永贤决定让施振鸿来自己的公司帮忙打点，施振鸿一开始婉言谢绝，可摆地摊过日子他实在是受够了，于是，他去找了廖永贤，结果他被安排了一个经理职务，坐在办公室，悠闲自得，一天到晚无事可做。

施振鸿是三兄弟里第一个做父亲的人，他有了施航，视他为宝贝一般疼爱。

第二年，乐佩生下沁羽，廖永贤的生意却出现了极大的变故，一夜之间，退单的退单，撤资的撤资，催账的催账，公司一下子摇摇欲坠，濒临破产。

不多久，廖永贤病倒了，没几日便撒手人寰，留下乐佩和沁羽孤儿寡母。

这期间，施振鸿却春风得意，他的公司在廖永贤去世的一个月后，风光揭幕，成了董事长。

事后，沈加俊得知，施振鸿里应外合架空了廖永贤的公司，拉拢了大部分客户与他合作。

沈加俊去找施振鸿理论，他却自鸣得意，一句话："成王败寇，适者生存。"

从此，兄弟相见分外眼红。

沈加俊一如当初，他放不下廖永贤留下的孤儿寡母，时常去探望，一来二去，日久生情，他便将乐佩和沁羽接回家中。五年后，他娶了乐佩，成了沁羽的父亲。

又五年施振鸿和妻子乘坐客机在飞往哥伦比亚的途中不幸罹难。

时间如静止，空气凝重而悲伤。

沈加俊讲完了往事，吸吸鼻子，擦去眼角流下的眼泪。

施航几乎呆掉了，没想到父亲居然会是这样一个孤恩负德之人，他以为的事实全部被真相否定，他所做的这一切又有什么意义？他走的这条路，和父亲当年如出一辙。他也这般的忘恩负义，他悔恨得不能原谅自己。

顾秉承叹口气，从皮包里拿出一封信，推到施航的面前，说："这是你爸爸留给你的，我本不打算给你，是希望你心中坦荡，继续做那个知道感恩、真诚、善良的人。可惜……事与愿违，你还是走了这一步。"

宋屹池轻轻扫了一眼顾秉承，他们当初的约定便是死守这个秘密，如今一切如愿，他们的内心是否真的平静？

施航拆开信封，抽出信纸，上面的确是爸爸的亲笔，他讲述了和沈加俊一模一样的故事。最后，他希望自己的儿子能够替他照顾乐佩和沁羽，让他来替父亲还一辈子的债。

久久地，施航都没抬起头来，信纸上早已浸湿了一片，那是他流下的悔恨的眼泪。施航慢慢起身，他背对着大家，站到窗前，仰头，月朗星稀，这一夜的焦灼，似乎都被这缕缕清风带走，带到世界的另一边，不再有彷徨，不再有疑惑，不再有悲伤和遗憾。

他凝思了片刻，转身，脸上带着轻松的笑意，眨了眨他明亮且空泛的眼睛，说："都走吧！一切都结束了，往事如废墟，徒留残垣。"

宋屹池只觉得一阵寒冷，他的脊背僵直，却冷汗涔涔。他看着施航将手伸进裤兜，他的眼里都是笑，可却没有一丝的愉悦，尽是痛苦和无助。

宋屹池忽地站起身，喊着："不好，快走……"

太快了，也就一眨眼的工夫，当三个人冲出房门的一瞬，身后响起轰鸣的爆炸声，强大的震慑力将他们推倒在地。当他们扭脸看去，那里已是火光冲天，浓烟滚滚……

“不！沁羽……”宋屹池撕心裂肺般地嘶吼着。沈加俊瞠目结舌，根本说不出一句话。

天空微亮，云层蒙蒙，山水依旧，风扶梧桐，阵阵摩挲。宋屹池站在窗前，透过渐渐明朗的晨光，他眺望远山，直至视线凝结处一片灰蒙蒙。

沈加俊搂着乐佩坐在沁羽那张大床上，床上是她昨天出门前换下的睡衣，静静地躺在那，一如女儿睡在那儿。

“他也太狠了，连死都不肯放过沁羽……我们的沁羽太可怜了！”乐佩虚弱无力地悲泣着，一想到女儿昨天还活生生地在她眼前，今儿却天人永隔，她就更是泣不成声。

宋屹池蹙着眉，手指间的那根烟早已成了灰烬。

“一切都结束了，往事如废墟，徒留残垣。”施航最后的话清晰地萦绕在他的耳边。

“往事如废墟，徒留残垣。”他默默地重复着，突然，眼前一亮，废墟！是了，就是废墟！他立刻转身，冲着沈氏夫妇喊：“沁羽没死，我知道她在哪儿！”说着，他疾步冲出去，一直奔向后院那条通往山顶的小径。

山顶，风大得出奇，像要把一切都带走，不留痕迹。他们穿过灌木，直抵废墟。废墟荒芜，在风中悲鸣，带着瘆人的死寂。

突然，废墟一角，两个人影蠕蠕而动，宋屹池想都不想便冲了过去。果然，被捆住手脚的沁羽和茂叔此刻正蜷缩在地上，风让他们冷得发抖，一夜的恐惧让他们惊惧到一点声响都是致命的。

当宋屹池呼喊着沁羽，沁羽才知道他果然还是找到了她，来救她了。

尾　声

三个月后。

沁羽成了宋屹池的新娘，他们举行了隆重而豪华的婚礼。

夜晚，所有的宾客全部退去，金碧辉煌的婚礼套房内，他们紧紧地拥在一起，伴着旋律，舞步翩翩。

他们几乎贴在一起，舞步慢慢成了原地踏步，直至他们一动不动，他们的吻便成了此刻最动人的画面。

绵长而持久的热吻终于结束，他捧着她的脸细细端详，像看不够，看不厌，看到一百个世纪都不够的样子。

“我终于全部地得到了你，这一生再无遗憾。”他温暖的声线让她沉迷，让她心动不已。

“我终于把自己完好无损地还给你，这一辈子再也不离开你。”她恍恍惚惚地仰视着他，这一切，这些年，恍如还停留在那个他向她求婚的傍晚，还是那么如梦如幻，沉醉痴迷。

一个星期后。

施施来向他们辞行，她说要去一个新的环境，重新开始一段新的人生。过去的那些日子除了在怨恨和怀疑中度过，她连一点自己的事情都没完成。她辜负了父母，辜负了沈家父母，辜负了乔安，也辜负了她自己。

沈加俊给交她一个存折，上面的数字足够她好好地生活一辈子。

她婉言谢绝，什么都不要，只要他们诚心诚意地祝福她，让她在日后旅途疲惫了还能容她回来歇歇脚，她就知足了。

大家一起送别了她，看着她小小的身影闪进登机口的人流中，他们都在祝福她一生幸福，平安。

半年后。

宋屹池在机场和顾秉承见面。顾大律师荣耀退休，卸下一身光芒与遗憾，告老还乡。

他们的约定只有他们两个人知道，也许顾秉承这一走，一切统统将不再提起。

“也许，我们做错了一件事，不应该瞒着施航。”

“也许这是他最好的结局，遗憾的是，我没亲手送他进警察局，给弟弟一个交代。”

“他用死终结了这一切，放下吧！没有比死更值得同情的了。”

也许顾大律师这一生，只有在卸下了一切才会如此大彻大悟。谁没有犯过错呢？但初心依旧坦荡这才难得。

一年后。

沁羽怀孕了。

她成了这个世界上最幸福的女人，父母疼爱，老公呵护，大门不出，二门不迈，都将她保护起来，只待临产的那一天。

圣诞节那天，沁羽生了个女儿，取名宋沁，寓意着她的父母一生一世，生生世世在一起，不分离。

全书完

2015 年 5 月 18 日于广州

后 记

爱情一直是人类恒久不变的主题，从古至今，轰轰烈烈的爱情不胜枚举，除了欣赏爱情中的一份执着和勇气，便是在感动中向往自己也能真真正正地爱一回。

我书写的爱情，不论是完整的、残缺的、欢快的还是伤痛的，都是内心对爱的一种希望和弥补。现实生活中，我们求而不得，得而不忘的一些人和事，总是在心间萦绕。午夜梦回时心灵深处的那个影子清晰又模糊，于是发现，我们错过的不仅是一段感情，更是一段绵长永不停息的岁月长河。我们仍要生活，仍要执着信念，相信我们的幸福终是自己亲手堆砌的爱情城堡。

沁羽和宋屹池的爱情符合了大众对真爱、痴爱的想象和期盼。但在他们的爱情中，又有些残缺和遗憾，如果失去是一种不幸，就会在得到后倾其所有地呵护和疼爱。我们这一生，不仅只爱一回，那些懵懂、无结果的爱情，在凋零的那一刻便成为了永恒，每个人的心间都有一个永恒，或纪念，或悔恨，或珍藏，或遗失。

我歌颂爱情的伟大和传奇，我也赞美爱情的忠贞和坚持。

正如施航的执着一样，爱情需要把握，需要呵护，更需要经营。没有经营的爱情，便像残落的蔷薇，化为泥，化为风和雨。

他爱沁羽，从一开始就扭曲了心灵。他自卑，不敢争取，最终用了极端的手段把爱情断送得彻底和绝望。他的爱便成为此生最大的遗憾。

我们都自私地认为，得到的便是一辈子，有时，懂得放手才是对爱情、对生命的尊重。

我一直写爱情，因为我们都因着它活着，快乐着，幸福着，可以创造奇迹和伟大，这便是我一直坚持写爱情的唯一原因。

这本书终于画上了圆满的句号，停停写写，写写停停，断断续续，娓娓道来。我不奢求它能有多好的成绩，但我希望看过此书的你和他，在心情平静的时候，慢慢读来，或许能从此书中得到你对爱情的一些看法和感悟。

感谢编辑小米粒的指导意见和鼓励，感谢宏泰恒信的信任和支持，感谢我的健康和快乐，感谢我每日呼吸的空气和看到的阳光，感谢我们的地球仍旧不停地转动，我们才有缔造爱情奇迹的机会和环境。